KB068083

호수공원 나무 산책

호수공원 나무 산책

무심한 걷기에서 우아한 거닐기로

초판 1쇄 발행   2016년 4월 7일

지은이   김윤용
펴낸이   송성호
편집   김영미
북디자인   정은경디자인
인쇄   미르인쇄

펴낸곳   이상북스
출판등록   제313-2009-7호(2009년 1월 13일)
주소   03970 서울특별시 마포구 성미산로 5길 72-2, 2층.
전화번호   02-6082-2562
팩스   02-3144-2562
이메일   beditor@hanmail.net

이 도서의 국립중앙도서관 출판예정도서목록(CIP)은 서지정보유통지원시스템
홈페이지(http://seoji.nl.go.kr)와 국가자료공동목록시스템(http://www.nl.go.kr/kolisnet)에서
이용하실 수 있습니다.(CIP제어번호: CIP2016007473)

무심한 걷기에서

우아한 거닐기로

호수공원 나무 산책

김윤용 지음

이상
북스

일러두기

캡션에 (사진: 이태수)라고 표기된 것은 생태세밀화가 이태수의 사진이고,
나머지는 저자가 찍은 사진이다.

나
무
가

있
어

행
복
했
다

나는 걷기를 좋아한다. 나는 책읽기를 즐긴다. 우리나라 곳곳을 길
따라 하루 30~40킬로미터를 쉼 없이 걷기도 했다. 쉴 때는 책읽기로
시간을 보냈다. 멀리 떠나지 않을 때면 호수공원과 주변 소공원을 참
많이 걸었다. 건강을 위해 하루 10여 킬로미터를 '사묵사묵' 걸었다.
철마다, 달마다, 그리고 매일매일 바뀌는 풍경을 만났다. 처음에는 나
무에 관심이 없었다. 이때만 해도 나는 나무에 대해 아무것도 몰랐다.

2013년 어느 날 나무가 내게 다가왔다.

꽃 피는 봄날 일산 호수공원과 주변의 작은 공원을 산책하면서 만
난 나무들이 있다. 박태기나무, 산수유, 생강나무, 붉나무, 조팝나무,

이팝나무, 황매화, 때죽나무, 쪽동백나무, 화살나무 따위 나무들이다. 나무와 꽃을 자주 보면서 호기심이 생겨났다. 처음에는 나무 이름을 전혀 몰랐다. 나무를 관찰하기 시작하자 꽃과 잎, 줄기 등이 조금씩 특징을 드러냈다. 그렇게 나무는 자신의 비밀을 조금씩 내게 보여주기 시작했다. 나무 관찰에 재미가 생겼다. 나무도감을 구입했다. 처음에는 나무도감을 뒤져도 내가 찾는 나무를 알아내기 어려웠다. 도서관에서 나무와 관련된 책도 찾아 읽었다. 그렇게 나는 조금씩 나무맹(盲)을 벗어나기 시작했다.

나는 나무에 대한 체계적이고 전문적인 교육을 받지 못했다. 나무에 관심이 생긴 뒤에 책과 걷기를 통해 나무를 관찰하고 조금씩 나무를 알아갔다. 걷기는 나무 관찰에 최적화된 활동으로 보인다. 뛰거나 자전거를 타거나 또는 자동차를 이용했다면 나무는 그냥 스쳐 지나가고 말았을 것이다. 나는 그렇게 걷기와 책읽기와 관찰을 통해 하나씩 하나씩 나무 종을 구분하는 안목을 키웠다. 나무 공부에 조금씩 속도가 붙었다. 수목원을 찾았다. 광릉국립수목원, 경기도립 물향기수목원, 인천시립수목원, 천리포수목원, 제주한라수목원 등을 여러 차례 방문했다. 박상진 교수가 쓴 《궁궐의 우리나무》를 들고 서울 고궁 나들이도 여러 번 했다. 제주도에 갔을 때는 한라수목원, 비자림에도 들렀다. 난대에서 자라는 나무들이 궁금해서였다. 그렇게 나는 나무 공부에 푹 빠져들었다.

나무 관찰은 인간이 가진 다섯 가지 감각을 이용해야 한다. 눈으로 보고, 냄새를 맡고, 귀로 듣고, 맛을 보고, 만져보는 활동을 통해야 나무를 좀 더 자세하고 전체적으로 느낄 수 있다. 나는 이 책에서 나무 초보자인 내가 느꼈던 이야기를 다뤘다. 호수공원을 중심으로 자라는, 도시에서 쉽게 만날 수 있는 나무 150여 종을 다뤘다. 우리가 흔하게 보면서도 무심하게 스쳐 지나가는 나무들이다. 책 내용을 4장으로 나눴다. 봄, 여름, 가을, 겨울로 갈래를 구분했지만 뚜렷한 원칙은 없다. 꼭지 느낌에 따라, 또는 꽃과 열매를 맺는 시기에 따라 갈래를 나눴다.

호수공원의 나무 이야기를 쓰면서 마음 속 갈등이 심했다. 글이 막힐 때마다 갈등의 강도는 더 심해졌다. 원고를 계속 쓸 것인가, 포기할 것인가. 이런 생각을 여러 번 했다. 처음에는 본 만큼 아는 만큼 쓸 작정이었다. 서른 꼭지가 넘으면서 점점 더 자신감을 잃어갔다. 나무맹(盲)을 갓 벗어난 초보자가 감히 나무 이야기를 쓰겠다고. 공부는 부족했고 나무 지식은 얕았다. 실력이 턱없이 모자랐다. 풀리지 않는 원고가 나를 지치게 했다. 이상북스 송성호 대표가 "지금처럼 쓰면 된다, 더 잘 쓰려고 하지 말자"고 해서 위기를 넘길 수 있었다.

어쩌면 나무 공부에 갓 입문한 사람이 무모한 용기를 냈는지도 모르겠다. 하지만 나무를 전혀 몰랐던 사람이 어떤 과정을 거쳐 지금에 이르렀는지를 보여주고 싶었다. 이 책을 '어느 나무맹(盲)의 좌충우돌 탐목기'쯤으로 읽어주었으면 좋겠다. 아니면 '산책길에 만난 도시 나무 이야기' 정도로 이해하면 더 좋겠다.

　나는 이 책을 쓰면서 많은 책을 읽고 참조했다. 나무도감을 비롯해 항상 옆에 두고 보는 책들이 있다. 《식별이 쉬운 나무도감》(국립수목원 지음), 《한국의 나무》(김진석·김태영 지음), 《한국의 나무 바로 알기》(이동혁 지음)는 나에게 많은 도움을 준 나무도감들이다. 《우리 나무의 세계》《궁궐의 우리 나무》(이상 박상진 지음), 《우리 나무 백 가지》(이유미 지음), 《역사와 문화로 읽는 나무 사전》(강판권 지음) 등은 항상 옆에 두고 찾는 책이다.

　　　　　　　　　　　　　　　　　　　　　꽃피는 봄에 지은이

제1장 ● 노란 꽃으로 마중하는 봄

제4장 ● 늘푸른 나무들이 더욱 반가운 겨울

제
1
장
—

노란 꽃으로 마중하는 봄

참꽃과 개꽃, 그리고 앙증맞은 노란 꽃

: 진달래, 철쭉, 개나리

《들꽃 아이》라는 글·그림책이 있다. 임길택 선생이 글을 쓰고 김동성 화가가 그림을 그렸다.

열두 학급의 작은 시골 학교 초임 교사인 김 선생이 이듬해 맡은 6학년. 교실에 들어서자 꽃병에 가득 꽂혀 있는 진달래꽃, 보선이가 꺾어 온 꽃이다. 그리고 꽃이 시들 때쯤 바뀌는 각종 들꽃들. 지각이 잦은 보선이, 생활기록부에는 "공부는 뒤떨어지나 정직하고 맡은 일을 열심히 함"이라고 적혀 있다. 식물을 잘 몰라서 아이들 질문에 노랑꽃, 하얀 꽃 하며 얼버무리던 김 선생은 어느 날 식물도감을 구입해 공부를 시작한다. 보선이는 집이 멀어 손전등을 가지고 등교한다. 가정 방문을 하는 김 선생은 보선이의 집을 어렵게 찾아가나 시간은 벌써 열 시가 넘었다. 다섯 집이 사는 마을에 학교가 개교한 뒤 30년 동안 이 마을을 방문한 교사는 김 선생이 처음이었다. 잔치, 그리고 잠 못 드는 김 선생. 겨울이 와 눈이 내리고 계속 결석하는 보선이는 졸업식에도 나타나지 않는다. 3월이 되면 군대에 입대해야 하는 김 선생은 보선이를 위한 선물로 《안네의 일기》를 준비했지만 줄 수 없어 옆 교사에게 맡기고 만다. 보선이가 늦가을에 꺾어 와 걸어놓은 노박덩굴은 노란 빛깔 그대로 김 선생의 책상 뒤에 걸려 있다.

중학교 입학시험이 있던 시절의 이야기며, 보선이라는 이름은 같은 이름을 가진 실제 인물이라고 한다. 안타깝게도 1997년 마흔여섯 살 젊은 나이에 돌아가신 임길택 선생이 겪은 보선이와의 따뜻하면서도 저릿저릿한 이야기다.

김(임) 선생에게 식물도감을 구입하게 만든 진달래. 진달래는 먹을 수 있어서 참꽃으로 불린다. 사람들은 진달래가 피면 찹쌀가루 반죽 위에 진달래 꽃잎을 올려 전을 부쳐 먹기도 했다. 바로 화전(花煎)이다. 1960년대 중반 이후 북한의 나라꽃이 함박꽃으로 바뀌었는데도 진달래는 북한의 국화(國花)로 잘못 알려져 왔다. 1989년 아이들과 함께 공부하던 최 아무개 여 교사는 진달래 때문에 친북 교사로 몰려 시달리기도 했다. 전국교직원노동조합이 결성될 때 이념적인 덧씌우기의 한 장면이다.

나무껍질은 회색이고 매끈하다. 키는 2~3미터 정도 자란다고 한다. 진달래과이며 잎떨어지는 넓은잎 작은키나무다. 달래꽃보다 꽃빛깔이 진해 진달래, 또는 먹을 수 있어 참 진(眞)을 붙인 것으로 추정한다. 3~4월에 잎이 나기 전 연보라색 꽃이 핀다. 꽃잎이 다섯 갈래로 나뉘지만 통꽃이다. 잎은 어긋나게 달리고 긴 타원형이다. 잎 가장자리에는 톱니가 없다.

신경림 시인이 쓴 시 〈진달래〉가 있다.

"얼마나 장한 일이냐/ 꽃과 잎 꺾이면 뿌리를 그만큼 깊이 박고/ 가지째 잘리면 아예/ 땅속으로 파고들어가 흙과 돌을 비집고/ 더 멀리 더 깊이 뿌리 뻗는 일이/ 얼마나 아름다운 일이냐……"[1]

식물학자들에 따르면 진달래는 척박한 산성 땅이나 돌이 많은 땅에서도 잘 자라고 가지가 잘리면 더 많은 꽃을 피운다고 한다. 신경림 시인은 식물학자가 아닌데도 사물의 이면을 보는 눈이 참 대단하다.

호수공원 제2주차장에서 한울광장 방면으로 가다 보면 장미원 건너편 소나무 숲 밑에서 진달래 무리를 만날 수 있다. 아랫말산 주변 등 여러 곳에 심어져 있다.

진달래와 혼동하기 쉬운 철쭉은 독성이 있어 먹을 수 없다. 그래서 옛사람들은 개꽃이라 불렀다. 나무껍질은 회색이며 매끈하나 큰 나무는 껍질이 작게 갈라지기도 한다. 잎은 어긋나게 달리고 가지 끝에서는 다섯 장씩 모여 달린다. 또 진달래는 잎보다 꽃이 먼저 피고, 철쭉

---

1 신경림, 《신경림 시전집 2》, 창비.

→ "봄이 오면 산에 들에 진달래 피네 진달래 피는 곳에 내 마음도 피어…" 연보랏빛 진달래꽃은 우리와 친숙한 봄꽃이다. 먹을 수 있어 '참꽃'으로 부른다. 철쭉과 달리 잎보다 꽃이 먼저 핀다. (사진 이태수)

→ 호숫가 철쭉 군락. 원색으로 제 빛깔을 자랑하고 있다.

은 잎과 함께 꽃이 핀다. 철쭉과 진달래를 구별하는 지점이다. 4~6월에 잎과 함께 연분홍 꽃이 피는데, 꽃잎의 안쪽에 적갈색 반점이 많다. 꽃잎은 진달래와 같이 다섯 갈래로 갈라지며 통꽃이다. 진달래과에 속하는 잎떨어지는 넓은잎 작은키나무다.

호수공원 곳곳에 수많은 철쭉이 심어져 있다. 특히 봄철 호수 물가 바로 옆에서 자라는 철쭉꽃은 장관을 이룬다.

노란 개나리꽃은 마음을 따뜻하게 해준다. 개나리꽃이 필 때면 겨우내 움츠렸던 가슴도 봄기운에 풀리고, 귀여운 아기와 손잡고 아장아장 걷고 싶다. 하지만 나는 젊을 때 바쁘다는 핑계로 그러지 못했다.

최계락 선생의 동시를 손대업 선생이 노래로 만든 동요 〈꼬까신〉이 있다. 예전에 아이들이 즐겨 불렀다. 나는 개나리꽃이 필 때면 항상 이 노래를 흥얼거리며 느긋하게 걷는다.

"개나리 노란 꽃그늘 아래/ 가지런히 놓여 있는 꼬까신 하나/ 아기는 사알짝 신 벗어놓고/ 맨발로 한들한들 나들이 갔나……."

나무껍질은 회갈색이고 가지가 길게 자라 아래로 활처럼 늘어진다. 키가 3미터 정도까지 자란다고 한다. 개나리는 3~4월에 잎이 나기 전 노란 꽃이 먼저 핀다. 꽃잎은 위가 네 갈래로 갈라지나 통꽃이다. 잎은 마주 나고, 잎 윗부분 가장자리에 톱니가 있다. 물푸레나무과이며 잎떨어지는 작은키나무다. 우리나라 고유종이나 안타깝게도 아직까지 자생지를 발견하지 못했다.

→ 완연한 봄날, 월파정 들입 개나리와 능수버들. 개나리는 영어 이름이 황금 종(Golden Bell)이다.

개나리는 호수공원에서 흔하게 볼 수 있다. 학괴정과 맨발마당 사이의 개나리 군락, 월파정 들입 호숫가 옆 개나리가 봄철 꽃 필 때 볼 만하다.

언젠가 매미가 우화하는 장면을 우연히 볼 기회가 있었다. 매미는 천천히 천천히 갈라진 등으로 빠져나왔다. 꽤 오랜 시간이 걸렸다. 그러고도 한참 동안 날개가 마를 때까지 기다리던 매미. 매미 허물 여러 개 개나리 나무 가지에 붙어 있다. 일본의 방랑 시인 마쓰오 바쇼(松尾芭蕉, 1644~1694)가 쓴 하이쿠가 떠오른다. "너무 울어/ 텅 비어버렸는가/ 매미 허물은."[2]

노란 꽃으로 봄을 마중하는 나무
: 산수유, 생강나무

일산은 걷기에 참 편리한 계획도시다. 공원과 공원을 지나 건널목 교통신호를 기다리지 않고 육교와 지하보도를 통해 걸을 수 있는 곳이 많다. 율동초등학교가 있는 밤가시 마을에서 작은 공원들을 몇 곳 지나 정발산을 넘으면 문화공원 미관광장이 나오고, 더 가면 호수공원 한울광장이 나온다. 백마역에서 백마공원을 지나면 강촌공원, 마두역 지하보도를 걸으면 낙민공원이 나오고, 이곳 육교를 건너면 호수공원 폭포광장이 나온다. 강촌공원에서 정발산을 넘어 저동중학교 옆 소공원을 지나면 두루미공원이 나오며, 이곳을 지나면 육교가 나온다. 그리고 경의선 철길 옆으로 난 산책길도 좋다. 공원마다 심어 있는 나무도 조금씩 달라서 나무 공부를 하며 걷기에도 참 좋다. 산책길을 따라 호수공원을 한 바퀴 돌면 약 5킬로미터다. 평지라 보통 걸음으로 한 시간 정도 걸린다. 운동 삼아 걸어도 좋고 나무를 관찰하며

=

2　류시화, 《백만 광년의 고독 속에서 한 줄의 시를 읽다》, 연금술사.

걷는다면 더 좋다.

세실 가테프는 "걸으면 걸을수록 내가 살고 있는 도시를 더욱 더 사랑하게 된다"[3]고 했다. 세실처럼 나도 그렇다. 게다가 나무 공부에 재미를 붙이면서는 더욱 사랑하게 되었다. 철마다 모습을 달리 하는 나무들은 제자리에서 나를 반긴다. 나무는 움직이지 않으므로 항상 그 자리에 붙박이로 서 있다. 그래서 찾기도 쉽다. 두 발로 걸어가면 되니까.

봄철 개나리, 진달래, 벚나무, 철쭉보다 더 빨리 피는 꽃이 있다. 황금빛 노란 꽃을 피우는 산수유다. 꽃은 잎보다 먼저 핀다. 동전만 한 크기의 우산 모양 꽃차례[꽃이 줄기나 가지에 달리는 형태, 화서(花序)라고도 함.]에 20~30개의 꽃이 퍼져 핀다. 호수공원 인공폭포 화장실 옆쪽, 폭포광장에서 낙수교를 지나 호숫가 옆에 펼쳐진 풀밭 위에 산수유가 많다. 또 자연학습원과 애수교 옆 등 곳곳에 많이 심어져 있다. 일산의 소공원마다 산수유를 관상수로 심어 놓았는데, 특히 겨울철 다닥다닥 달린 수많은 빠알간 열매들은 흰 눈과 대비되어 더욱 붉다. 산수유는 층층나무과에 속하며 잎떨어지는 넓은잎 중간키나무다. 키는 7미터 정도까지 자란다고 한다.

나무껍질은 갈색이 나며 너덜너덜 벗겨져 지저분하게 보인다. 잎은 마주 나는데 잎 끝이 꼬리처럼 뾰족해진다. 잎 가장자리는 톱니가 없이 밋밋하다. 꽃자루가 생강나무에 비해 길다. 열매는 긴 타원형이며

---

3 세실 가테프, 김문영 옮김, 《걷기의 기적》, 기파랑.

→ 사진 오른쪽에 노란꽃을 무더기로 매단 산
수유가 보인다. 잎보다 꽃이 먼저 핀다. 산
수유 노란꽃과 연분홍빛 벚꽃이 대비를 이
루고 있다.

가을에 빨갛게 익는다. 열매는 약용으로 쓰이는데, 쓰임새는 잘 모르
겠다. 한번은 마시다 남은 소주에 산수유 열매 30여 개를 넣어뒀더니
옅은 붉은색으로 술이 물들었다. 남자에게 참 좋다는 광고가 생각나
서 해본 짓이다.

중국이 원산지인 나무로 알려졌는데, 이유미 박사는 우리 나무라고
한다. "1920년대에 숲이 좋기로 유명한 경기도 광릉에서 일본인 식물

학자 나카이가 산수유 거목 두세 그루를 발견하였으며, 그 뒤 우리나라 학자들이 우리나라가 자생지임을 확인함으로써 이제 당당히 우리의 나무라고 말할 수 있게 되었다."[4]

　생강나무는 나무껍질이 짙은 회색빛이며 매끈하다. 잎을 찢거나 가는 줄기를 꺾으면 생강냄새가 난다. 그래서 이름이 생강나무가 된 것으로 짐작된다. 잎떨어지는 넓은잎 작은키나무로 3미터 정도까지 자란다고 한다. 3~4월에 잎이 나오기 전에 노란색 꽃이 핀다. 꽃자루가 짧다. 그래서 산수유에 비해 꽃이 작은 가지에 더덕더덕 붙어 있는 것처럼 보인다. 잎은 어긋나게 달리고 잎 끝이 세 갈래로 갈라진다. 갈라지지 않는 잎도 있고 다섯 갈래까지 갈라지기도 한다. 잎 가장자리는 밋밋하다. 콩알만 한 열매는 공 모양이며 붉어지다가 나중에 검게 익는다. 녹나무과로 분류한다. 호수공원에는 고양꽃전시관 앞 화단과 아랫말산 뒤쪽에 생강나무가 자라고 있다.

　생강나무와 산수유 둘 다 잎이 나오기 전에 노란색 꽃이 피기 때문에 헷갈리기 쉽다. 산수유는 꽃자루가 생강나무에 비해 더 길고 나무껍질이 잘게 벗겨진다. 생강나무는 꽃자루가 짧고 가지에 직접 붙어 있는 것처럼 보인다. 나무껍질은 매끈매끈하고 가을에 잎이 노랗게 물든다.

=

4　이유미, 《우리가 정말 알아야 할 우리 나무 백 가지》, 현암사.

→ 생강 냄새가 난다고 해서 이름이 붙여진
생강나무 노란 꽃. 산수유처럼 잎보다 꽃
이 먼저 핀다. 산수유보다 꽃자루가 짧아
서 가지에 바짝 붙어 있는 것처럼 보인다.
(사진 이태수)

　　서울에서 출발하면 춘천 못 미쳐 강촌이 있다. 예전에는 경춘선을
타고 청춘들이 엠티를 갔던 곳이다. 강촌 구곡폭포 주차장에서 폭포
옆을 지나 오르면 산 정상 분지에 문배마을이 있는데, 이곳 오르는 길
에 생강나무와 쪽동백나무가 지천으로 널렸다. 강원도에서는 비싼 동
백기름 대신 생강나무 열매로 짠 기름을 썼다고 한다. 까닭에 생강나
무를 '산동백' '동백'이라고 불렀다. 그래서 김유정의 소설 〈동백꽃〉에

나오는 동백꽃은 동백나무 붉은 꽃이 아니라 생강나무 노란 꽃이다.

'모란이 피기까지는', 그리고 '토지'

: 모란, 해당화

선덕여왕은 신라 첫 여왕이면서 27대 왕이다. 632년에 왕위에 올라 나라를 다스렸다. 신하들은 선덕여왕의 세 가지 '선견지명'에 놀랐다고 한다. 그 가운데 모란과 관련된 얘기가 있다. 《삼국유사》에 전해지는 설화다.

한번은 당나라 태종이 붉은빛, 자줏빛, 흰빛으로 모란을 그려 그 씨 석 되를 함께 보낸 일이 있었다. 여왕은 그림 속의 꽃을 보고 말했다. "이 꽃은 향기가 없겠구나." 신하들은 여왕의 말에 영문을 몰라 수군거렸지만 선덕여왕은 아랑곳하지 않고 씨를 뜰에 심도록 했다. 그리고 시간이 흘러 꽃이 피니, 과연 꽃이 피고 질 때까지 향이 없었다. 이에 신하들은 탄복을 금치 못했다.[5]

선덕여왕 때문에 향기를 잃어버린(?) 나무, 모란. 꽃이 예뻐서 전국의 공원이나 정원에 관상수로 많이 심는다. 키가 2미터까지 자라는 작약과 작은키나무다. 중국이 원산지고 중국명 목단(牧丹)에서 이름이 왔다고 한다. 동양화에서 부귀(富貴)를 상징한다.

나무껍질은 회갈색이고 불규칙하게 얇은 조각으로 벗겨진다. 가지가 굵다. 잎은 3출엽이다. 작은 잎은 3~5갈래로 갈라진다. 잎 질은 부드럽다. 꽃은 4~5월에 가지 끝에 한 개씩 핀다. 꽃은 붉은색, 흰색, 분홍색, 검보라색 등 매우 다양하게 나타난다. 향기가 약한 품종도 있고, 아주 강한 향기가 나는 것도 있다. 열매는 가을에 진갈색으로 익는다. 익으면 선을 따라 세로로 갈라지면서 검보라색 씨를 터뜨린다.

모란이 피기까지는/ 나는 아직 나의 봄을 기둘리고 있을 테요/ 모란 뚝뚝 떨어져버린 날/ 나는 비로소 봄을 여읜 설움에 잠길 테요/ 오월 어느 날 그 하로 무덥던 날/ 떨어져 누운 꽃잎마저 시들어버리고는/ 천지에 모란은 자취도 없어지고/ 뻗쳐오르던 내 보람 서운케 무너졌느니/ 모란이 지고 말면 그뿐 내 한 해는 다 가고 말아/ 삼백예순날 하냥 섭섭해 우웁네다……[6]

강진읍내 영랑 생가는 중요민속자료 252호다. 2007년에 지정됐다. 이곳에 모란이 많이 자란다. 5월 초 모란꽃이 필 때 영랑문학제가 열린다. 호수공원에서는 전통정원 안에 심어져 있다. 일산 주택가 화단 등에서도 자주 눈에 띈다.

=

6 김영랑, 《모란이 피기까지는》, 동아일보사.

→ 모란은 부귀영화를 나타내는 꽃이었다. 때
  문에 옛날부터 상류층에서 특별하게 대우
  했다. 모란은 세 장씩 모여 나는 3출엽 잎
  이 특징이고, 대접만 한 큰 꽃이 풍성하다.
  흰색, 보라색 등 꽃 색깔도 다양하게 나타
  난다.

→ 줄기에 날카로운 가시가 발달하는 해당화는
  꽃향기가 강하다. 향수 원료로도 이용하고
  말린 꽃잎으로 차를 우려내 마시기도 한다.

박경리 선생의 대하소설《토지》무대를 재현한 곳이 있다. 경남 하동군 평사리 악양 들판에 조성된 최 참판 댁 건물이다. 최서희가 살던 별당채에는 예쁜 꽃이 피는 나무가 자란다. 소설 속에 나오는 장면을 살리기 위해 의도적으로 심은 것이다. 바로 해당화다. 키가 1미터 정도까지 자라는 장미과 작은키나무다. 줄기에 날카로운 가시가 나타난다. 염분에 강해 전국의 바닷가 모래땅이나 바위틈에서도 잘 자란다. 바닷가에서 자라기 때문에 붙여진 이름은 해당화(海棠花), '때찔레'라고도 한다. 정유 성분이 함유되어 있어서 향수 재료로도 이용한다.

나무껍질은 갈색이고 납작한 가시와 바늘 모양의 가시가 함께 달린다. 땅속 뿌리줄기가 길게 뻗으며 자란다. 가지에 날카로운 가시가 발달한다. 잎은 어긋나게 달리며 홀수깃꼴겹잎이다. 작은 잎은 타원형이고 끝이 뾰족하다. 작은 잎은 9개까지 나타난다. 잎 가장자리에 잔톱니가 있다. 꽃은 5~7월에 진분홍색으로 핀다. 향기가 좋다. 열매는 납작한 구형이고 여름부터 붉게 익는다. 뿌리나누기, 꺾꽂이로도 번식이 가능하다.

우리나라 도자기에는 다양한 무늬가 나타난다. 꽃 무늬, 과실 무늬, 동물 무늬, 자연산수 무늬, 문자 무늬, 기하 무늬, 인물 무늬 따위. 그 가운데 식물 무늬는 모란 무늬, 넝쿨 무늬, 사군자 무늬, 과실 무늬 등이 눈에 띈다. 모란 무늬는 전통 도자기에 가장 많이 사용된 무늬라고 한다. 도자 유물 이름도 참 어렵다. 그저 그런 이름이 있겠거니 하고 넘어갈 때가 많았는데, 신문 기사를 읽고 이해할 수 있었다.

"청자상감모란당초문표형주자(青磁象嵌牧丹唐草文瓢形注子)(국보 116호), 백자청화투각모란당초문호(白磁青畵透刻牧丹唐草文壺)(보물 240호)……. 국립중앙박물관에 있는 도자입니다. 유물 자체도 명품이지만 이름이 대단해 보입니다.

왜 그런 이름이 붙었을까요?

청자상감모란당초문표형주자, 즉 '청자 상감 모란 넝쿨 무늬 조롱박 모양 주전자'는 청자 주전자인데, 상감 방식으로 모란 넝쿨 무늬를 새겨 넣어 조롱박 모양으로 만든 것이기 때문에 그런 이름이 붙은 것입니다. 백자청화투각모란당초문호. 백자 항아리인데, 푸른 코발트 안료로 그림을 그렸으며, 구멍을 뚫어 모란과 당초 무늬를 새겨 넣었기에 그러한 이름으로 부릅니다."[7]

쓴맛과 곤장맛?
: 수수꽃다리, 물푸레나무

대학 교정 중앙 잔디밭 귀퉁이에 라일락 한 그루 자라고 있었다. 몸통이 제법 굵직한 나무였다. 어느 봄날 라일락꽃이 필 무렵이었을 게다. 친구가 라일락꽃 향기가 너무 진하다면서 이파리 하나를 들고 와서 씹는다. 아주 달다고 한다. 너도 한번 먹어 볼라나, 한다. 머뭇거리

다 달콤하다고 해서 나도 씹었다. 웬걸! 엄청나게 쓴 맛이었다. 깜짝
놀라 내뱉었더니 고소한 듯 웃음 짓는 친구놈. 주변에 앉아 있던 동기
들이 모두 깔깔대고 웃었다.

"친구야, 첫사랑 경험은 있나?"

"없는데, 왜?"

"이게 실패한 첫사랑의 맛이야."

물푸레나무과로 분류하는 라일락의 우리 이름이 수수꽃다리다. 부
채를 닮은 예쁜 열매를 매단다고 이름이 붙은 미선(尾扇)나무, 꽃이 이
밥(쌀밥)을 닮았다고 이름이 붙은 이팝나무, 쥐똥 닮은 열매가 열린다

→ 무더기로 피는 꽃과 강한 향기가 나는 수수
   꽃다리. 사람들이 보통 '라일락'이라고 부르
   는 나무는 서양수수꽃다리다. (사진 이태수)

고 이름을 얻은 쥐똥나무, 나리꽃과 닮았으나 나리꽃보다 작다는 뜻에서 이름이 붙은 개나리 따위가 모두 물푸레나무과에 든다. 수수꽃다리와 물푸레나무도 물푸레나무과에 속한다.

수수꽃다리는 키가 2미터 정도 자라는 작은키나무다. 수수꽃다리속으로 분류한다. 꽃이 예쁘고 향기가 좋아 정원과 공원, 학교 등에 관상용으로 많이 심는다.

나무껍질은 흑갈색이고 세로로 길게 갈라진다. 잎은 마주나며 넓은 달걀 모양이다. 잎 끝은 뾰족하고 밑부분은 얕은 심장형이다. 잎 가장자리는 밋밋하다. 꽃은 4월쯤 피고 원뿔 모양 꽃차례에 연한 자주색 꽃이 모여 핀다. 향기가 매우 강하다. 꽃은 깔때기 모양이고 끝이 4갈래로 갈라진다. 열매는 튀는열매고 가을에 갈색으로 익는다.

서양수수꽃다리는 서양에서 들어왔고 수수꽃다리를 닮아서 붙여진 이름이다. 우리가 보통 '라일락(lilac)'이라고 부르는 나무다. 꽃은 연한 자주색 또는 백색으로 핀다. 향기가 매우 강하다. 호수공원 여러 곳에서 자라고, 공원이나 학교, 아파트 등에서 쉽게 만날 수 있다.

물푸레나무는 키가 10미터 정도 자라는 큰키나무다. 가지를 물에 담그면 물빛이 푸르게 변한다는 데서 이름이 왔다. 수청목(水靑木)이라고도 한다. 나무 질이 단단하고 탄력이 좋다. 서당 아이들에게는 공포였을 회초리로 쓰였고, 농사 도구인 도리깨로도 쓰였다. 도끼자루, 괭이자루로도 쓰였다. 조선시대에는 죄인의 볼기를 치던 곤장(棍杖)을

→ 나뭇가지를 물에 담그면 물이 푸르게 변한
 다고 해서 이름이 온 물푸레나무. 가을에
 수많은 날개열매가 갈색으로 익는다.

물푸레나무로 만들었다. 버드나무나 가죽나무로 만든 곤장이 단단하
지 않아서 물푸레나무로 만들었다고 한다. 그만큼 물푸레나무는 쓰임
새가 많은 나무였다. 그래서인지 일찌감치 베어져 오래되고 키가 큰
나무는 좀처럼 보기 힘들다고 한다. 지금은 야구방망이를 만드는 목
재로 쓰인다. 정원수, 공원 풍치수로도 많이 심는다.

 나무껍질은 세로로 갈라지고, 흰색 가로무늬가 나타난다. 잎은 마
주나며 홀수깃꼴겹잎이다. 작은 잎은 5~7개고 달걀 모양이다. 잎 끝
은 뾰족하고 가장자리에 물결 모양의 톱니가 나타나거나 없는 경우도

있다. 꽃은 봄철 원뿔 모양 꽃차례에 자잘한 꽃이 하얗게 모여 핀다. 열매는 날개열매고, 9월쯤 갈색으로 익는다.

호수공원 만국기광장에서 공예품전시판매장 방향으로 가면 출구가 나온다. 이곳 녹지에 물푸레나무가 군락을 이루고 있다. 또 학괴정에서 자연학습원 방면으로 가면 덩굴식물 터널이 있는데, 이곳 호숫가 옆에 물푸레나무가 무리로 자란다.

일산에는 고양생태공원이 있다. 대화천변 나대지에 조성된 수목원이다. 이곳에서는 나무와 새, 곤충 따위를 관찰할 수 있다. 나무로는 수액채취수목, 약용채취수목, 염료수목, 식용수목, 상록수 등으로 공간이 꾸며져 있어 자작나무, 은행나무, 유실수, 단풍나무 등을 가까이서 관찰하며 쉴 수 있다. 나도 나무 공부를 하며 아내와 함께 여러 차례 이곳을 방문했다. 곤충 · 조류 · 식물 · 천연염색 · 세밀화 등 관찰과 체험 프로그램을 함께 운영한다. 관찰과 교육은 사전에 예약해야 가능하다. 홈페이지(ecopark.goyang.go.kr)에서 예약할 수 있다.

벌들이 사랑하는 나무
: 아까시나무, 밤나무

우리나라 생존 동화작가 가운데 단행본 판매 부수 100만 권을 넘긴 이가 있다. 황선미 작가다. 게다가 100만 권 넘게 팔린 책이 두 권이다. 《마당을 나온 암탉》과 《나쁜 어린이표》. 대단하면서도 복 받은 작가다.

어른도 아이와 함께 읽는 동화 《마당을 나온 암탉》의 주인공은 양계장 암탉이다. 암탉은 원래 이름이 없었다. 아카시아나무 꽃이 하얗게 필 때, 암탉은 아카시아 잎사귀가 부러워 스스로 '잎싹'이라 이름을 짓는다. 잎싹은 항상 좁은 닭장 철망 너머를 보며 자유를 생각했고, 알을 품어 생명을 탄생시키려는 꿈을 가졌다.

암탉 잎싹에게 이름을 준 나무가 아까시나무다. 우리가 보통 아카시아나무라고 부르는 나무다. 아카시아나무는 열대 지방에서 자라는 나무여서 우리나라에서는 볼 수 없는데도 사람들은 무슨 이유에서인지 아카시아나무라고 부른다. 나도 왠지 아카시아나무란 이름이 더 정겹고 익숙하다. 아까시나무란 이름은 가시를 꽃보다 더 강조한 듯해서 더 그렇다.

아까시나무는 일본인들이 일제강점기에 조선을 황폐화시키려는 의도로 전국에 걸쳐 심었다고 해서 수난을 당한 나무이기도 하다. 나무 뿌리가 잘 뻗어나가 무덤까지 침범하니 더욱 미움을 받았다. 그러나 아까시나무는 사람들의 이런 미움에 아랑곳하지 않고 도움을 많이 주는 나무 가운데 하나다. 아까시나무는 가구를 만드는 목재로 쓰이기도 하고, 사료로도 쓰인다. 가장 중요한 용도는 꿀을 채취하는 밀원 식물이라는 점이고, 콩과 식물이 그런 것처럼 땅을 비옥하게 하는 질소를 고정시키는 나무이기도 하다.

    북아메리카가 원산지인 아까시나무는 콩과 잎떨어지는 큰키나무다. 키가 25미터까지 자란다. 황폐해진 산림을 녹화하기 위해 심었고, 그뒤 야생화된 것이 많다.

    나무껍질은 황갈색이다. 거칠게 세로로 갈라진다. 어린 가지에 가시가 한 쌍 마주보게 나타난다. 억센 것도 있고 여린 것도 눈에 띈다. 가시는 턱잎이 변한 것이다. 잎은 어긋나게 달리고 홀수깃꼴겹잎이다. 작은 잎은 19개까지 나타난다. 잎 가장자리는 밋밋하다. 5월부터 피는 흰색 꽃은 아래로 늘어져 핀다. 꽃에서 아주 강한 꿀 향기를 풍긴다. 꿀 향기 때문에 벌과 나비가 많이 꼬인다. 열매는 편평한 콩꼬투리 모양이다. 꼬투리열매, 협과다. 가을에 황갈색으로 익는다.

    아까시나무 꽃을 잘 묘사한 시가 있다. 김명수 시인이 쓴 〈아카시아꽃〉. "아카시아꽃 향기를 아십니까?"로 시작하는 시다.

    "…… 아카시아꽃은 5월달/ 우리집 언덕에도 피어 있는 꽃이지요./ 아이들이 꽃이 피면 꽃을 따 먹고/ 벌들이 몰려와서 꿀을 따 가지만/ 아카시아꽃 향기를 아십니까?/ 아카시아꽃은 우리 산천에 서양애들 키 같이 자라나는 꽃이지요./ 봄이 되면 양봉가는 벌꿀을 따고/ 허약한 사람들은 이 꽃꿀로/ 장복을 한다지만 아카시아꽃/ 뿌리는 어느새 뻗고 뻗어서/ 고향산천 들판에 깊이 내리고/ 할아버지 선산 무덤 속 깊이 파고들지요./ 아카시아꽃 향기를 아십니까?/ 아카시아꽃은 우

→ 풍성하게 피어 아래로 늘어진 아까시나무 흰색 꽃. 꽃향기가 강해 벌들을 유혹하는 밀원 식물이다.

리집 언덕에/ 어느덧 무성하게 피어 있는 꽃/ 불광이 좋고 마딘 나무라서/ 농부들이 땔감으로 쌀라 놓았다가/ 겨울 한철 구들을 덥힌다지만……."[8]

호수공원 건너편 정발산 아래에는 고양아람누리가 있다. 음악관,

=
8   김명수, 《월식》, 민음사.

→ 밤나무 열매인 밤은 식용으로 쓰이고, 나무
는 건축용·가구용 목재로 쓰인다. 향이 강
한 꽃이 풍성하게 피어 벌들을 유혹한다.

미술관, 극장, 도서관 등을 갖춘 복합 문화시설이다. 서울 예술의전당
다음으로 큰 복합 문화시설이라고 한다. 일산 신도시가 건설될 때 도
시주택공사(현 LH)에서 땅을 기증받아 고양시가 짓고 운영하는 문화
시설이다. 아람누리는 '아름답고 큰 세상'을 뜻하는 말이라고 한다.

　아람이란 말이 있다. 밤이나 상수리 따위가 충분히 익어 저절로 떨
어질 정도가 된 상태 또는 그런 열매를 말한다. 아람과 딱 맞는 견과,
즉 굳은 열매를 맺는 나무가 있다. 바로 밤나무다. 참나무과로 분류하
며 잎떨어지는 큰키나무다.

밤나무는 식용, 건축용 목재, 가구용 목재, 표고버섯을 키우는 나무, 밀원 식물 등 다양한 용도로 쓰인다. 키는 15미터까지 자란다. 나무껍질은 잿빛이며 오래될수록 세로로 깊게 갈라진다. 잎은 어긋나 달리며 긴 타원형이다. 잎 끝은 뾰족하고 가장자리에 가시 같은 톱니가 발달한다. 앞면은 광택이 있고 뒷면은 회백색이다. 상수리나무에 비해 잎의 톱니가 녹색이다. 엽록소가 있기 때문이다. 암수한그루고, 5월쯤부터 황백색 꽃이 핀다. 꽃에서는 꿀 향기가 강하다. 열매는 가을에 익는다. 빽빽한 가시로 덮였으며, 익으면 벌어지고 속에 있는 굳은 열매를 떨어뜨린다. 열매는 우리가 구워서도 먹고 삶아서도 먹는다. 약밥을 해서도 먹고, 생율(生栗)로도 먹는다. 밤죽도 좋고, 송편 소, 밥에 넣어도 좋다. 그만큼 쓰임새가 많다.

꿀벌은 비단실 재료를 만드는 누에만큼 이로운 곤충이다. 여왕벌, 수벌, 일벌로 나뉜 계급 사회를 구성하며 생활한다. 곤충 가운데 사회성이 가장 발달했다. 벌이 채취한 꿀 가운데는 아카시아꿀, 밤꿀, 잡화꿀 따위가 있다. 우리가 흔하게 마주치는 꿀이다. 제주도에는 유채꿀도 있다. 대추나무꽃이나 싸리꽃, 메밀꽃, 피나무꽃에서 채취하는 대추나무꿀, 싸리꿀, 메밀꿀, 피나무꿀도 있다. 또 때죽나무꿀도 있다. 심지어 사육하는 벌에게 설탕물이나 올리고당 따위를 먹여 꿀을 생산하는 사양꿀(?)까지 있다고 한다. '꿀 먹고 벙어리'가 되어야 하나 모르겠다.

벌꿀은 쓰임새가 다양하다. 사탕, 과자, 빵 등을 만드는 재료로 쓴다. 위장에 좋다고 해서 꿀차로 마시기도 한다. 벌집은 벌꿀을 짠 뒤 양초 등의 원료로 쓴다. 밀원 식물인 아까시나무, 밤나무는 사람에게 이로운 나무인 것이다.

봄이면 새순을 먹는다
: 음나무, 두릅나무, 오갈피나무

바야흐로 '먹방' 시대다. 초초초특급 쉐프(요리사)들이 방송에 나와 온갖 수다를 떨며 음식을 소개한다. 한때는 만들기만 하더니 이젠 먹기까지 한다. 프로그램 이름도 찬란 빽적지근하다. 사람들에게 먹히는 방송 트렌드인가 보다. 솔직히 말하면 나도 재미있게 보고 있는 음식 프로그램이 있다.

새순. 봄이 오면 기다려지는 음식이다. 몸이 겨울을 보내며 기다렸던 푸른 기운 때문일 게다. ① 옻 순, ② 엄나무 순, ③ 오갈피 순, ④ 두릅 순. 사람마다 선호가 다르겠지만 맛있는 순서로 나무 새순을 줄 세워 보았다. 봄이 되면 쌉쌀하면서도 향기가 있는 소박하고 소화하기 쉬운 음식을 찾게 된다. 옻나무 순은 아직 먹어 보지 못했지만 음나무 순, 두릅 순, 오갈피 순은 봄철마다 찾아 먹는 그리운 먹을거리다. 나무 새순은 뜨거운 물에 살짝 데쳐 초고추장에 찍어 먹는다. 달콤 쌉싸름한 그 맛을 어찌 표현할까. 막걸리와 함께 하면 지상 최고의 봄맛이다.

→ 음나무는 달콤 쌉쌀한 잎을 새순으로 내기 때문에 사람과 동물의 먹이가 된다. 그래서 잎을 보호하기 위해 굵고 험상맞은 가시를 촘촘하게 달고 있다.

음나무는 보통 엄나무라고 부른다. 가시가 엄(嚴)하게 생겨서 붙은 이름이다. 키가 25미터까지 자라는 두릅나무과 큰키나무다. 달콤 쌉쌀한 잎을 새순으로 내기 때문에 사람과 동물의 먹이가 된다. 그래서 잎을 보호하기 위해 굵고 험상맞은 가시를 촘촘하게 달고 있다. 나무의 자기보호 유전자가 수천 년 이어진 탓일 것이다. 하지만 굵게 자란 음나무에는 가시가 없다. 그만큼 크게 자라 동물들에게 수난당할 위험이 적다고 나무 스스로 판단했기 때문이다. 가시가 발달해서 옛날부터 사악한 기운을 쫓는 벽사(辟邪) 기능이 있는 나무라고 믿었다. 그래서 집 안에 심거나 대문 위 처마 밑에 음나무 가지를 걸어놓기도 했다.

잎은 어긋나게 나며 가지 끝에서는 모여 달린다. 5~9갈래 손 모양으로 갈라지고 가장자리에 가는 톱니가 있다. 잎자루는 아주 길고, 30센티미터까지 발달한다. 음나무 새순을 두릅나무 새순과 비교해서 '개두릅'이라고 한다. 두릅나무 새순처럼 데쳐 먹는데, 두릅나무 새순보다 향이 훨씬 더 강하다. 두릅나무와 비교하면 몸통 줄기가 굵고 잎이 5~9갈래로 갈라지는 점이 다르다.

호수공원 사자상에서 아랫말산을 10여 미터 오르면 회화나무 옆에 음나무 한 그루가 굵고 크게 자라고 있다. 높게 자란 탓에 가시가 없다. 새순을 보호할 자신이 생긴 탓일 것이다. 생각할수록 나무 생태는 오묘하다. 정발산동 밤가시초가 대문 처마 밑에는 사나운 가시를 품은 음나무 가지 묶음이 걸렸고, 초가집 옆에는 가시가 발달한 음나무가 초가집을 지키듯 서 있다.

두릅나무는 키가 3~4미터 정도 자라는 작은키나무다. 두릅나무과 두릅나무속으로 분류한다. 양지 바른 곳에서 잘 자란다. 봄철에 두릅나무 새순의 값이 제법 나가 많이들 심어 기른다. 옛날에는 '목두채(木頭菜)'라고 부르기도 했다.

나무껍질은 회갈색이다. 줄기에 가시가 발달한다. 잎은 어긋나게

→ 두릅나무는 줄기에 가시가 발달하고 잎은
  깃꼴겹잎이다. 두릅나무 새순은 값이 비싸
  다. 그래서 번식력이 강한 두릅나무를 요
  즘은 밭에 많이 심어 기른다.
→ 손 모양 겹잎인 오갈피나무는 잎 모양에서
  이름이 왔다. 쌉싸름한 새순도 맛이 있지
  만 약용으로도 많이 쓰인다.

달리고 깃꼴겹잎이다. 음나무와 비교하면 줄기가 가늘고 작은키나무
이며 잎이 홀수깃꼴겹잎인 점이 다르다. 암꽃과 수꽃이 따로 있다.

　두릅나무는 번식력이 강하다. 정발산동에 살 때 장인이 집 옆 작은
화단에 두릅나무를 한 주 심었는데, 뿌리를 뻗어 몇 주가 계속 자랐
다. 충분하지는 않지만 봄 한철 두릅나무 새순 맛을 볼 수 있었다. 호
수공원에도 두릅나무가 몇 그루 보인다. 아랫말산에도 자라고 있고,

장미원에서 회화나무광장 가는 산책길 오른쪽에도 계수나무, 팽나무와 함께 자라고 있다.

오갈피나무는 키가 3~4미터 정도 자라는 두릅나무과 작은키나무다. 잎이 다섯 갈래로 갈라지고 껍질을 약재로 써서 오가피(伍加皮)로 불리다가 오갈피란 이름으로 변했다. 봄에 쌉싸름한 새순도 입맛을 돌아오게 하지만 약용으로도 사용하는 식물이다.

나무껍질은 회갈색이고 줄기에 가시가 조금 달린다. 잎은 어긋나게 달리고 손 모양 겹잎이다. 작은 잎은 타원형 또는 달걀 모양이고, 3~5개가 모여 난다. 잎 끝은 뾰족하고 가장자리에 작은 톱니가 발달한다. 꽃은 공 모양으로 둥글게 피고, 공 모양 꽃송이와 닮은 열매는 씨열매인 핵과로 10~11월쯤 검은색으로 익는다.

오갈피나무와 닮은 가시오갈피나무가 있다. 약효가 강해 사람들에게 훨씬 좋은 평가를 받는다. 오갈피나무에 비해 가시가 많아서 붙은 이름이다. 나무껍질은 회갈색이고 나무 전체에 가시가 많다. 오갈피나무와 같이 잎은 어긋나게 달리고 손 모양 겹잎이다. 작은 잎은 긴 타원형이고 3~5개 모여 난다. 끝은 뾰족하고 가장자리에 겹톱니가 있다. 잎자루에도 가시가 나타난다. 6~7월에 강한 향기가 나는 황백색 꽃이 모여 핀다.

호수공원에서는 만날 수 없었다.

모든 게 지나치면 문제가 된다. 사람들은 잠깐의 입맛을 위해 새순을 먹지만, 제 몸을 키우기 위해 새순을 내는 음나무, 두릅나무, 오갈피나무에게 사람은 지독한 적이다. 동물보다 훨씬 영리하면서 더욱 이기적인 잡식동물, 인간. 나무들이 살 수 있게 새순 채취도 적당하게 해야 하는데, 그렇게 하기가 쉽지 않다. 봄철 새순 채취꾼들에게 가지까지 꺾인 채 나무들이 신음하고 있다. 송호필 시인은 이렇게 두릅나무를 읽는다.

"늦은 봄/ 슬픔처럼 돋아나는 새순 빼앗기고/ 견뎌낸 세월만큼 가시 돋치는 일생이여."[9]

닮아서 헷갈리기 쉬운 나무
: 살구나무와 매화나무, 칠엽수와 가시칠엽수

한 번만 봐도 쉽게 알 수 있는 나무가 있고, 쌍둥이처럼 닮아서 일반인들은 구분하기 어려운 나무도 있다. 과와 속이 같은 나무여서 두 나무가 서로 많이 닮았기 때문이다. 여러 번 관찰했는데도 구분하기 어려우면 마음이 영 개운치 않다. 노력했는데도 정확한 구분 지점을 모를 때면 속상할 때가 있다. 과와 속이 다른 나무라면 그나마 내 자신을 위로나 하련만……

=
9 송호필, 《두릅나무 일가》, 내일을여는책, 〈두릅나무 일가〉 부분.

벚나무와 산벚나무, 참나무과 6형제 나무, 빈도리와 말발도리, 칠엽
수와 가시칠엽수, 때죽나무와 쪽동백나무, 작살나무와 좀작살나무, 수
양버들과 능수버들, 닥나무와 꾸지나무, 팽나무와 푸조나무, 사시나무
와 은사시나무, 버즘나무와 양버즘나무, 측백나무와 화백나무 그리고
편백나무, 주엽나무와 조각자나무…….

알면 보이고 보이면 구분할 수 있다지만, 나무 공부에 갓 입문한 나
와 같은 사람에게는 참 어려운 일이다. 이런 나무들을 보고 헷갈려서
무척이나 혼란스러웠다. 솔직히 고백하건대 나는 아직도 산벚나무,
왕벚나무, 벚나무 종들을 구분하지 못하겠다.

장미과 벚나무속에 드는 나무들 가운데 살구나무와 매화나무는 닮
아도 많이 닮았다. 호수공원에서 두 나무를 처음 보고 어떻게 구별할
까 한동안 고민했다. 책을 읽고 관찰하면서 조금씩 두 나무의 다른 점
을 알 수 있었다.

살구나무와 매화나무는 모두 잎떨어지는 중간키나무로 키가 5미터
정도 자란다. 중국이 원산지인데, 유실수로 전국에 걸쳐 많이 심어 기
른다. 나무껍질은 세로로 갈라진다. 잎은 어긋나 달리며 달걀 모양이
다. 잎 끝은 뾰족하고 가장자리에는 잔 톱니가 발달한다. 꽃은 4월쯤
잎보다 먼저 핀다. 열매는 핵과이며 구형이다. 핵과는 씨열매로 열매
껍질이 저절로 벌어지지 않는다. 팽나무, 가래나무, 호두나무, 벚나무,
복숭아 등과 같이 단단하고 딱딱한 핵이 있는 열매다.

→ 살구나무 꽃. 꽃받침조각이 뒤로 젖혀지는
   점이 매화나무와 다르다.

→ 꽃을 강조하면 매화나무, 열매를 강조하면
   매실나무다.

열매 씨를 개가 먹으면 죽는다는 뜻에서 살구(殺狗)나무라는 이름이 유래했다는데, 과학적으로 근거는 없는 것 같다. 매화나무는 매실나무이기도 하다. 열매를 중심으로 말하면 매실나무, 꽃을 기준으로 말하면 매화나무다. 임신한 여자가 찾는 과실이라 하여 매(梅)라는 이름이 붙었다고 하는데, 아마도 신맛 때문일 것이다. 살구나무 씨는 납작한 구형으로 날개가 있으며 과육과 잘 떨어진다. 매실나무에 비해 꽃받침조각이 뒤로 젖혀지는 점이 다르다. 매실나무는 꽃받침조각이 뒤로 젖혀지지 않고 씨가 과육에서 잘 떨어지지 않는다.

호수공원에서 살구나무와 매화나무를 여러 그루 볼 수 있다. 살구나무는 아랫말산 아래 사자상에서 물레방아 쪽으로 가는 호숫가 옆에 길게 군락으로 심어져 있다. 매화나무는 작은동물원에서 전통정원으로 들어가는 입구에 군락을 이룬다. 봄철 살구나무와 매화나무가 함께 꽃 피는 모습이 아름답다.

칠엽수와 가시칠엽수 모두 칠엽수과 잎떨어지는 큰키나무다. 7개의 잎이 손 모양으로 모여 나는 겹잎(장상복엽) 나무라서 칠엽수(七葉樹)인데, 잎이 항상 7개는 아니고 5~9개까지 차이가 있다. 두 나무 모두 잎과 풍성한 꽃, 그리고 나무 외형이 아름다워 공원수나 풍치수로 많이 심는다. 나무껍질은 회갈색 또는 흑갈색이다. 모두 5~6월에 가지 끝에 달리는 20센티미터쯤 되는 원뿔 모양 꽃차례에 흰색 꽃이 모여 핀다. 가시칠엽수는 꽃잎에 붉은색 무늬가 나타나기도 한다. 씨는

→ 7개의 잎이 손 모양으로 모여 난다고 이름
　이 붙은 칠엽수(七葉樹). 나무 외형과 풍성한
　꽃이 아름다워 공원 등에 많이 심는다.

→ 열매 껍질이 밋밋하면 칠엽수, 열매 껍질에
　가시가 나타나면 가시칠엽수다. 씨는 광택
　이 있고 쓴맛이 난다.

광택이 있고 쓴맛이 난다. 영어 이름은 말밤나무(Horse Chestnut)다. 독성분이 있으니 먹지 말라고 경고하고 있다.

칠엽수는 일본이 원산지여서 일본칠엽수라고 하고, 가시칠엽수는 유럽이 원산지인데 열매에 가시가 달리는 칠엽수라는 뜻에서 이름이 왔다. '마로니에' '유럽칠엽수' '서양칠엽수'라고도 한다.

칠엽수와 가시칠엽수는 열매와 잎으로 구분하는데, 열매를 비교하는 게 더 확실하다. 열매 껍질이 밋밋하면 칠엽수, 열매 껍질에 가시가 발달한 철퇴 모양이면 가시칠엽수다. 칠엽수의 잎 가장자리에는 얕은 톱니가 있다. 가시칠엽수는 잎 가장자리에 불규칙한 겹톱니가 발달한다.

호수공원에는 칠엽수가 눈에 많이 띈다. 전망광장에는 여러 그루 칠엽수가 서 있다. 작은동물원과 그 옆 쉼터에도 크고 굵게 자란 칠엽수가 자라고 있다. 문화공원 보행육교를 건너면 한울광장이 나오고, 그 오른쪽 출입구 쪽에 칠엽수가 무리지어 서 있다. 또 호수교에서 선인장전시관 방향으로 걷다 보면 삼거리 산책길이 나오는데, 이곳에 칠엽수와 함께 가시칠엽수가 딱 한 그루 자라고 있다. 호수공원 밖에서는 장항동 공용 1~2주차장 옆 보도 위에서 가시칠엽수를 만날 수 있다.

서울 혜화동 로터리에서 이화동 사이에 대학로가 있다. 이곳 서울대 병원 맞은편에 마로니에공원이 있다. 1975년 서울대학교 본부와 문리대학, 법과대학이 신림동 관악 캠퍼스로 옮기면서 대학 본부를 제외한 건물들을 철거하고, 그 자리에 공원을 조성했다. 지금은 한국 문화예술위원회, 방송통신대학 등이 자리하고 있다. 1931년부터 경성 제국대학 본관이던 이곳은 일제가 심은 마로니에가 세 그루 자라고 있어서 '마로니에공원'이라 불리게 되었다고 한다. 하지만 이곳 나무는 마로니에, 가시칠엽수가 아니라 일본칠엽수다. 마로니에공원 이름을 어찌 해야 할까.

"밥이 하늘이다"

: 조팝나무, 이팝나무

나무 이름은 재미있다. 꽃에서 이름을 가져온 나무가 있고, 열매나 잎으로 이름을 정하는 나무도 있다. 또는 냄새를 특징으로 삼아 이름을 정하는 나무가 있다.

안개꽃처럼 열매를 맺는 안개나무, 꽃이 튤립이나 백합을 닮았다고 이름이 붙은 튤립(백합)나무, 연꽃을 닮은 '나무 연'이란 뜻의 목련, 꽃이 병 모양을 닮은 병꽃나무 등은 꽃에서 특징을 잡아 이름을 가져온 나무다.

잎이 7개씩 모여 나는 칠엽수, 5개씩 잎이 나는 오갈피나무는 잎에서 이름이 왔다. 잎줄기가 길어 바람에 잘 흔들리는 수많은 잎이 특징인 사시나무를 보고 사람들은 '사시나무 떨듯 한다'고 얘기한다.

열매가 열리는 대부분의 나무들은 열매 이름이 바로 나무 이름이다. 살구가 열리는 살구나무, 매실이 열리는 매실나무, 버찌가 열리는 벚나무 따위다. 또 흰색 열매가 열려 흰말채나무, 열매는 콩만 한데 배를 닮았다는 콩배나무, 열매가 팥을 닮은 팥배나무도 있다. 감이 열리는 감나무, 호두가 열리는 호두나무. 자두나무, 석류나무, 대추나무, 앵도나무, 팽나무는 모두 열매에서 나무 이름이 왔다.

독특한 냄새에서 이름이 온 나무도 있는데 생강 냄새가 나는 생강나무, 그리고 향나무가 있다.

화살 깃처럼 생긴 코르크질을 발달시키는 화살나무, 담을 기어오르는 담쟁이덩굴, 가시가 험상궂게 생긴 음(엄)나무, 가시가 사슴뿔 같은 주엽나무, 딸기 모양 열매가 특징인 산딸나무, 줄기가 물고기 잡는 작살을 닮은 작살나무, 줄기 속에 국수 같은 내용물이 발달한 국수나무, 나무 줄기가 층층으로 뻗는 층층나무 등은 나무의 특징에서 이름을 가져왔다.

밥을 연상한 나무 이름도 있다. 옛 선조들은 얼마나 먹고 살기 힘들었으면 나무 이름에 '조밥'과 '이밥'을 붙였을까? 멀리 갈 것까지도 없다. 지금은 그래도 최저빈곤선을 벗어났지만 일제강점기는 물론이고 해방 이후, 한국전쟁, 그리고 1960년대까지만 해도 먹는 게 큰일이었다. 보릿고개, 꿀꿀이죽 따위로 묘사되는 우리나라의 부끄럽고 슬픈 자화상. 김사인 시인이 묘사한 가난은 애절하다.

"삶은 보리 고두밥이 있었네./ 달라붙던 쉬파리들 있었네./ 한줌 물고 우물거리던 아이도 있었네./ 저녁마다 미주알을 우겨넣던 잿간/

퍼런 쑥국과 흙내 나는 된장 있었네./ 저녁 아궁이 앞에는 어둑한 한숨이 있었네./ (…) 어른들은 물을 떠서/ 꿀럭꿀럭 마셨네./ 아이들도 물을 떠서 꼴깍꼴깍 마셨네./ 보릿고개 바가지 바닥/ 봄날의 물그림자가 보석 같았네./ 밤마다 오줌을 쌌네 죽고 싶었네./ 그때 이미 아이는 반은 늙었네."**10**

꽃이 조밥처럼 생겨서 조밥나무로 불리던 것이 조팝나무로 변한 나무가 있다. 장미과로 분류하는 잎떨어지는 작은키나무다. 키는 2미터까지 자란다고 한다.

나무껍질은 회색 또는 회갈색이다. 잎은 어긋나게 나고 가장자리에는 가는 톱니가 있다. 봄에 우산 모양 꽃차례에 3~6개의 흰색 꽃이 가득 핀다. 꿀 향기가 강하다. 꽃잎은 5개고 달걀 모양이다. 옛날에는 농사철을 알리는 나무로 여겼다고 한다. 밭둑, 논둑에 조팝나무를 심고 조팝나무가 하얗게 필 때 모내기를 시작했다. 꽃이 가지 가득 피고 향기도 좋다. 공원 등에 관상수로 많이 심는다.

호수공원 곳곳에서 조팝나무 군락을 만날 수 있다. 아랫말산 사자상 앞 조팝나무, 호수교에서 선인장 전시관 가는 방향에서 삼거리 산책로 모퉁이에 자라는 조팝나무가 볼 만하다.

이팝나무는 물푸레나무과로 분류한다. 잎떨어지는 큰키나무다. 하얀

10 김사인, 《어린 당나귀 곁에서》, 〈가난한 사람을 늙게 한다〉, 창비.

→ 꽃이 가지 가득 피고 향기도 좋은 조팝나
  무. 호수공원 곳곳에서 조팝나무 군락을
  만날 수 있다.

→ 무더기로 피는 하얀 꽃이 이밥(쌀밥)을 닮
  았다고 이름이 온 이팝나무. 최근에 가로
  수, 관상수로 인기를 얻고 있다.

꽃이 나무 가득 피는 모습이 이밥(쌀밥)을 닮아서 이밥나무였다가 이팝
나무로 변했다. 최근 공원의 관상수, 그리고 가로수로 많이 심는다.

　나무껍질은 짙은 회색이고 오래될수록 세로로 갈라진다. 잎은 마주
나고 넓은 달걀형이다. 잎 끝은 뾰족한 편이고 가장자리는 밋밋하다.
질은 두터운 편이다. 꽃은 원뿔 모양 꽃차례에 모여 피고, 은은한 향
기가 난다. 열매는 가을에 검은색으로 익는데, 수많은 새까만 열매를

초겨울까지 매달고 있다.

옛날에는 이팝나무 꽃을 보고 풍년과 흉년을 가늠했다고 한다. 꽃이 활짝 피면 풍년이 들고 꽃이 시원찮으면 흉년이 든다는 것이다. 호수공원 자연학습원 옆 산책로 가로수로 길게 심어져 있다. 또 호수교에서 민속그네 방향으로 걷다 보면 잔디밭 위에 이팝나무가 군락으로 자라고 있다.

서울의 한 사립 고등학교는 학생들 급식비를 빼돌려 큰 문제가 됐다. 못된 어른들이 교육자의 탈을 쓰고 있는 모양새다. 오세훈 전 서울시장, 홍준표 경남도지사로 상징되는 무상급식 문제는 우리 사회를 한동안 시끄럽게 했다. 아이들 점심 한 끼를 해결해 주지 못하는 세계 10위 경제 대국 대한민국.

일본 나라꽃이라 미움 받던 나무
: 왕벚나무, 산벚나무, 수양벚나무

일본 나라꽃은 사쿠라, 즉 벚꽃이다. 꽃이 일제히 피었다가 지는 모양이 일본인의 기질과 닮았다고 해서 국화(國花)로 정해졌다. 일본인들은 일제강점기 때 한반도에 벚나무를 많이 심었다. 심지어는 조선 왕실의 권위를 떨어뜨리기 위해 창경궁을 동물원 창경원으로 만들고 벚나무를 무더기로 심기도 했다. 그곳은 1970년대 후반까지 밤 벚꽃놀이 장소였다. 지금은 창경궁 이름을 되찾고 옛 시설들을 복구했으니 다행스런 일이다.

일제의 해군 기지로 건설된 진해 군항과 시내에서는 봄이 오면 군항제가 열린다. 벚꽃이 한창일 때 열리는 경남 창원시 진해 군항제는 벚꽃 축제로도 유명하다. 벚꽃 축제는 전국 곳곳에서 열린다. 여의도 벚꽃 축제도 유명하다. 무궁화가 일제에 의해 시달림 받았던 것처럼 해방 이후 벚나무는 우리나라 사람들에게 많은 미움을 받았다. 그래서 많이 잘라내기도 했다. 봄이 오면 호수공원에도 벚꽃이 장관을 이룬다.

벚나무, 왕벚나무, 산벚나무는 모두 장미과 잎떨어지는 큰키나무로 한국과 중국, 일본에서 자란다. 열매가 버찌여서 벚나무란 이름이 왔다. 나무껍질은 회갈색이고 숨구멍이 가로로 나타난다. 흰색 또는 연분홍 꽃이 봄철에 잎과 함께 핀다. 잎은 어긋나게 달린다. 잎 끝은 길게 뾰족하다. 잎 가장자리에는 날카로운 톱니가 있다. 열매는 꽃이 지고 난 뒤 검붉게 익는다. 구형이고 단맛이 난다. 수양버들이나 능수버들처럼 가지가 아래로 활처럼 휘는 나무를 수양(능수)벚나무라고 한다.

왕벚나무가 있다. 꽃이 크고 아름답다고 해서 붙은 이름이다. 제주도에서 자생지가 발견되어 우리나라 특산 식물로 분류한다. 일본에서는 자생지가 발견되지 않아 일본인들의 부러움을 사고 있다. 왕벚나무가 우리나라 특산 식물로 드러남에 따라 미움을 받다가 사랑을 받는 나무로 새롭게 자리매김했다.

　나무껍질은 회갈색이다. 세로로 얇고 불규칙하게 갈라지고 숨구멍이 가로로 나타난다. 잎은 어긋나게 나며 넓은 타원형이다. 끝은 뾰족하고 가장자리에 날카로운 겹톱니가 촘촘히 발달한다. 흰색 또는 연분홍색 꽃이 3, 4월에 가지마다 달린다. 잎이 나기 전에 꽃이 피며, 꽃향기가 강하다. 열매는 5~6월에 검붉게 익는다. 단맛이 난다. 올벚나무에 비해 꽃받침통이 항아리 모양으로 부풀지 않는다.

　산벚나무는 산에서 자라는 벚나무다. 나무껍질은 회갈색이고, 몸통에 숨구멍이 가로로 발달한다. 흰색 또는 연분홍 꽃은 잎이 날 때 함께 핀다. 잎은 어긋나게 나며 타원형이다. 잎 끝은 뾰족하고 가장자리에 날카로운 톱니가 있다. 열매는 왕벚나무처럼 5~6월에 검붉게 익는다.

　호수공원에는 왕벚나무, 산벚나무, 수양벚나무가 여러 군데서 자란다. 산책로 가로수, 잔디밭에도 군락을 이루고 있다. 벚꽃 피는 봄이 되면 벚꽃을 보기 위해 사람들이 많이 방문하는데, 아쉬운 점은 벚꽃 개화 기간이 아주 짧다는 것이다. 일주일을 넘지 못한다. 벚꽃잎 우수수 날리는 풍경 또한 장관이다.

　몇 번이나 벚나무, 왕벚나무, 산벚나무를 구분하기 위해 관찰했지만 여전히 나는 잘 구분하지 못한다. 나무에 이름표가 붙었는데도 왕벚나무와 산벚나무의 특징을 찾아내기가 어렵다. 그래서 꽃과 잎이 나는 걸 확인하고 싶었는데 꽃이 나를 기다려주지 않았다. 결국 두 나

→ 벚나무는 나무껍질에 가로로 숨구멍이 나
  타난다. 흰색 또는 연분홍 꽃이 봄철에 핀
  다. 꽃이 지고 난 뒤 열매가 검붉게 익는
  다. 가지가 아래로 활처럼 휘는 나무를 수
  양벚나무라고 한다.

무 종 구분을 포기하고 말았다. 그래서 산에서 보는 벚나무는 산벚나
무, 공원 등 관상수로 심어진 나무는 왕벚나무, 벚나무라고 생각하고
만다. 수양벚나무는 가지가 아래로 늘어져서 구분하기 쉽다. 박상진
교수의 글을 읽고 그나마 위로삼고 있다.

  "벚나무 종류는 우리 주위에 흔한 나무다. 벚나무, 왕벚나무, 산벚
나무, 올벚나무, 능수벚나무 등 10여 종이 넘는다. 하지만 서로 매우

닮아 있고 중요한 분류 기준이 되는 잎의 모양이나 털의 변이가 너무 심해 전문가들도 구분하기가 어렵다."[11]

우리나라 특산 식물
: 병꽃나무, 히어리, 풀또기

나무 공부에 재미가 붙고 나서 오산에 있는 경기도립 물향기수목원에 몇번 갔다. 기억에 남는 나무는 미선나무다. 열매가 부채 모양으로 예쁘게 매달린 미선나무. 또 인천수목원에도 여러 차례 들렀는데, 흔하게 볼 수 없는 수많은 나무를 만났다. 이곳에서 특히 기억에 남는 나무는 히어리다. 실로 꿴듯 늘어진 노란색 꽃이 특징인 나무다. 일산 호수공원에서 이름을 처음 듣는 나무를 보았다. 이름도 예쁘지만 꽃까지 예쁜 풀또기다.

외국에는 자생지가 없고 우리나라에만 있는 식물을 한국 특산 식물이라고 한다. 구상나무, 노각나무, 주엽나무, 소사나무, 사스래나무, 왕벚나무, 개나리, 개느삼, 병꽃나무, 미선나무, 황칠나무 따위가 여기에 든다. 히어리를 처음 만났을 때 이름만 보고 외국에서 들여온 나무겠거니 생각했다. 아니었다. 히어리는 우리나라 특산 식물이었다. 물향기수목원에서 만난 미선나무도 우리나라 특산 식물이다. 병꽃나무도

=
11   박상진, 《궁궐의 우리 나무》, 눌와.

우리나라 특산 식물이라고 한다.

　병꽃나무는 꽃이 호리병을 닮은 데서 이름이 왔다. 키는 2~3미터 정도 자란다. 인동과 병꽃나무속 잎떨어지는 작은키나무다.

　나무껍질은 회갈색이다. 작은 가지는 녹색이다. 줄기에 숨구멍이 나타난다. 잎은 마주나고 거꿀달걀형이다. 잎 끝은 뾰족하며 가장자리에 잔톱니가 있다. 잎자루는 거의 없다. 꽃은 5월쯤 피고 황록색이다가 점차 붉게 변한다. 열매는 튀는열매고, 씨에는 날개가 발달한다. 가을에 익는다.

　병꽃나무는 꽃이 황록색으로 피고 점차 붉게 변하는데 비해, 붉은 병꽃나무는 꽃이 처음부터 붉은색으로 핀다. 호수공원에서는 대개 가슴 높이로 자라는데, 자연학습원에 생울타리로 조성되었다. 하지만 일산과 호수공원에서 만나는 병꽃나무는 대개 붉은병꽃나무다. 공원마다 조경수나 경계수로 많이 심어져 있다.

　히어리는 관상수로 많이 심는다. 키는 1~2미터로 자란다고 한다. 꽃이 밀랍같이 생겼고, 송광사 주변에서 발견되었다고 해서 '송광납판화'라고도 부른다. 조록나무과 잎떨어지는 작은키나무다.

　나무껍질은 회갈색이고 매끈하다. 줄기에 숨구멍이 발달한다. 잎은 어긋나게 달리고 달걀 모양 원형이다. 잎 끝은 뾰족하다. 밑부분은 심장 모양이며 가장자리에 뾰족한 톱니가 있다. 측맥은 뚜렷하며 7~8개다. 밝은 노란색 꽃은 3~4월에 잎보다 먼저 핀다. 실에 꿰인 것처럼 꽃

→ 호리병을 닮아서 이름을 얻은 병꽃나무.

→ 이름을 듣고 외국 나무겠거니 했던 히어리. 실에 꿰인 듯한 꽃과 열매, 뚜렷한 잎맥이 특징이다.

→ 풀또기. 꽃이 아름답고 열매가 붉게 익어 공원 등에 관상수, 경계수로 많이 심는다. (사진 이태수)

이 여러 개 아래를 향해 매달린다. 열매는 튀는열매고 두 개로 벌어진다. 가을에 갈색으로 익는다. 씨는 윤기가 나는 검은색이다.

호수공원 화장실문화전시관 앞 화단에서 히어리를 관찰할 수 있다. 황금빛 노란색 꽃이 진 뒤 갈색으로 익는 열매도 꽃 모양으로 열린다. 히어리는 잎 측맥이 뚜렷하게 나타난다. 생강나무처럼 노랗게 물드는 단풍도 아름답다.

풀또기란 나무 이름을 들어봤는지. 대개 처음 듣거나 생소한 이름일 것이다. 나도 호수공원에서 이 나무를 처음 만났다. 박상진 교수는 풀또기를 이렇게 설명한다.

"조금은 무뚝뚝한 느낌의 풀또기란 이름은 순수 우리말로 함경도의 방언에서 따왔다고 한다. 근래 여기저기에 심고 있지만 아직은 잘 알려져 있지 않다. (…) 풀또기는 밑에서부터 여러 개의 줄기로 갈라지므로 전체적인 모습은 둥그스름하다. 추위도 잘 이겨내며 땅이 약간 건조해도 크게 가리지 않는다. 다만 햇빛이 잘 드는 장소가 아니면 잘 자라지도 않고 꽃도 예쁘게 피지 않는다. 봄이 무르익어가는 4월 중순부터 5월 초순에 걸쳐 잎이 피기 전에 동전만 한 20~30장의 분홍 꽃잎이 겹겹이 쌓여 하나의 꽃을 만든다. 가지마다 이런 겹꽃이 다닥다닥 붙어 피어서 온통 꽃방망이로 덮인다."[12]

꽃이 아름답고 열매가 붉게 익어 공원 등에 관상수, 경계수로 많이

=
12 박상진, 《궁궐의 우리 나무》, 눌와.

심는다. 양지바른 곳에서 잘 자라고 키는 3미터까지 자란다고 한다. 장미과 잎떨어지는 작은키나무로 분류한다.

　나무껍질은 윤기가 나는 적갈색이다. 줄기에는 숨구멍이 발달한다. 잎은 어긋나 달리고 거꿀달걀형이다. 잎 끝은 뾰족하고 가장자리에 겹톱니가 있다. 잎 끝은 자른 모양으로 나타나기도 한다. 3갈래로 갈라지고 깊이 패어 들어간 모양도 나타난다. 어떤 잎은 개암나무 잎과 닮았다. 4~5월에 잎보다 먼저 연분홍색 꽃이 핀다. 홑꽃과 겹꽃이 피는 종이 다르다. 열매는 8월쯤 붉게 익는다.

　호수공원에서는 자연학습원 입구에서 제1주차장 나가는 길 옆에서 볼 수 있다. 또 한울광장에서 문화공원을 넘어가는 보행육교 바로 전 화단 경계수로 심어져 있다. 봄철 피는 연분홍꽃이 아름답다.

　자세히 살피면, 나무에는 다양한 특징이 나타난다. 나무껍질만 봐도 그렇다. 은행나무처럼 세로로 깊게 갈라지는 나무가 있는가 하면 층층나무처럼 얇게 갈라지는 나무가 있다. 감나무, 말채나무처럼 그물 모양으로 갈라지는 나무가 있고, 백송처럼 조각조각 껍질이 벗겨지는 나무도 있다. 배롱나무나 모과나무처럼 매끈매끈한 나무가 있고, 중국단풍처럼 너덜너덜 벗겨지는 나무가 있다. 또 버즘나무, 백송처럼 얼룩무늬가 생기기도 한다. 잎, 꽃, 열매의 모양과 색깔은 더욱 다양한 특징을 숨기고 있다. 나무는 모든 것을 단번에 보여주지 않는다. 관심을 가지고 꾸준히 관찰할 때 나무는 제 모습을 조금씩 내보이기 시작한다. 나무에게 더 자주 다가갈수록 나무는 비밀의 문을 열어 줄 것이다.

"꽃은 식물의 성기다"

: 안개나무, 박태기나무

산딸나무는 가짜 꽃을 꽃인 것처럼 꾸며 곤충을 유인한다. 꽃받침이 발달한 헛꽃(열매를 맺지 못하는 꽃, 가짜 꽃)이다. 누리장나무도 꽃받침을 화려하게 변신시켜 곤충을 유혹한다. 모두 번식을 위한 장치들이다. 진짜 꽃은 헛꽃 중앙에 모여 있다. 산수국과 백당나무도 헛꽃을 꽃 주변에 발달시킨다.

바람에 꽃가루를 날려 보내는 나무가 있다. 소나무, 단풍나무 따위다. 새를 통해 꽃가루를 운반하는 나무도 있다. 동박새를 통해 꽃가루를 옮기는 동백나무를 들 수 있다. 아까시나무, 밤나무, 장미, 사과나무, 벚나무 따위는 곤충을 유인해 꽃가루를 옮긴다. 곤충을 유인하기 위해 꽃향기가 강하고 꿀을 저장하고 있다.

나무에게 꽃은 무엇일까? 수잔네 파울젠은 "꽃은 식물의 성기"라고 말한다.

"도덕군자들에겐 화나는 일이지만 꽃은 식물의 성기이다. 그곳에는 우선 중앙에 놓여진 암술들이 있다. (⋯) 암술을 빙 둘러서 무리지어 있는 것이 수술들이다. 수술의 작은 머리들은 수술대 위에 얹혀 있다. 꽃가루(화분)를 갖고 있는 것은 수술이다. (…) 린네는 꽃가루(화분)를 인간의 정액에 해당하는 것으로 보았으며, 꽃가루 주머니를 남성의 성기 부분으로 간주했던 것 같다."[13]

호수공원에서 안개처럼 피어나는 꽃(?)을 매단 나무를 처음 만났다. 처음에 나는 꽃으로 알았다. 꽃처럼 보였지만 알고 보니 열매였다. 열매가 안개가 낀 것처럼 모여 달린 것이다. 나무 이름이 궁금해서 산책할 때마다 나무에게 다가갔다. 나무 이름을 좀처럼 알 수 없었다. 책을 뒤져도 정체를 알 수 없었다. 그러다가 몇 달 뒤 나무도감을 살피다 이름을 발견했다. 안개나무였다.

보랏빛 꽃을 나무 줄기에 더덕더덕 매달고 있는 나무를 봤다. 처음 봤을 때 별난 나무라고 생각했다. 나무 몸통까지 달린 보라색 꽃을 보면서 그렇게 생각했다. 참 독특한 나무였다. 알고 보니 박태기나무였다.

안개나무는 열매 모양이 안개가 낀 것처럼 보여서 이름이 그렇게 붙여졌다. 연기(煙氣)나무라고도 한다.

영어 이름도 스모크 트리(Smoke Tree)다. 열매 모양이 아름다워 정원이나 공원에 관상수로 많이 심는다. 높이는 3~5미터로 자란다고 한다. 옻나무과 잎떨어지는 중간키나무로 분류한다.

나무껍질은 갈색이고 조각으로 갈라져 벗겨진다. 잎은 어긋나서 나

=
13 수잔네 파울젠, 김숙희 옮김, 《식물은 우리에게 무엇인가》, 풀빛.

→ 안개나무는 열매가 맺히는 모양에서 이름이
왔다. 연기(煙氣)나무라고도 한다. 영어 이름
도 스모크 트리다.

→ 나무 몸통에도 꽃을 매달고 있는 박태기나
무. 꽃이 밥알(밥티) 닮은 나무여서 이름이
왔다. (사진 이태수)

며 거꿀달걀형이다. 잎 끝은 둥글고 가장자리는 밋밋하다. 꽃은 노란
색으로 자잘하게 핀다. 원뿔 모양 꽃차례에 흰털이 빽빽하게 나타난
다. 열매는 씨열매고, 작고 넓적하다. 여름에 익는다. 열매 자루에 실
같은 긴 털이 매달린다. 안개나 연기처럼 보인다.

호수공원 화장실문화전시관에서 달맞이섬 가는 중간 녹지대에서 안개나무 몇 그루 만날 수 있다.

박태기나무는 줄기와 가지에 진한 보라색 꽃봉오리가 매달리는 나무다. 나무 몸통에도 꽃봉오리를 매달고 있는 독특한 나무다. 꽃봉오리가 달리는 모습이 밥알(밥티) 같은 나무라는 뜻에서 이름이 왔다. 쌀꽃나무라는 뜻에서 미화목(米花木)이라고도 한다. 키는 3~5미터 정도 자란다. 중국이 원산지인 나무다. 꽃이 아름다워 관상수나 정원수로 많이 심는다. 콩과 잎떨어지는 작은키나무로 분류한다.

나무껍질은 회갈색이고 껍질에 숨구멍이 나타난다. 잎은 어긋나게 달리고 두껍다. 잎 모양은 심장형이다. 잎 끝은 뾰족하고 가장자리는 밋밋하다. 잎 표면은 윤기가 난다. 4~5월에 가지마다 달리는 우산 모양 꽃차례에 진보라색 꽃이 잎보다 먼저 무더기로 핀다. 꽃자루는 거의 없다. 열매는 꼬투리열매이고 가을에 익는다. 납작하고 길쭉한 타원형이다.

박태기나무는 호수공원 여러 곳에서 만날 수 있지만 화장실문화전시관 옆 화장실 뒤쪽에 여러 그루가 자라고 있다.

나는 나무를 보려고 호수공원에 간다. 나무가 있는 풍경을 느끼려고 호수공원에 간다. 나는 안개나무와 박태기나무를 처음 만났을 때처럼 두 발로 걸으며 나무에게 인사하러 간다. 내 느낌과 생각을 이미 이브 파칼레가 글로 썼다.

"나는 보러 간다. 가능하다면, 만지러 간다. 나의 두 발이라는 운송 수단을 빌려서. 도시에서든, 자연에서든, 또는 지구의 어느 끝자락에서든, 내가 가는 길모퉁이에서는 모든 산책이 누군가를, 또는 무엇인가를 볼 수 있는 기회가 된다. 한 남자에게, 여자에게, 아이에게, 동물에게, 꽃에게, 바위에게, 구름에게, 별에게 인사하는 기회가 된다. 나는 찾는다. 나는 자세히 살핀다. 나는 냄새 맡는다. 나는 부드럽게 만진다. 나는 듣는다. 나는 내가 받는 보상을 누린다."[14]

세상에서 가장 많은 품종
: 장미, 찔레꽃

아이는 물에 빠져 죽고 출판사를 운영하는 남편 한상준은 교통사고로 죽었다. 가족들 죽음 앞에 '나'는 의욕을 잃고 하루하루 어쩔 수 없이 살아간다. 빵과 막걸리로 버티는 삶이다. 이복오빠는 아이와 남편과 함께 살던 집을 비워 달라고 한다.

"이 집에 처음 들어섰던 그해 나는 열 살, 초등학교 3학년이었다. 엄마 손을 잡고 이 집에 들어설 때 나던 장미 향을 나는 아직도 잊을 수 없다. 물론 그 후에도 무려 삼십 년 동안 초여름마다 저 장미 향을 맡아오던 터였다. 그러나, 그날, 맨 처음의 그 향기는 해마다 나는 향기

=

14 이브 파칼레, 하태완 옮김, 《걷는 행복》, 궁리.

와 달랐던 것만 같다. 장미 향 나는 계절이 돌아올 때마다 나는 늘 내가 처음 맡았던 그 향내를 생각했고, 그 처음의 향내를 찾기 위해 꽃 가까이 코를 대고 숨을 몰아쉬곤 했었다.”[15]

어느 날 남편 선배인 소설가 이정섭이 나타난다. 이정섭을 따라 우연히 가게 된 목포. 목포에서 ‘나’는 영란여관에 보금자리를 튼다. 거기서 만난 홀아버지 딸 수옥, 나를 사랑하는 완규, 완규의 조카 수한, 초라한 슈퍼 안주인 조인자 등을 만난다. 삶을 포기할 뻔했던 ‘나’는 그곳에서 ‘영란’으로 다시 태어난다.

사람들에게 많은 사랑을 받는 장미는 품종이 무려 1만 5000여 종이나 된다. 심지어 2만 5000여 종이라고 말하는 사람도 있다. 꽃향기가 좋고 강하기 때문에 사람들에게 인기가 있다. 장미유라는 향수 원료를 만들기도 하고, 비타민이 풍부해 약용으로도 쓰인다. 잎은 사람들이 날것으로도 먹을 수 있다.

장미는 영국 국화로 알려져 있다. 우리나라에는 정원용 장미보다 절화 장미 품종이 훨씬 많다. 장미 꽃다발로 쓰이는 품종이다. 찔레에 접을 붙여 번식한다. 크게 덩굴장미와 나무장미로 나뉜다. 덩굴장미는 줄기가 5미터 안팎으로 자란다. 나무장미는 2미터까지 자란다고 한다. 장미과 잎떨어지는 작은키나무로 분류한다.

줄기는 녹색을 띤다. 줄기와 가지에 날카로운 가시가 발달한다. 가

---

15 공선옥, 《영란》, 문학에디션 뿔.

→ 장미는 보통 5~6월에 꽃이 핀다. 봄부터
 가을까지 꽃을 볼 수 있다. 홑꽃에서 겹꽃
 까지 빛깔과 모양이 매우 다양하다.

→ 줄기에 굽은 가시가 나타나는 찔레꽃. 잎
 은 어긋나 달리며 깃꼴겹잎이다. 가을에
 열매가 붉게 익는다.

시가 없는 품종도 있다. 잎은 어긋나게 나고 홀수깃꼴겹잎이다. 작은
잎은 3~7개이고 타원형이다. 끝은 뾰족하다. 작은 잎 가장자리에 날
카로운 톱니가 나타난다. 꽃이 피는 시기는 품종마다 다르지만 보통
5~6월에 핀다. 봄부터 가을까지 꽃을 볼 수 있다. 홑꽃에서 겹꽃까지
빛깔과 모양이 매우 다양하다. 주로 겹꽃이 많다. 둥근 열매는 가을에
익는다.

찔레꽃은 가시가 많다. '찌르는' 꽃나무라는 데서 이름이 왔다고 추정한다. 들장미라고도 부른다. 새로운 장미 품종을 개발하기 위한 접목 나무로 쓰이는 경우가 많다. 담장 밑이나 화단, 그리고 생울타리로 많이 심는다. 산기슭과 호수 주변에서 쉽게 만날 수 있는 나무다. 꺾꽂이로도 번식이 쉽게 이루어진다. 키는 2미터까지 자라고, 장미과 잎 떨어지는 작은키나무로 분류한다.

"찔레꽃 붉게 피는 남쪽 나라 내 고향"으로 시작하는 노래가 있다. 찔레꽃은 하얗게 피는데 붉게 핀다고 해서 한동안 사람들 입방아에 올랐다. 어떤 사람들은 해당화를 찔레꽃으로 오인한 것 아니겠냐고 말한다. 또는 노을빛에 물든 찔레꽃이 붉게 보여서 그렇다고 해석하는 이도 있다. 어느 쪽이 올바른 설인지는 모르겠지만 확실한 건 찔레꽃은 하얗다는 것이다.

나무껍질은 갈색이고 굽은 가시가 있다. 나이 들수록 얇게 갈라진다. 잎은 어긋나게 달리고 깃꼴겹잎이다. 작은 잎은 달걀 모양이고 가장자리에 날카로운 톱니가 있다. 꽃은 5월에 흰색 또는 연홍색으로 가지 끝에 모여 핀다. 매우 좋은 향기가 난다. 열매는 둥글고 가을에 붉게 익는다. 찔레꽃은 호수공원에서 쉽게 만날 수 있다. 군락을 이룬 곳도 많다. 텃밭정원에서 달맞이섬으로 가는 산책길 삼거리를 조금 지나면 부용 군락이 있는데, 이곳에 부용과 함께 찔레 군락을 만날 수 있다. 또 주제광장 화장실 왼쪽에 산수유와 함께 찔레가 무더기로 자란다.

고양시는 장미를 시 꽃[市花]으로 정했다. 고양시 화훼농가에서 장미를 많이 키우기 때문이다. 또 "꽃의 다양함이 무궁한 지혜를 가진 시민상을 표현"하기 때문이라는 설명도 덧붙이고 있다. 호수공원에 장미원이 조성되어 있다. 총 면적 1만여 제곱미터, 100개 품종 2만 3000여 본을 심어놓았다.

나무에 피는 연꽃
: 목련, 함박꽃나무

'세상에서 가장 아름다운 수목원'이 있다. 우리나라 최초 민간 수목원인 천리포수목원이다.

자생식물과 외국 도입종을 합쳐 2014년 기준 1만 5000여 종이 넘는 식물을 보유하고 있다. 국내 최다 식물종이다. 2000년 국제수목학회로부터 '세계의 아름다운 수목원' 인증을 받았다. 세계에서 12번째, 아시아에서는 처음이었다.

공익재단 천리포수목원은 1970년 처음 나무를 심기 시작했고, 그뒤 목련, 감탕나무, 동백나무, 무궁화 수종을 중점적으로 수집해 세계적으로 인정받았다. 목련류는 400여 종으로 세계 최고 수준인 것으로 알려져 있다. 2014년 천리포수목원은 입장객 30만 명을 넘었다고 한다.[16]

=

16 http://www.chollipo.org 게재 내용 요약.

목련(木蓮)은 나무에 피는 연꽃이라는 뜻에서 이름이 왔다. 목련은 한라산이 자생지라고 한다. 우리가 흔히 보는 목련은 대부분 중국이 원산지인 백목련이다. 백목련은 꽃잎이 6개이고, 목련은 꽃잎이 6~9개다. 또 목련은 꽃잎이 좁고 뒤로 젖혀진다. 목련과 잎떨어지는 큰키나무로 분류한다. 키는 보통 10미터 정도나 20미터까지 자라는 것도 있다. 정원이나 공원에 관상수로 많이 심는다.

나무껍질은 진한 갈색이고 매끈한 편이나, 숨구멍이 발달한다. 잎은 어긋나게 나며 넓은 달걀 모양이다. 잎 끝은 급하게 뾰족해지고 가장자리는 밋밋하다. 꽃이 핀 뒤 잎이 나온다. 봄에 피는 흰색 꽃은 향기가 좋다. 열매는 원통 모양이고 가을에 붉게 익는다. 익으면 벌어지면서 실 같은 조직에 매달린 씨를 드러낸다. 씨는 붉은색 겉씨 껍질이 싸고 있다.

흰색 목련을 백목련이라고 하는데, 목련보다 흰색 꽃이 훨씬 크고 풍성하게 핀다. 보라색 꽃이 피는 목련이 있다. 뿌리 근처에서 가지가 많이 갈라지는 자목련이다. 일본목련은 일본이 원산지인 목련이라고 이름이 그렇게 붙여졌다. 잎은 어긋나게 달리지만 가지 끝에서는 모여 난다. 꽃은 5월에 잎이 핀 다음 가지 끝에서 한 개씩 위를 향해 달린다. 잎이 목련보다 훨씬 크다. 꽃은 우윳빛 나는 백색이다. 선인장전시관 방면 달맞이섬 입구에 목련이 군락을 이뤄 자라고 있다.

함박꽃나무는 꽃이 함지박처럼 큰 데서 이름이 왔다. 산목련이라고도 한다. 북한 나라꽃이며 '목란(木蘭)'이라 부른다. 목련과 잎떨어지는

→ 나무 연꽃이란 뜻에서 이름이 온 목련(木蓮).
  우리가 주변에서 흔히 만나는 흰색 꽃 목련
  은 백목련이다.

→ 꽃이 함지박처럼 생겼다고 해서 이름이 온
  함박꽃나무. 북한 나라꽃이며 산목련이라고
  도 한다. (사진 이태수)

중간키나무로, 높이는 7미터까지 자란다고 한다. 꽃이 아름다워 정원수, 공원수로 많이 심는다.

나무껍질은 잿빛이 도는 황갈색이고 매끈한 편이다. 타원형 잎은 어긋나게 나며 두껍다. 잎 윗부분은 둔하지만 끝은 뾰족해지고 가장자리는 밋밋하다. 향기가 좋은 흰색 꽃은 5~6월에 핀다. 꽃잎은 6개다. 수술대는 붉은빛을 띠어 새하얀 꽃잎과 대비된다. 열매는 달걀 모양이다. 가을에 붉게 익는다. 익으면 벌어지면서 흰색 줄에 매달린 씨를 드러낸다.

한울광장에서 달맞이섬으로 가는 모퉁이에 정지용의 〈호수〉 시비가 있다. 시비 뒤에 함박꽃나무로 추정되는 나무 두 그루가 자란다.

널리 알려진 감동적인 책 《나무를 심은 사람》에는 평생을 황무지에 나무만을 심은 양치기 노인 엘제아르 부피에가 나온다. 40년이 지난 뒤 황무지는 아름다운 숲으로 태어난다. 프랑스 프로방스 지방의 실제 이야기를 바탕으로 장 지오노가 쓴 책이다.

미국인 칼 밀러(Carl Miller), 한국 이름은 민병갈이다. 1979년 한국인으로 귀화했다. 태안 천리포에 40년 동안 나무를 키우고 가꾼 분이다. 천리포수목원을 세계적인 수목원으로 키우고 2002년 4월 8일 돌아가셨다. 나무를 심은 사람, 아름다운 사람, 민병갈 선생이 우리들 모두에게 전하는 이야기가 있다.

"나무 사랑의 첫걸음은 바로 관심을 갖는 거예요. 그 하나하나의 이

름을 기억하고 꽃이 언제 피는지, 열매는 어떤 모습인지 말예요. 오늘
은 어제보다 키가 얼마나 컸는지, 어디 아프거나 목이 마른 것은 아닌
지 배려하는 마음은 그 다음 단계죠. 자연이 겪고 있는 아픔을 외면하
는 사람은 자연의 아름다움에 감탄할 자격이 없어요."[17]

나도 몇번 천리포수목원에 들렀다. 나무에 무관심하던 시절에는 자
발적으로 수목원에 갈 일이 없었다. 상상할 수 없는 일이 벌어진 것이
다. 숙박 시설을 구비하고 있으니 독자들도 많이 이용했으면 좋겠다.
수목원 안에 있는 사철나무집, 배롱나무집, 동백나무집, 다정큼나무
집, 호랑가시나무집 등을 이용할 수 있고, 에코힐링센터를 이용할 수
도 있다. 사전에 예약해야 한다.

꽃이 예뻐 사람들 눈길을 끄는
: 고광나무, 황매화

호수공원을 걷는 사람들은 많다. 심지어 중국, 일본 등 외국 관광객
들도 많이 찾는다. 부모와 함께 걷는 어린이부터 느릿느릿 걷는 노인
들까지 호수공원은 항상 사람들로 붐빈다. 몸매 관리를 위해 빠르게
걷는 여성도 있고, 허리가 휜 꼬부랑 할머니도 지팡이를 짚고 천천히
산책한다. 팔자로 걷는 사람, 팔을 휘두르며 빠르게 걷는 사람, 잔걸

=

17 임준수 글, 류기성 사진, 《세상에서 가장 아름다운 수목원》, 김영사.

음으로 종종 걷는 사람, 보폭을 넓게 해서 걷는 사람, 뛰듯이 걷는 사람 등 걷는 모습도 가지각색이다. 어느 여성은 축지법을 배웠는지 걸음이 빠르다. 내가 도저히 따라갈 수 없다. 가끔 소설가 김훈 선생도 스쳐 지나간다. 소설가 고원정 선생을 마주칠 때도 있다. 고개를 숙여 인사하고 지나친다.

잉겔로레 에버펠트는 "두 발로 걷는 동물, 즉 인간의 경우 총 서른여섯 가지의 걸음걸이가 관찰되었다"고 했다. 그렇게 많은 걸음걸이가 있을까 싶다.

"거기에는 느린 걸음(1초당 1보)부터 산책(1초당 2보)과 속보(1초당 4~5보) 모두가 포함된다. 서른여섯 가지 중 살금살금 걷는 걸음, 총총걸음, 미끄러지듯 걷는 걸음(총총걸음의 우아한 버전), 까불듯이 경쾌한 걸음, 신중한 걸음, 엉덩이를 흔들며 걷는 걸음, 획획 스치는 듯한 소리가 나는 빠른 걸음, 춤을 추는 듯한 걸음, 잰걸음 등의 아홉 가지는 대개 여성적인 걸음으로 분류된다."[18]

호수공원에 나무가 아예 없거나 또는 조금밖에 없었다면 황량한 풍경이었을 것이다. 나무가 있기에 사람들에게 휴식 공간을 제공하는 것이다. 사람들은 걸으면서 철마다 변하는 호수공원의 아름다움에 빠진다. 모양과 색깔이 각기 다른 다양한 꽃들은 사람의 시선을 사로잡는다. 사람들은 예쁜 꽃들을 만나면 잠시 걸음을 멈추고 꽃들의 향연

=

18 잉겔로레 에버펠트, 강희진 옮김, 《유혹의 역사》, 미래의창.

봄

→ 꽃이 예뻐 관상용으로 많이 심는 고광나무. 흰색 꽃은 5~6월에 모여 핀다. 꽃잎은 4개다.

→ 녹색 가는 줄기가 특징인 황매화. 겹꽃으로 피는 황매화를 죽단화라고 한다.

에 참여한다.

고광나무가 있다. 꽃이 예뻐 관상용으로 많이 심는다. 비누 성분이 있어 옛날에는 비누 대용으로 썼다고 한다. 키가 2~3미터 정도 자라는 작은키나무다. 범의귀과 고광나무속으로 분류한다.

나무껍질은 회색이고 껍질이 세로로 갈라져 벗겨진다. 가는 줄기는 갈색이다. 잎은 마주나며 달걀 모양이다. 잎 끝은 길게 뾰족하고 가장자리에 톱니가 나타난다. 오이 냄새가 나는 어린잎을 나물로 먹기도 한다. 그래서 오이순으로도 불린다. 흰색 꽃은 5~6월에 5~7개씩 모여 핀다. 꽃잎은 4개다. 열매는 튀는열매이고 끝이 뾰족하며 가을에 갈색으로 성숙한다. 꽃에 꿀이 있어 벌들이 좋아한다.

인공폭포에서 애수교 방향으로 걸으면 호숫가에 쉬땅나무와 함께 군락을 이루고 있다. 호수공원 여러 곳에 고광나무 이름표가 걸린 나무 군락이 있다. 내가 보기에는 말발도리나 빈도리 같기도 하다.

노란색 꽃이 피는 황매화는 키가 2미터까지 자라는 나무다. 꽃이 예뻐서 공원수나 정원수로 많이 심는다. 장미과 황매화속 작은키나무다. 중국이 원산지인 나무다. 매화를 닮았고 노란색 꽃이 피는 나무라는 뜻에서 이름이 왔다. 하지만 매화와는 전혀 다른 나무다.

나무껍질은 녹갈색이고 매끈하다. 어린 가지는 녹색이다. 잎은 어긋나게 돋고 긴 타원형이다. 잎 끝은 꼬리처럼 길게 뾰족하고 가장자리엔 뾰족한 잔톱니가 촘촘하다. 노란색 꽃은 4~5월에 가지 끝에서 한 개씩 핀다. 꽃잎은 5개다. 열매는 가을에 꽃받침 안에서 갈색으로 익는다. 겹꽃으로 피는 황매화를 죽단화라고 한다. 꽃이 풍성하고 아름다워 황매화보다 많이 심는다. 겹꽃황매화라고도 부른다.

일산 지역 공원, 아파트 단지 담장 옆에 많이 심어져 있다. 호수공원에서는 사자상이 있는 아랫말산 들입에 군락을 이룬다. 전통정원 안에도 황매화, 죽단화가 자라고 있다.

아침 호수공원은 산책하거나 운동하는 사람들로 붐빈다. 걷는 사람, 뛰는 사람, 인라인 스케이트를 타는 사람, 자전거를 타는 사람……
사색하듯 걷는 사람, 풍경 사진을 담기 위해 이리저리 살피며 걷는 사
람 등 모두들 자기만의 방식으로 걸으며 아침을 맞는다. 장 자크 루소
는 식물로 장식된 광경은 사람의 눈과 마음이 결코 싫증내지 않을 풍
경이라고 했다.

"수목이나 관목이나 식물은 대지의 장식이고 옷이다. 눈에 보이는 것
이라곤 오직 돌과 진흙과 모래뿐인 황량한 들판의 경치만큼 쓸쓸한 것
은 없다. 그러나 자연에 의해 생명을 부여받고, 혼례의 의상을 입고, 냇
물의 흐름과 지저귀는 새소리에 둘러싸인 대지는 생기와 흥미와 매력
의 조화로 가득 찬 광경을 사람들 앞에 펼쳐 보인다. 그것은 이 세상에
서 인간의 눈과 마음이 결코 싫증내지 않는 유일한 광경인 것이다."[19]

아름다운 호수공원 8경
: 빈도리, 국수나무, 산딸기

2010년 봄 부산 해운대를 출발해 강원도 고성까지 걸었다. 동해안
을 따라 이어진 해안길이다. 지금은 해파랑길로 사람들 관심을 끌고
있다. 내가 걸을 때만 해도 지금처럼 걷기 길이 이어지지 않았다. 이
길을 걷다 보면 동해 바다와 어우러진 아름다운 풍광을 실컷 만날 수

=

19 장 자크 루소, 유상우 옮김, 《고독한 산보자의 꿈》, 〈제7의 산보〉, 홍신문화사.

있다. 옛날부터 널리 알려진 관동 8경도 살필 수 있다. 울진 평해의 월송정(越松亭), 울진 망양정(望洋亭), 삼척 죽서루(竹西樓), 강릉 경포대(鏡浦臺), 양양 낙산사(洛山寺), 간성 청간정(淸澗亭), 고성 삼일포(三日浦), 통천 총석정(叢石亭). 삼일포와 총석정은 북쪽에 있어 갈 수 없다.

2013년 제주도 올레길 일부 구간을 걸었다. 제주도 역시 아름다운 곳이 많다. 파란 바다, 노란 유채꽃 따위 원색으로 펼쳐지는 풍경에 눈이 즐겁다. 조선 말기 문인 이한우(李漢雨)는 제주도에서 아름답기로 이름난 열 곳을 꼽아 시로 읊었다. 영주십경(瀛洲十景)이다. 제주도 옛 이름이 영주이니 제주십경이다. 성산 일출봉 해돋이(성산일출, 城山日出), 사라봉 저녁노을(사봉낙조, 紗峯落照), 영구 봄꽃(영구춘화, 瀛邱春花), 여름 정방폭포(정방하폭, 正房夏瀑), 귤 숲 가을빛(귤림추색, 橘林秋色), 백록담 늦은 겨울눈(녹담만설, 鹿潭晚雪), 영실의 기이한 바위(영실기암, 靈室奇巖), 산방산 굴의 절집(산방굴사, 山房窟寺), 산지포 고기잡이(산포조어, 山浦釣魚), 풀밭 위의 말(고수목마, 古藪牧馬)이다.

바다, 계곡, 강, 바위, 정자 등이 어우러진 아름다운 풍경이다. 하지만 이런 아름다운 풍경을 완성하는 건 나무이지 싶다. 나무가 배경이 되기 때문에 아름다운 것이다.

빈도리는 줄기 속이 빈 데서 이름이 왔다. 속 빈 말발도리 종류라는 뜻이다. '일본말발도리'라고도 부른다. 키가 3미터까지 자라는 작은키나무다. 범의귀과 말발도리속으로 분류한다. 일본이 원산지다. 줄줄이 가지마다 매달리는 꽃이 풍성하고 아름답다. 정원과 공원 등에 많이

→ 줄줄이 가지마다 매달리는 꽃이 풍성하고
  아름다운 만첩빈도리. 겹꽃으로 피는 빈도
  리를 만첩빈도리라고 한다.

→ 줄기 속이 국수를 닮아서 이름 지어진 국수
  나무. 봄에 가지 끝에서 작은 흰색 꽃이 무
  더기로 핀다. (사진 이태수)

심는다.

나무껍질은 회갈색이고 세로로 얇게 갈라지면서 불규칙하게 벗겨진다. 속은 비었다. 어린 가지는 적갈색이다. 잎은 마주나며 달걀 모양이다. 잎 끝은 뾰족하고 가장자리에 잔톱니가 있다. 흰색 꽃은 5월쯤부터 피기 시작한다. 겹꽃이 피는 품종을 따로 구분해 만첩빈도리라고 부른다. 열매는 튀는열매이고 가을에 익는다.

호수공원 여러 곳에 심어져 있다. 호수교에서 민속그네 방향으로 걷다 보면, 산책길 삼거리가 나온다. 이곳에 빈도리가 군락으로 심어져 있다. 봄철이면 겹꽃으로 피는 만첩빈도리가 무더기로 피어 장관을 이룬다. 빈도리 건너편에는 조팝나무가 군락을 이루고 있어 비교하며 관찰하기 좋다.

국수나무는 줄기 속이 국수를 닮아서 이름이 왔다. 키가 1~2미터 정도 자라는 작은키나무다. 장미과 국수나무속으로 분류한다.

나무껍질은 회갈색이고 오래될수록 세로로 갈라진다. 가지는 지그재그로 벋으며 아래로 처진다. 잎은 어긋나 돋으며 달걀 모양이다. 잎 끝은 길게 뾰족해지고 가장자리에 깊게 패인 톱니가 발달한다. 전체 잎은 3갈래로 갈라진다. 봄에 가지 끝에서 원뿔 모양 꽃차례에 작은 흰색 꽃이 무더기로 모여 핀다. 열매는 가을에 익는다. 산에서 흔히 만날 수 있는 나무다. 일산 정발산에서도 쉽게 볼 수 있다.

산딸기는 산에서 자라는 딸기라는 뜻에서 이름이 왔다. 키가 2미터까지 자라는 작은키나무다. 뿌리가 길게 뻗고 여러 방향으로 줄기를 무성하게 펼친다. 장미과로 분류한다.

나무껍질은 적갈색이고 가시가 있다. 위쪽에서 수많은 가지가 갈라진다. 잎은 어긋나게 달리고 손바닥 모양으로 3~5갈래로 갈라진다. 잎 끝은 뾰족하고 가장자리에 날카로운 톱니가 나타난다. 5~6월에 가지 끝에서 2~6개의 흰색 꽃이 모여 핀다. 열매는 둥글고 붉게 익는다. 6~7월에 성숙한다. 맛은 새콤달콤하다. 정발산엔 산딸기가 지천으로 널렸다.

아무리 아름다운 경치도 나무가 있어야 배경이 완성된다. 배경에 나무가 없으면 느낌이 아주 달라질 것이다. 사계절 제각기 다른 모습으로 수많은 나무들이 호수공원에서 자라고 있다. 나무는 자신만을 드러내 뽐내지 않는다. 관심을 가지고 가까이 다가가는 사람에게 자신을 드러내며 하나씩 하나씩 비밀을 보여준다. 바라만 봐도 푸르른 나무 세계는 정서적인 풍요로움까지 선사한다.

나무가 있는 풍경, 호수공원에도 8경이 있다. 1경은 월파정에서 바라보는 보름달, 2경은 애수교에서 바라보는 찬란한 불빛 야경, 3경은 전통정원 설경, 4경은 한울광장에서 본 붉은 낙조, 5경은 호수공원 아침 물안개, 6경은 봄날 피는 아름다운 꽃들, 7경은 한여름 연꽃과 소나기, 그리고 마지막 8경은 호수공원 가을 단풍이다. 호수공원에 들러 나무도 관찰하고, 나무와 함께 사철 변하는 풍경도 느껴보고 싶지 않은가.

구과, 장과, 삭과, 핵과, 협과?

: 층층나무, 말채나무, 흰말채나무

나무 공부에 조금씩 깊이를 더하면서 불쑥불쑥 생소한 용어들을 만나게 된다. 사람들이 일상적으로 쓰지 않는 말들이고 한자(漢字)여서 그런지 어렵게 느껴진다. 책도 살피고 국어사전을 뒤지기도 했다. 나무 열매와 관련된 용어들도 처음에는 해석하기 어려웠다. 호두, 땅콩, 밤 따위 견과는 우리가 흔히 알고 먹는 열매여서 쉽게 이해할 수 있다. 답답해서 책을 읽고 국어사전을 뒤져 몇 가지 용어를 정리해 봤다. 참고로 삼은 책은 남효창 박사가 쓴 《나무와 숲》, 그리고 국립국어연구원이 펴낸 《표준국어대사전》이다.

견과(堅果): 굳은열매. 단단한 껍데기 속에 한 개의 씨앗이 들어 있는 나무 열매. 도토리, 밤, 호두 따위. 각과(殼果)라고도 한다.

구과(毬果): 방울열매. 목질(木質)의 비늘 조각이 여러 겹으로 포개어져 둥글거나 원추형이며, 미숙할 때는 밀착되어 있으나 성숙함에 따라 벌어져 열린다. 낙우송과 식물, 소나무과 식물 따위의 열매. 솔방울, 잣송이 등이 구과에 속한다.

분열과(分裂果): 분열열매. 다 익으면 여러 개로 갈라지는 열매. 단풍나무는 시과이지만 분열과며, 가죽나무는 시과이지만 분열과로 분류하지 않는다.

삭과(蒴果): 튀는열매. 익으면 과피(果皮)가 말라 쪼개지면서 씨를 퍼뜨리는, 여러 개의 씨방으로 된 열매. 철쭉, 진달래, 병꽃나무, 능소화, 화살나무, 무궁화, 배롱나무 따위.

시과(翅果): 날개열매. 열매 껍질이 얇은 막 모양으로 돌출하여 날개를 이루어 바람을 타고 멀리 흩어지는 열매. 물푸레나무, 신나무, 단풍나무, 가죽나무 따위.

장과(漿果): 물열매, 살열매. 과육과 액즙이 많고 속에 씨가 들었다. 육질이 열리지 않는다. 다래나무, 포도 등이 여기에 속한다. 과육이 많아 육과(肉果)라고도 한다.

핵과(核果): 씨열매. 장과 가운데 하나다. 씨가 굳어서 된 단단한 핵으로 싸고 있는 열매. 열매 껍질은 열리지 않는다. 팽나무, 호두나무, 벚나무, 가래나무, 복숭아, 살구나무 등이 여기에 든다.

협과(莢果): 꼬투리열매. 열매가 꼬투리로 맺히며 성숙한 열매가 건조해지면 심피 씨방이 두 줄로 갈라져 씨가 튀어 나온다. 자귀나무, 박태기나무, 주엽나무, 싸리, 칡, 등나무, 아까시나무, 회화나무 따위 콩과식물이 여기에 속한다.

가지가 층층으로 자라는 데서 이름이 온 층층나무가 있다. 층층나무과 잎떨어지는 큰키나무다. 20미터까지 자란다고 한다. 가지를 계단 모양으로 사방으로 펼쳐 자라서 나무 외모가 멋있다. 게다가 자잘한 흰색 꽃도 예쁘다. 공원수나 조경수로 많이 심는다. 층층나무는 나무 그늘을 넓게 만드는 나무다. 층층나무 그늘 때문에 가까이 있는 다른 나무는 자라기 어렵다. 그래서 '숲속의 폭군'이란 별명을 얻었다.

나무껍질은 회갈색이다. 세로로 흰색 줄이 드러나며 얕게 갈라진다. 타원형 잎은 어긋나게 나며 가지 끝에서는 모여 달린다. 잎 끝은 길게 뾰족하고 가장자리는 밋밋하다. 측맥은 5~8쌍이다. 작은 흰색 꽃은 5월쯤 새 가지 끝에서 모여 핀다. 향기가 은은하다. 꽃잎은 4개다. 열매는 동그란 씨 열매고, 여름부터 초가을까지 검게 익는다. 말채나무와 비교해 보면, 잎은 어긋나게 달리고 잎 측맥도 말채나무보다 많다.

호수공원에서는 층층나무를 만날 수 없다. 마두역에서 호수공원 방면에 낙민공원이 있는데, 이곳에 층층나무가 여러 그루 자라고 있다.

낭창낭창한 가지가 특징인 말채나무는 가지를 말채찍으로 쓰기 좋다는 데서 이름이 왔다. 층층나무과 큰키나무로 분류한다. 키가 10미터까지 자란다고 한다.

나무껍질은 흑갈색이고 불규칙적인 그물 모양으로 갈라진다. 갈라지는 모양이 어찌 보면 감나무 껍질과 많이 닮았다. 어린 가지는 붉다. 타원형 잎은 마주난다. 잎 끝은 길게 뾰족하고 가장자리는 밋밋하다. 측맥은 층층나무보다 적은 3~5쌍이다. 작은 흰색 꽃은 5월쯤 가지 끝에 모여 핀다. 꽃잎은 4개다. 구형 열매는 씨열매고 가을에 검은색으로 익는다.

말채나무도 호수공원에서 볼 수 없었다. 주엽역에서 호수공원 방면에 주엽공원이 있는데, 이 공원 중간쯤에서 말채나무 몇 그루를 볼 수 있다.

봄

→ 층층나무 꽃. 가지를 층층으로 사방에 펼치
는 층층나무는 자잘한 흰색 꽃이 예쁘다.

→ 흰말채나무. 말채나무와 닮았고 열매가 흰
색으로 익는 데서 이름이 왔다.

호수공원에서 흰말채나무 군락을 만났다. 자연학습원 외곽 등 여러 곳에서 자라고 있었다. 나무껍질이 붉은색을 띠는데 이름은 흰말채나무여서 왜 그럴까 궁금했던 나무다. 나중에 흰 열매가 열리는 걸 보고 이해할 수 있었다. 말채나무와 닮았고 열매가 흰색인 데서 이름이 왔다. 층층나무과 잎떨어지는 작은키나무다. 꽃이 아름다워 공원 등에서 경계수나 관상수로 많이 심는다.

타원형 잎은 마주난다. 잎 끝은 뾰족하고 가장자리는 밋밋하다. 측맥은 4~6쌍이다. 층층나무, 말채나무와 같이 4개의 꽃잎을 가진 하얀 꽃이 모여 핀다. 열매는 구형이며 씨 열매다. 초여름부터 가을까지 흰색으로 익는다.

나무를 소개하는 책에서 이런 표현을 봤다. "나무를 동정한다." 동정이 무슨 뜻일까 한참이나 생각했다. 궁금해서 사전을 찾았다. 동정(同定, identification)은 식물 식별이란 뜻이었다. "생물의 분류학상 소속이나 명칭을 바르게 정하는 일."[20]

식물 용어가 일반인에게 어렵게 느껴지는 건 문제가 있다고 생각한다. 물론 식물학이 전문가만 할 수 있는 일이고 즐길 수 있는 영역이라면 할 말이 없다. 그러나 나무와 사람이 공존하는 세상을 만들기 위해서는 전문가들만 독점해서는 안 될 일이다. 현재 쓰는 나무 용어는 너무 어렵다. 그래서 일반인들이 나무의 세계를 폭넓게 알기 더 어

=

20 국립국어연구원, 《표준국어대사전》, 두산동아.

렵게 한다. 어려운 용어는 그만큼 사람들로 하여금 나무에 대한 관심을 덜 갖게 만들고 나무 공부를 포기하게 만들기 때문이다. 삶을 정서적·육체적으로 풍부하게 해주는 나무 공부를 못하게 막는 것이다. 다행히도 요즘 나오는 일반인 대상의 책들은 식물 용어를 우리말로 쉽게 고쳐서 쓰고 있다. 참으로 고마운 일이다. 이제는 우상복엽, 장상복엽이란 어려운 말보다 깃꼴겹잎, 손모양겹잎 등으로 쓴다.

열매 용어도 쉬운 우리말로 하나하나 고쳐 썼으면 싶다. 견과는 굳은열매, 구과는 방울열매, 삭과는 튀는열매, 시과는 날개열매, 영과는 이삭열매, 장과는 물렁(물)열매, 핵과는 씨열매, 협과는 꼬투리열매로 쓰면 얼마나 이해하기 쉬운가.

제 2 장

매미 울음소리 요란한 여름

매미 울음소리 요란할 때 꽃 피는 나무

: 회화나무, 배롱나무

후텁지근한 여름이다. 그늘이 저절로 그리워진다. 조금만 걸어도 끈적끈적한 땀이 주르르 흘러내린다. 때문에 걷기에는 썩 좋지 않은 때다. 공원 나무 그늘에 앉아 있으면 매미 소리 청량하다. 어찌 들으면 치열하다. 땅 밑에서 7년을 기다린 매미들이 땅 위로 올라와 온몸으로 울기 시작한다. 유전자에 각인된 행위일 게다. 후세를 남기려는 짝짓기를 위해 온몸으로 우는 것이다.

나는 매미 울음소리를 들을 때마다 마음속에 한 가지 생각이 떠올라 빙긋 웃는다. 1990년대 초반 〈신나는 교실〉에서 읽은 매미 울음소리 때문이다. 〈신나는 교실〉은 윤태규 선생이 대구 인근 논공의 한 초등학교 아이들과 만든 학급 문집이다.

윤 선생과 아이들이 교실 밖에서 들려오는 매미 울음소리를 듣는다. 그리고 칠판에 옮겨 적는 공부를 하고 있다. 한 아이는 "이이토안 이이토안…… 찌찌찌지……", 다른 아이는 "이이씨용 이이씨용 …… 찌찌르르르……", 또 다른 아이는 "찌이이찌옹 찌이이찌옹 찌이이찌옹…… 찌리리리리찍" 등. 일곱 명의 아이들이 모두 자기 나름대로 매미 울음소리를 적는데, 나중에 흠재라는 아이가 "씨이팔눔아 씨이팔눔아" 하고 소리 낸다고 해서 모두가 한바탕 웃고 말았다.[1] 나는 그 뒤로 매미 울음소리를 들을 때마다 "씨이팔눔아 씨이팔눔아"를 웅얼거린다.

원뿔 모양으로 모여 핀 회화나무 연노랑색 꽃들이 피었다 진다. 먼저 핀 꽃잎이 우수수 떨어져 나무 밑에 수북하게 쌓인다. 잎은 깃꼴겹잎이고 어긋나게 달렸다. 잎 가장자리는 톱니가 없고 밋밋하다. 나무껍질을 보면 검은 회색빛인데 세로로 죽죽 갈라지고 어린 가지는 녹색을 띠고 있다. 꽃이 지면 작은 염주를 꿰놓은 것처럼 열매 꼬투리가 맺힌다. 그래서 회화나무는 콩과 나무다. 또 잎떨어지는 큰키나무다. 키가 30미터까지 자란다고 한다.

일산에는 회화나무를 가로수로 많이 심어놓았다. 호수공원 선인장 전시관에서 월파정 들목을 지나 아랫말산 못 미쳐 호숫가 산책길 옆에 회화나무가 무리지어 심어져 있다. 호수공원 사자상이 있는 곳에

=

1 윤태규, 《나뭇잎 교실》, 도서출판 산하(1992), 재구성.

→ 호수공원에 있는 200년 된 회화나무. 키
20미터, 몸통 둘레 약 4미터. 회화나무
광장 구석에 있다.

서 아랫말산을 10여 미터 오르면 음나무와 함께 아름드리로 자란 회화나무가 서 있다. 나무껍질이 세월의 무게를 견딘 흔적이 엿보이는 참으로 든든한 나무다. 또 호수공원 회화나무광장에는 200년 묵은 회화나무가 보호수로 모셔져 있다.

처음에 봤을 땐 나뭇잎만 보고 아까시나무로 착각하기도 했다. 아까시나무는 줄기에 가시가 있는데, 나무가 커서 확인하기 어렵기도 했지만 무엇보다도 나무에 대해 잘 몰랐던 까닭에 꽃 모양, 꽃 피는 시기가 아까시나무와 다른 나무인데도 그걸 몰랐다.

회화나무는 중국이 원산지인 나무라고 한다. 학자들은 회화나무의 이름을 중국 이름 괴화(槐花)의 '괴'가 중국에서 '회'로 발음되기 때문에 거기에서 유래한 이름으로 해석한다. 옛 사람들은 '학자수(學者樹)' 또는 '선비나무'로 대접하기도 했는데, 나뭇가지가 자유분방하게 뻗어나가서 학자들의 자유로운 정신을 나타낸다고 생각했기 때문이다. 영어 이름도 스칼라 트리(Scholar Tree)라고 한다.

배롱나무가 있다. 이 나무도 회화나무 꽃과 같이 여름철부터 화사하게 피고 진다. 초가을까지 100일 동안이나 핀다고 해서 나무백일홍[木百日紅]이라고도 한다. 학자들은 백일홍을 발음하면 배기롱, 배기롱이 줄어서 배롱나무로 이름이 변한 것으로 추측한다. 수많은 주홍색 꽃들이 원뿔 모양으로 모여 피는데, 드물기는 하지만 흰색 꽃이 피는 배롱나무도 있다. 흰배롱나무로 분류한다. 일산 문화초등학교 건물

→ 배롱나무. 100일 동안 꽃이 피고 져서 나무백일홍이라고도 한다.

앞 화단에 흰꽃을 피우는 흰배롱나무 한 그루 자라고 있다.

잎은 두꺼우며 가장자리에 톱니가 없고 잎자루는 거의 없다. 짙은 갈색을 띠는 나무껍질은 얇게 벗겨지며 매끈매끈하다. 그래서 일부 지방에서는 '간지럼나무', 일본에서는 '원숭이미끄럼나무'로 부른다.

호수공원에는 자연학습원과 학괴정 사이에 배롱나무 무리가 자란다. 나무 자람은 썩 좋지 않아 보인다. 중국 원산이고 부처꽃과로 분류되며 잎떨어지는 중간키나무다.

걷고 있는데 까치가 매미를 희롱하고 있다. 도망치려고 하면 부리로 툭 쳐서 뒤집어 놓고, 다시 정신 차려 날려고 하면 툭툭 쪼아서 도망가지 못하게 한다. 죽이지도 않고 먹지도 않고 장난하고 있다. 매미 울음소리가 욕소리처럼 들린다. 흠재의 매미 울음소리.

근육질 몸매, 하얀 피부
: 서어나무, 자작나무

내 마음을 불편하게 하는 게 있다. '기념'이란 낱말이다. 회갑 기념, 백일 기념, 결혼 기념 등의 말로 아주 익숙한 낱말인데 '전쟁기념박물관' '홍수기념비' 따위로 변주되면 뭔가 어색하고 불편한 마음이 든다. 단어의 원래 뜻과 어울리지 않는다. 홍수나 전쟁을 기념할 수는 없기 때문이다. 내가 잘못 알고 있나 싶어 사전을 뒤져봤다. '기념'이란 낱말의 뜻풀이는 이렇다.

"어떤 뜻 깊은 일이나 훌륭한 인물 등을 오래도록 잊지 아니하고 마음에 간직함."

2010년 초반 5번 국도를 따라 화천에서 남해까지 걸어간 적이 있다. 충북 단양에서 만난 '홍수기념비'는 고개를 갸웃거리게 했다. 일산 강선공원에도 이와 비슷한 기념비가 하나 있는데, '홍수흔적기념비'다. 홍수기념비가 아니고 홍수흔적기념비여서 그나마 다행이다. 하지만 홍수흔적비 정도였으면 더 좋았지 싶다. 홍수의 흔적을 기념할 수는 없으니 하는 말이다. 앰브로스 비어스는 기념비(記念碑, Monument)를 "기념할 필요도 없고 기념될 리도 없는 것을 기념하기 위한 건조물"[2]이라고 비꼬았다.

내가 호수공원까지 걷는 산책길에 강선공원이 있다. 지하철 3호선 주엽역 옆이다. 이곳에 서어나무가 많이 심어져 있다. 박상진 교수는 회색빛 근육질 몸매를 가진 서어나무를 "숲속의 보디빌더"라고 표현했다. 나무 이름은 서목(西木)에서 서나무, 서어나무로 변한 것으로 추정한다.

나무 몸통은 울퉁불퉁하며 키는 15미터까지 자란다고 한다. 하지만 강선공원 서어나무는 키가 작다. 4~5월에 잎보다 조금 먼저 꽃이 핀다. 어린잎은 붉은 빛을 띤다. 잎은 어긋나게 달리고 달걀형이며 잎 끝은 뾰족하게 길다. 잎 가장자리에 불규칙하게 날카로운 겹톱니가 나타난다. 식물도감을 찾아보니 잎의 측맥은 10~12쌍이라고 한다. 과학자들은 계량에 능하다더니 정확하게 수치화하고 있다. 손톱 모양의 포(苞)를 실로 꿰어놓은 듯 열매가 맺힌다. 포 밑부분에 열매가 하나씩 달렸다. 자작나무과로 분류되며 잎떨어지는 넓은잎 큰키나무다.

호수공원 전통정원에 키 크고 굵게 자란 서어나무 한 그루 자라고 있다. 몸통 한쪽이 썩어 들어가 잎은 소사나무처럼 작고 씨앗도 많이 매달고 있지 않다. 소사나무는 강화도 마니산에 많이 자란다. 서어나무보다 덩치나 잎, 열매 따위가 작고 적어서 소서목(小西木)이었다가 소사나무로 불리게 됐다고 한다. 참성단에 나이 묵은 소사나무가 한

2 앰브로스 비어스, 정시연 옮김, 《악마의 사전》, 이른아침.

그루 외롭게 서 있다. 천연기념물이다.

서어나무를 관상하고 공원길을 따라 걷는다. 주엽역 지하보도를 지
나면 주엽공원이 나오고 보행육교를 건너면 호수공원이다. 노래하는
분수대와 학괴정을 지나 월파정 가는 호수 옆 산책로에는 자작나무
가 무리지어 심어져 있다. 회화나무가 심어진 곳 바로 옆이다. 자작나
무는 시베리아 등 엄청나게 추운 곳에서 진가를 발휘한다. 그래서일
까. 호수공원에서는 맑은 흰 수피를 드러내지 못하고 있다. 검은빛과
흰빛이 섞인 얼룩덜룩한 껍질이 지저분해 보인다. 한대지방에서 자라
는 자작나무를 이곳에 식재한 까닭에 나무가 그리 건강해 보이지 않
는다. 하지만 내가 사는 곳 주변에서 자작나무를 볼 수 있으니 그래도
행복하다.

박상진 교수는 자작나무에 대해 이렇게 적고 있다.

"영하 20~30도의 혹한을, 그리 두꺼워 보이지 않는 새하얀 껍질 하
나로 버틴다. 종이처럼 얇은 껍질이 겹겹이 쌓여 있는데, 마치 하얀
가루가 묻어날 것만 같다. 보온을 위하여 껍질을 겹겹으로 만들고 풍
부한 기름 성분까지 넣어 두었다. 살아 있는 나무의 근원인 부름켜(형
성층)가 얼지 않도록 경제적이고 효과적인 대책을 세운 것이다."[3]

나무껍질은 광택이 나는 흰색인데 종이같이 얇게 옆으로 벗겨져 옛
날에는 종이 대용으로도 썼다고 한다. 가는 줄기는 짙은 갈색이고 잎

=
3 박상진, 《문화와 역사로 만나는 우리 나무의 세계 2》, 김영사.

→ 근육질 몸매를 자랑하는 서어나무. 손톱 모
양의 포(苞)를 실로 꿰어놓은 듯 열매를 맺
는다.

→ 흰색 나무껍질이 특징인 자작나무. 열매는
원통 모양으로 아래를 향한다. 잎 가장자리
에 겹톱니가 나타난다.

은 어긋나게 달린다. 잎 가장자리에는 겹톱니가 있고, 잎 끝은 뾰족
하다. 열매는 손가락 반 마디 정도 크기의 원통형으로 아래를 향한다.
자작나무과이며 잎떨어지는 넓은잎 큰키나무로 키는 25미터, 지름은
90센티미터까지 자란다고 한다.

백석 시인은 1912년 평안북도 정주에서 태어났다. 시인의 고향은
모든 게 자작나무로 된 산골이었나 보다. 〈자작나무〉 시를 읽으니 백
석 시인의 고향이 눈에 보이는 듯하다.

"산골집은 대들보도 기둥도 문살도 자작나무다/ 밤이면 캥캥 여우
가 우는 산도 자작나무다/ 그 맛있는 메밀국수를 삶는 장작도 자작나
무다/ 그리고 감로(甘露)같이 단샘이 솟는 박우물도 자작나무다/ 산너
머는 평안도땅도 뵈인다는 이 산골은 온통 자작나무다."[4]

아름드리 당산나무, 정자나무
: 은행나무, 느티나무

늦가을이다. 나무들이 추운 겨울을 나기 위해 잎을 떨군다. 옷을 벗
는다. 발가벗는 나무들, 나목(裸木)이다. 호수공원을 걷다가 박완서 선
생의 첫 소설 《나목》을 생각했다. 소설의 모티프가 되는 박수근 화백

---

4 백석, 이동순 편, 《백석 시전집》 〈백화(白樺)〉, 창비.

의 그림 〈나무와 여인 3〉과 똑 닮은 나무를 보았기 때문이다.

　나(이경)의 두 오빠는 폭격으로 죽는다. 두 오빠의 죽음이 자기 탓이라는 죄책감 속에서 살아가는 주인공. 두 아들을 잃고 황량한 마음을 내면화한 어머니. 그리고 이경과 어머니와의 애증. 미군 피엑스에서 만난 이경과 유부남 화가 옥희도는 서로 사랑하는 사이가 된다. 옥희도 화가의 집을 방문한 이경은 〈나무와 여인〉 그림을 보고 고사한 나무, 고목(枯木)으로 생각한다. 하지만 옥희도의 유작전에서 본 나무는 "봄에의 믿음"을 간직한 나목이었다.

　"내가 지난 날, 어두운 단칸방에서 본 한발 속의 고목(枯木), 그러나 지금의 나에겐 웬일인지 그게 고목이 아니라 나목(裸木)이었다. 그것은 비슷하면서도 아주 달랐다. 김장철 소스리바람에 떠는 나목, 이제 막 마지막 낙엽을 끝낸 김장철 나목이기에 봄은 아직 멀건만 그의 수심엔 봄에의 향기가 애닮도록 절실하다."[5]

　소설 《나목》에서 주인공 이경이 살고 있는 텅 빈 고택 뒤뜰에는 몇십 년 묵은 은행나무들이 자라고 있다. 두 오빠의 죽음에 대한 죄책감으로 인해 이경에게 그 가을 황금빛 은행잎은 처절하게 노오랬다. 은행나무는 우리나라 어디에서나 쉽게 볼 수 있는 나무다. 수백, 수천 년을 살아 마을의 당산나무(마을의 수호신으로 모셔 제사를 지내주는 나무)

5　박완서, 《나목》, 열화당.

로 대접받았다. 또 은행나무는 마을 사람들이 일하다 쉴 수 있는 그늘을 제공해 정자나무(집 근처나 길가에 있는 그늘을 넓게 드리우는 나무) 역할도 맡는다.

은행나무는 전국에 걸쳐 가로수나 공원수로 심는다. 공해와 병충해에 강하기 때문이다. 잎떨어지는 큰키나무인 은행나무는 우리나라 천연기념물 노거수(老巨樹) 가운데 가장 많다. 20여 건이 넘는다. 암나무와 수나무가 따로 있다. 천연기념물 제30호인 경기도 양평 용문사 은행나무는 나이가 1000년이 넘은 암나무인데, 아직까지도 왕성하게 많은 열매를 맺는다. 하지만 가로수 은행나무 중 암나무는 열매에서 나는 똥냄새 때문에 사람들의 기피 대상이다. 까닭에 가로수 은행나무 암나무는 퇴출되고 있다.

학자들에 따라 바늘잎이라고도 하고 넓은잎이라고도 한다. 은행(銀杏)나무는 한자 그대로 열매의 겉면이 살구와 닮았고 속은 은빛이 난다고 해서 이름이 왔다. 세계적으로 1과 1속 1종만 있는 희귀한 나무다. 지구에서 가장 오래된 화석나무로도 알려져 있다. 키는 60미터까지 자란다고 한다.

나무껍질은 잿빛이고 코르크층이 두껍게 덮고 있다. 세로로 길고 깊게 갈라진다. 오래된 나무에는 유주(乳柱)가 달린다. 잎은 부채꼴이고 보통 잎 가운데서 두 갈래로 갈라지는데, 여러 갈래로 갈라지는 잎도 눈에 띈다. 잎은 항균성 성분이 있어서 약용으로 쓰인다. 잎 줄기

→ 은행나무는 열매의 겉면이 살구와 닮았
고 속은 은빛이 난다고 해서 이름이 왔
다. 세계적으로 1과 1속 1종만 있는 희
귀한 나무다.

는 짧은 것도 있고 10센티미터가 넘는 것도 있다. 열매는 2센티미터 정도 크기로 가을에 황갈색으로 익는다. 열매 껍질은 육질이고 물렁물렁하다. 썩으면 똥냄새가 난다. 중간씨 껍질은 딱딱하고 흰색이다. 속살을 익혀 먹는다. 포장마차 꼬치안주로도 제법 소문이 났다.

호수공원에는 곳곳에 은행나무들이 심어져 있다. 산책로 옆 가로수로, 잔디밭 구석에 홀로 우뚝 선 나무로도 자라고 있다.

'나무 칼럼'이란 독특한 영역을 개척한 분이 있다. 나무 칼럼니스트 고규홍. 나무를 소개하는 많은 책을 써서 사람들에게 나무의 아름다움과 소중함을 알리고 있다. 고규홍 나무 칼럼니스트가 쓴 글 가운데 〈세상에서 가장 큰 악기〉가 있다. 속이 빈 느티나무 고사목을 딱따구리가 쪼아대는 소리를 듣고 쓴 글이다. 경북 봉화 청량정사 느티나무 고사목 이야기다.

"이른 아침부터 딱따구리 소리가 산사의 정적을 깨고 온 산을 휘감았다. 딱따구리가 그 고사목을 두드려대고 있었다! 텅 빈 고사목 줄기는 더없이 훌륭한 악기가 되었다. 딱따구리가 고사목을 쪼아대자, 나무 전체가 공명하면서 천상의 소리를 만들어냈다. 세상에 이렇게 큰 악기가 있을까. 딱따구리는 둘레 6미터, 높이 8미터의 거대한 악기를 연주하고 있었다."[6]

은행나무처럼 느티나무도 수백 년을 넘어 1000년을 사는 나무다. 그

=
6 고규홍, 《옛집의 향기, 나무》, 들녘.

래서 당산나무나 정자나무로 우리네 삶과 함께해 온 나무다. 노거수 천연기념물 가운데 은행나무 다음으로 많다. 느릅나무과 잎떨어지는 큰키나무다. 키는 30미터까지 자란다고 한다. 강판권 교수는 김민수의 《우리말 어원사전》을 인용하며 "나무 이름은 누를 황(黃)의 '눌'과 회화나무 '괴(槐)'의 합성어인 '느튀나모'에서 유래했다"[7]고 해석한다.

나무껍질은 회갈색이고 껍질에 숨구멍이 촘촘하게 나타난다. 오래될수록 껍질이 작은 조각으로 떨어진다. 잎은 어긋나게 달리고 타원형이다. 잎 가장자리에는 톱니가 있다. 잎 끝은 뾰족하고 잎자루는 짧다. 꽃은 4~5월에 황록색으로 핀다는데, 나와 같은 보통 사람들은 관찰하기 쉽지 않다. 10월쯤 익는 열매도 3~4밀리미터 정도로 작아서 살피기 어렵다.

나이가 먹을수록 크고 굵게 자라며 가지를 사방으로 뻗어 그늘을 만드는 느티나무. 학교, 마을마다 느티나무 고목은 많다. 호수공원에도 느티나무들 곳곳에 심어져 있다.

박수근 화백의 그림 〈나무와 여인 3〉. 호수공원에서 내가 만난 박 화백 그림과 닮은 나무는 수양벚나무였다. 박 화백은 어떤 나무를 보고 그림을 그렸을까? 양버즘나무일까, 느릅나무일까, 밤나무일까? 우리 집에 걸린 카피본 〈나무와 여인 3〉을 볼 때마다 궁금증은 더해 간다. 여전히 풀리지 않는 수수께끼 같은 문제.

=
7 강판권, 《역사와 문화로 읽는 나무사전》, 글항아리.

→ 안동 하회마을 느티나무. 수백 년을 넘어
1000년을 사는 나무로, 노거수 천연기념
물 가운데 은행나무 다음으로 많다.

강원도 양구 웅진리에 사는 김용철 화가에게 물었다. 김 화가는 박
수근 화백의 어린 시절을 상상으로 풀어낸 글·그림책《꿈꾸는 징검
돌》(2012)을 펴냈다. "느릅나무, 라고 하는데. 글쎄~ 양구에 예전에 버
드나무가 많았고 느릅나무가 많았대요. 양구의 '양' 자가 버드나무
'양(楊)' 자인 것은 확실한데. 그림에 나오는 형태와는 좀 안 맞아요.
그리고 느릅나무는 잎이 떨어지면 좀 비슷해요. 내 견해로는 밤나무
가 고목이 되면 박수근 고목과 형태가 똑같아요."

끊임없이 피고 진다

: 무궁화, 부용

서울 종로구 주한일본대사관 건너편에서는 일본군 위안부 문제 해결을 촉구하는 집회가 매주 수요일 낮 12시에 열린다. 이곳에는 '평화의 소녀상'이 세워져 있다. 일본군 위안부 문제 해결과 평화를 기원하는 조각상이다. 김운성·김서경 부부 조각가가 위안부 피해자의 모습을 형상화했다. 2011년 12월 일본군 위안부 관련 1000번째 정기 수요집회를 기념해 설치한 청동 조각상. 단발머리 조선 소녀는 맨발로 손을 꽉 쥔 채 앉아 있다. 소녀의 왼쪽 어깨 위에는 새 한 마리가 앉았다. 새는 돌아가신 피해자들을 현실과 잇는 매개체로 상징화한 것이라고 한다. 소녀상 옆에는 빈 의자가 놓였다. 다른 위안부 피해자와 우리 모두에게 열린 공간일 게다. 2015년 11월 18일 현재 1,205번째 정기 수요집회. 일본 총리 아베는 '평화의 소녀상' 철거를 요구하고 있다.

호수공원에도 '평화의 소녀상'[8]이 세워져 있다. 고양600년기념전시관 앞에 무궁화 사진을 배경으로 앉아 있는 소녀상. 날씨가 추워지자 누군가 소녀상에 목도리를 둘러줬다. 소녀상 주변에는 어린 무궁화가

8　2015년 12월 28일 '위안부 한일협의'는 10억 엔과 맞바꾼 부끄러운 "불가역적" 밀실, 졸속 협정이었다. 2016년 2월 29일, 고양 '평화의 소녀상'은 정발산역과 호수공원 사이에 있는 문화공원 광장으로 자리를 옮겼다. 접근성을 쉽게 해서 시민들에게 좀 더 널리 알리기 위해서다.

여러 그루 자란다.

나라꽃 무궁화. 우리가 알게 모르게 무궁화를 상징으로 삼는 건 많다. "무궁화 삼천리 화려강산"으로 표현되는 애국가부터, 태극기 깃봉은 무궁화의 꽃봉오리다. 나라의 문장(紋章)은 무궁화꽃의 중심에 태극 문양을 넣는다. 우리나라 훈장 가운데 가장 높은 '무궁화대훈장', 국민훈장인 '무궁화장'도 무궁화를 상징으로 삼았다. "꽃 중의 꽃 무궁화꽃 삼천만의 가슴에 피었네 피었네 영원히 피었네"라는 서일수 작사, 황문평 작곡 〈꽃 중의 꽃〉이란 노래도 많이 알려져 있다.

무궁화는 아욱과 잎떨어지는 작은키나무. 키는 4미터까지 자란다고 한다. 끊임없이 피고 진다고 해서 무궁화(無窮花)다. 목근화(木槿花)를 중국어로 발음하면 '무긴화'고, 이를 한자로 옮겨 적은 것이라는 설도 있다. 아쉽게도 중국이 원산지다. 전국에 걸쳐 심는다.

강원도 홍천은 드물게 무궁화를 가로수로 심었다. 독립운동가 남궁억(1863~1939) 선생 때문이다. 1918년 남궁억 선생은 건강이 나빠지자 선조들 고향인 홍천군 서면 모곡리로 귀향했다. 이곳에서 무궁화를 심고 널리 보급하며 독립운동을 계속했다. 그래서 홍천은 무궁화의 고향이기도 하다. 지금 이곳에 '무궁화마을'이 있다. 종이 무궁화 만들기 등 다양한 농촌체험 프로그램을 운영한다고 한다.

나무껍질은 회백색 또는 회갈색이고 매끈한 편이나 오래되면 세로로 갈라진다. 잎은 어긋나 달리며 달걀형이다. 잎 끝은 뾰족하고 가장

→ 끊임없이 피고 진다고 해서 이름이 온 무
  궁화(無窮花). 나라꽃으로 전국에 걸쳐 심는
  다. 강원도 홍천은 무궁화의 고장이다.

→ 초여름부터 연분홍색 꽃이 피는 부용. 무
  궁화와 닮았으나 무궁화보다 훨씬 큰 꽃이
  달린다.

자리에 굵은 톱니가 발달한다. 잎자루는 짧은 편이다. 무궁화는 7~9
월쯤 꽃이 핀다. 지름은 대략 5~10센티미터다. 꽃받침은 종 모양이고
다섯 갈래로 깊게 갈라진다. 꽃잎은 5개이고 안쪽은 암적색이다. 꽃은
하루 만에 비틀어져 떨어진다. 품종에 따라 색상과 모양이 다양하다.
열매는 삭과(蒴果). 익으면 열매 껍질이 말라 쪼개지면서 씨를 퍼뜨리
며 여러 개의 씨방으로 이루어진 튀는열매다. 10~11월에 갈색으로 익

는다. 부용에 비해 꽃이 작고 잎이 여러 갈래로 갈라지지 않는 점이 다르다.

호수공원에는 '평화의 소녀상' 옆, 한울광장과 장미원 사이 무궁화 동산에서 군락을 이루며 자란다.

부용은 아욱과 작은키나무다. 목(木)부용을 부용화(芙蓉花)라고 하던 데서 유래된 이름이라고 한다. 꽃을 연꽃에 비유한 이름으로 추정하기도 한다. 무궁화와 마찬가지로 중국이 원산지다. 제주도에서 쉽게 볼 수 있으며 인천공항 가는 고속도로 옆에서도 눈에 띈다.

나무껍질은 회백색 또는 회갈색이고 매끈하다. 잎은 어긋나서 돋고, 잎 끝은 뾰족하며 3~7개로 갈라진다. 잎 가장자리에는 둔한 톱니가 있다. 꽃은 7~10월에 연한 분홍색으로 핀다. 꽃은 무궁화보다 크다. 꽃받침은 종 모양이고 다섯 갈래로 깊게 갈라진다. 꽃잎은 5개이고 안쪽은 연한 홍색을 띤다. 무궁화와 마찬가지로 꽃은 하루 만에 떨어진다. 열매는 튀는열매(삭과), 10~11월에 갈색으로 익는다. 텃밭정원에서 장미원으로 가는 중간 산책로 옆에서 부용 군락을 만날 수 있다.

2010년 초반 강원도 고성에서 비무장지대를 끼고 있는 고성·인제·양구·화천·포천·연천·파주 지역을 따라 고양까지 걸은 적이 있다. 그때 포천군 신장삼거리 앞 광명휴게소 한식당에서 본 암호 같은 붓글씨. 백두산 천지 수묵화 위쪽에 걸린 두 줄로 걸린 붓글씨는 이렇게 적혀 있었다.

"하보길으대사대강화천화무만나우하보님하도고마산백물동/세전이로한람한산려리삼궁세라리사우이느록닳르이두과해."

이 글의 뜻이 뭔지 한번 생각해 보시라!

물고기를 기절시키는 나무

: 때죽나무, 쪽동백나무

고양 일산신도시를 계획한 때는 1989년이다. 성남 분당신도시와 함께였다. 과밀화한 서울 인구를 분산시키고 턱없이 부족한 주택 공급량을 서울 외곽에서 마련하기 위해서였다. 500만여 평 30만 명 수용을 목표로 설계한 일산신도시 기본 계획안에는 구파발에서 대화까지의 지하철 3호선 연장, 성산대교부터 이산포까지의 한강변 도로 신설 및 확장 등 도로 교통망이 포함됐다.

이전까지만 해도 고양군은 평야지대였다. 서울 근교 농촌으로 서울 생활권과 가까워 채소 등 농산물을 서울에 공급하던 지역이다. 백마역 등 일대는 서울 시민들의 나들이 장소로 유명했다. 70년대 후반 대학생들은 신촌역에서 경의선을 타고 백마역에 내려 애니골이란 독특한 이름의 술집 거리에 들러 청춘의 낭만을 즐겼다. 내 또래들이다. 지금 애니골은 백마역과 풍동역 사이로 옮겨 옛 이름만큼 번성하고 있다.

1990년 10월 일산신도시 첫 번째 아파트가 분양을 시작했고, 1992년 8월 첫 주민들이 입주했다. 이에 따라 1996년에는 호수공원이 문을 열었다. 그러니 2015년은 호수공원이 문을 연 지 20년이 되는 해다. 초기만 해도 호수공원에는 쉴 만한 나무 그늘이 별로 없었다. 날림으로 식재한 탓인지 고사하는 나무도 꽤 많았다고 한다. 1997년 고양꽃박람회를 열었는데, 관람객들이 쉴 곳이 없자 이때부터 나무를 많이 심기 시작했다. 소나무와 참나무과 나무가 50퍼센트를 차지하고, 벚나무, 은행나무, 배롱나무, 구상나무 따위가 자라고 있다. 호수공원 안내 지도에는 이렇게 적혀 있다.

"1989년 고양 일산신도시 개발 계획에 의해 한강과 신도시 사이의 친환경 공간으로 조성. 전체 면적 103만 4000제곱미터, 호수 면적 30만 제곱미터, 담수용량 45만 3000세제곱미터. 수심은 최대 3미터. 호수공원의 물을 일시적으로 담아두는 곳은 청평지. 물은 매일 서울 자양 취수장으로부터 유입되어 청평지를 거쳐 호수로 흘러들어간다. 갈대, 부들을 이용해 수질 개선을 위해 노력하고 있다."9

일산신도시는 계획도시인 까닭에 주택지 사이마다 공원이 조성되었고, 공원들에는 수많은 나무가 자라 아파트로 이루어진 잿빛도시를 그래도 숨 쉴 만한 곳으로 만들어준다. 봄철 공원을 걸을 때 만나는 때죽나무와 쪽동백나무. 무더기로 피는 밝은 하얀색 종 모양 꽃은 사람들의 눈길을 사로잡는다.

때죽나무는 꽃이 아래를 향해 피는 독특한 나무다. '물고기를 떼로

=
9 고양시 공원관리과, 〈호수공원 100배 즐기기〉 요약.

죽이는 나무' '때를 빼주는 나무'에서 이름이 왔다고 한다. 쪽동백나무와 비슷하다고 해서 쪽동백나무의 강원 방언인 '때쪽나무'로 불리던 것이 변한 이름이라고도 한다. 심지어는 때죽나무 열매가 '떼'로 열려 마치 스님이 떼로 몰려온다는 뜻에서 '떼중나무'였다가 떼죽나무, 나중에 때죽나무가 됐다고 해석하는 이도 있다.

나무껍질은 흑갈색이고 매끈한 편이다. 잎은 어긋나게 달리고 타원형이다. 잎 끝은 뾰족하고 가장자리는 밋밋하다. 잎자루는 아주 짧다. 꽃은 가지 끝에서 대여섯 개의 흰색 꽃이 핀다. 꽃향기가 아주 강해 벌 등 곤충들이 많이 모인다. 꿀을 얻는 밀원 식물이다. 일반인들이 쉽게 만나기 어려운 꿀이지만, 때죽나무에서 꿀을 채취하는 양봉업자도 있다. 꽃잎 끝은 깊게 다섯 갈래로 갈라진다. 열매는 핵과이고 가을에 백색으로 익는다. 씨는 1센티미터쯤 되는 타원형이다. 나무 열매는 기름 성분이 많아 옛날에는 비누 대용으로도 썼고 등잔기름이나 머릿기름으로도 사용했다. 열매와 잎에는 약한 독성분이 있어 짓이겨 고인 물에 풀면 작은 물고기가 기절할 정도다.

쪽동백나무에 비해 잎이 작고, 꽃차례가 짧고 꽃이 적게 달린다. 꽃에는 바나나처럼 생긴 벌레집이 생긴다. 영어 이름은 스노우벨(Snow-bell). 때죽나무과 잎떨어지는 중간키나무다. 키는 10미터까지 자란다고 한다. 때죽나무는 꽃이 아름답고 향기도 짙다. 또한 공해에도 강해 지금은 공원수 등으로 많이 심고 있다.

호수공원 고양꽃전시관 화단에 때죽나무 두 그루 자라고 있다. 백

→ 꽃이 아래를 향해 피는 때죽나무. 꽃이 아름
답고 향기가 짙다. 공해에도 강해 지금은 공
원수 등으로 많이 심고 있다.

→ 쪽동백나무 열매. 옛날에는 동백나무 열매처
럼 기름을 짜서 머릿기름으로 썼다고 한다.

마초등학교 옆 마두공원, 일산동구청에서 정발중학교 가는 길 건너편 녹지대 등에서 때죽나무 군락을 만날 수 있다.

쪽동백나무는 동백나무처럼 기름을 짜서 쓰는 나무였다. 동백나무 열매보다 열매가 작다는 뜻에서 '쪽'을 붙인 이름이라고 한다. 옛 여인들이 길게 자란 머리를 묶어 올려 비녀를 꽂는 머리를 '쪽'이라 했다. 이 나무 열매의 기름을 짜서 머릿기름으로 썼다고 해서 쪽동백이 되었다고도 한다. 동백기름은 비싸서 양반 등 상류층이 쓰는 기름이었고, 생강나무와 쪽동백나무 열매 기름은 서민들이 주로 이용했다. 키가 10미터까지 자라는 때죽나무과 잎떨어지는 중간키나무다.

나무껍질은 흑갈색이고 매끈매끈하다. 잎은 어긋나게 달리고 넓은 달걀 모양이다. 사람 얼굴을 가릴 만큼 큰 잎도 나타난다. 잎 끝은 짧게 뾰족하고 가장자리에 톱니가 있다. 꽃은 봄에 가지 끝부분에 달리는 10~20센티미터의 꽃차례에 20개 안팎의 흰색 꽃이 아래를 향해 핀다. 꽃에서 강한 향기가 난다. 꽃자루는 긴 편이다. 꽃받침은 끝이 얕게 다섯 갈래로 갈라진다. 열매는 핵과, 곧 씨열매다. 가을에 백색으로 익는다. 지름 1센티미터 되는 달걀 모양이다. 때죽나무에 비해 잎이 크고 꽃이 훨씬 더 많이 달린다.

호수공원에서는 쪽동백나무를 만날 수 없었다. 밤가시초가부터 호수공원으로 가는 길 보도의 녹지대에 쪽동백나무가 많이 자라고 있다. 주엽역에서 호수공원으로 넘어가는 주엽공원에서도 쪽동백나무를 관찰할 수 있다.

호수공원은 인공 호수와 자연 호수로 나뉜다. 월파정이 있는 달맞이섬을 중심으로 호수교가 있는 곳이 인공 호수이고, 약초섬이 있는 방면이 자연 호수다. 한때 호수공원을 유료화하고 유희 시설을 설치하려는 움직임이 있자 시민들이 반대하고 나서 이를 막았다. 1997년 신동영 시장 때 일이다. 유료화되고 놀이시설이 들어섰다면 호수공원이 지금처럼 시민의 휴식 공간일 수 있었을까. 생각할수록 아찔한 일이다.

"고양시는 1997년 호수공원에 철조망을 2~3미터 설치하고 유료화를 추진하려 했다. 또한 1만여 평에 유희 시설을 조성하고 업자를 공모하려 했다. 당시 '이게 뭐하는 짓인가' 하고 의아해 했다. 일산신도시 입주자 대표회의는 긴급 이사회를 개최하고 호수공원의 유료화와 유희 시설 조성을 적극 반대하기로 의결했다. 이어 당시의 신동영 시장에게 면담을 요청하고 1997년 9월 공원관리사업소에서 신도시 입주민들과 유희 시설 설치 반대집회를 가졌다. 그 결과 고양시는 호수공원의 유료화와 유희 시설 설치를 철회하기로 결정했다."[10]

=

10 채수천, 《고양신문》, 2015년 7월 13일.

나무 이름표

: 산사나무, 산딸나무, 서양산딸나무

걷는다. 공원을 연결하며 호수공원을 한 바퀴 돌고 집으로 돌아온
다. 두 시간 가까이 걸린다. 중간에 새롭게 만나는 나무들과 인사라도
하면 시간은 더 걸린다. 우연히 처음 만나는 나무를 발견하면 그만큼
시간이 더 걸린다. 걸으며 만나는 나무들은 때때로 느낌이 다르게 다
가온다.

나무를 잘 모르는 사람에게 나무에 걸린 이름표는 많은 도움을 준
다. 특히 처음 만나는 나무일 때 이름표는 참 고맙게 느껴진다. 나무
이름표가 제대로 됐을 때만 그렇다. 간혹 이름표가 틀리게 달린 걸 보
면 내 가슴에 다른 사람의 이름표를 단 것처럼 뜬금없다.

단풍나무에 중국단풍이란 이름표가 붙은 나무도 있고, 서양산딸나
무에 산딸나무가 걸려 있기도 하다. 어느 아파트 단지는 수목 관리를
아주 깔끔하게 한다. 주민들을 위해 나무에 친절하게 이름표를 달아
놓아 나무 공부에 도움을 준다. 그런데 옥에 티. 서양산딸나무에 층층
나무 이름표가 번듯이 붙었다. 전나무에 구상나무 이름이, 양버즘나
무에 버즘나무 이름이 걸린 공원도 있다. 영희와 철수, 민수와 순희에
게 모두 김씨라는 이름표를 부착한 것처럼 어울리지 않는다. 예로 든
나무들은 그래도 나은 편이다. 모두 같은 과로 분류되는 나무들이니
까. 노박덩굴에 으름덩굴이라는 이름을 걸어놓은 공원도 있다. 더 안
타까운 건 참나무과 6형제 나무들을 모두 참나무라고 표시했다. 상수

리나무, 굴참나무, 신갈나무, 떡갈나무, 졸참나무, 갈참나무로 제 이름을 찾아주고 싶다.

'산사춘'이란 술이 있다. 산사나무 열매인 산사자(山査子)로 담근 술이다. 옛 사람들은 열매인 산사자가 소화를 돕는다고 해서 술이나 차로 마셨다고 한다. 산사나무는 그만큼 열매가 중요한 나무다. 애기사과, 꽃사과 열매와 닮은 사탕만 한 열매가 가을에 붉게 익는데, 공 모양이고 열매 껍질에 흰색 점이 나타난다.

나무껍질은 회갈색이고 세로로 불규칙하게 갈라진다. 줄기에는 잔가지가 변한 가시가 발달한다. 옛사람들은 가시가 험상궂게 발달하는 나무들이 벽사(辟邪) 기능이 있다고 믿었다. 그래서 탱자나무처럼 생울타리로 심기도 했다.

산사나무는 산사목(山査木)에서 이름이 왔다. 아가위나무, 야광나무, 찔광나무라고도 한다. 국화와 닮은 잎은 어긋나게 달리고 넓은 달걀꼴이다. 잎 가장자리가 깊게 3~5쌍으로 패어 들어간 모양, 즉 결각(缺刻)이 생긴다. 끝은 뾰족하고 가장자리에 불규칙한 겹톱니가 발달한다. 흰색 꽃이 5월쯤 가지 끝에 모여 핀다. 장미과로 분류한다. 키가 6미터까지 자라는 잎떨어지는 중간키나무다.

산사나무는 약용식물로 많이 이용하지만, 꽃과 열매가 예뻐 정원수나 과실수로 심는다. 호수공원 낙수교에서 호수교로 가는 방향 애수교 옆에 굵게 자란 산사나무가 있다. 고양꽃전시관 앞 화단에서도 잘 자란 산사나무를 만날 수 있다. 달맞이섬에서 장미원 옆을 지나 무궁화동산 가까운 잔디밭에도 산사나무가 군락을 이루고 있다.

 강원도 인제를 걸을 때다. 멀리서 바라보니 가로수에 배추흰나비가 무수하게 앉아 있는 것처럼 보였다. 저게 뭘까 궁금해서 발걸음을 재촉해 가까이 다가가 보니 꽃이었다. 네 개의 흰색 꽃잎이 십자가 모양으로 수백, 수천 개를 매달고 있었다. 지나가는 아주머니에게 무슨 나무냐고 물으니 자기도 잘 모른다고 한다. 꽃잎이 독특한 나무여서 무척이나 궁금했다. 그때만 해도 나는 흰 포엽(苞葉)을 꽃으로 생각했다. 잎이 꽃처럼 변해 곤충들을 유혹하기 위한 가짜 꽃인지 몰랐다. 꽃잎인 줄 알았다.

 열매가 산딸기와 닮은 데서 이름이 왔다. 나무껍질은 짙은 갈색이고 오래될수록 불규칙한 조각으로 벗겨진다. 가지는 층을 이룬다. 가지가 층을 이루며 뻗으니 꽃도 당연히 층을 이룬 것처럼 보인다. 그래서 층층나무과로 분류한다. 키가 7미터까지 자라는 잎떨어지는 중간키나무다. 잎은 마주나며 달걀 모양이다. 끝은 길게 뾰족하다. 꽃은 5월부터 가지 끝에 달리는데 20~30개의 자잘한 황록색 꽃이 빽빽하게 모여 핀다. 사람들이 꽃잎으로 생각하는 포 조각은 4개이고 흰색이다. 보통 녹색에서 흰색으로 변한다. 열매는 우툴두툴한 구형이다. 씨열매고 집합과이며 가을에 붉은색으로 익는다. 딸기를 닮았다.

 가지 가득 피어나는 하얀 꽃이 아름다워 관상수로 많이 심는데, 호수공원 곳곳에서 군락을 이루며 자란다. 호수교에서 민속그네 방향으로 걷다 보면 삼거리 산책로가 나오고, 이곳 모퉁이에서 산딸나무 무

→ 산사나무 잎과 흰색 꽃. 국화와 닮은 잎은 어긋나 달리고 잎 가장자리가 깊게 3〜5쌍으로 패어 들어간다.

→ 산딸나무 열매. 가을에 붉게 익는다. 산딸나무는 열매가 산딸기와 닮은 데서 이름이 왔다.

→ 꽃산딸나무로도 불리는 서양산딸나무. 나무껍질은 그물 모양으로 잘게 갈라진다. 산딸나무에 비해 포 조각 끝부분이 깊게 파인다. 포 조각 안쪽에 꽃이 모여 핀다.

리를 만날 수 있다. 또 장미원에서 무궁화동산 방향으로 걸으면 중간 쯤에 산딸나무가 여러 그루 자라고 있다.

처음 보는 나무를 봤다. 꽃이 예뻐 가까이 다가갔다. 이름표가 산 딸나무로 걸렸다. 내가 생각하는 산딸나무와 너무 달랐다. 나무껍질 이 꼭 감나무 껍질처럼 갈래갈래 작은 그물 모양으로 갈라졌고, 꽃잎 처럼 보이는 포엽도 흰빛이 아니라 분홍빛이 나는 색깔이다. 꽃 모양 도 다르게 보였다. 산딸나무가 아닌데 이름표를 엉터리로 붙였나 보 다 생각했다. 내가 알고 있는 산딸나무에 대한 정보가 틀렸나 싶어 다 시 책들도 살펴봤다. 여전히 산딸나무는 아니었다. 도대체 이 나무의 정체는 뭘까 오랫동안 궁금했다. 호수공원에서도 같은 나무를 발견했 다. 화장실문화전시관 옆 녹지에 몇 그루 자라고 있었다.

한참 뒤 알고 보니 서양산딸나무였다. 북미 원산인 꽃산딸나무다. 정원이나 공원 등에 관상수로 많이 심는다. 나무껍질은 회흑색으로 말채나무나 감나무처럼 그물 모양으로 잘게 갈라진다. 잎은 마주나 게 달리지만 가지 끝에서는 모여 달린다. 산딸나무에 비해 포 조각이 넓은 달걀 모양이고 끝부분이 깊게 파인다. 꽃은 15~20개가 모여 핀다. 열매는 광택이 있는 붉은 색으로 익고, 낱개로 달린다. 서양산딸나무는 예수가 못 박힌 십자가 나무였다고 한다. 또 포 조각이 십자 모양으로 배열되어 기독교에서 매우 성스럽게 생각하는 나무로 알려져 있다.

걷기는 사계절 가능하다. 비나 눈이 올 때도 가능하고 덥거나 추울 때도 걸을 수 있다. 걷고자 하는 마음만 있다면 언제나 가능한 일이다. 해 뜨는 새벽이어도 좋고 해 지는 노을을 보며 걸어도 좋다. 호수공원에서 보는 일출과 일몰도 높은 산에서 보는 풍광만큼 장관이다.

호수공원은 매일, 매월, 그리고 사계절 모두 색깔과 느낌을 달리 한다. 그래서 사계절 다른 맛이 느껴진다. 연초록빛 새순이 돋아나는 봄의 빛깔부터 서서히 짙어지는 녹색의 여름 빛깔, 붉노랑 단풍이 예쁜 가을 빛깔, 그리고 나무가 옷을 벗고 흰 눈이 쌓인 겨울 빛깔까지.

크리스토프 라무르는 이렇게 말했다.

"걷는 사람은 흐르는 시간과 날씨를 묶어 생각한다. 계절은 지금이 3월인지 혹은 7월, 10월, 1월인지에 따라 시시각각 다른 색과 다른 맛을 띤다. 시간은 그 자체가 추상적인 것이자 심리적으로 경험된 기간일 뿐만 아니라, 그와 동시에 특정한 냄새, 특이한 숨, 고유한 빛 그리고 독특한 소리들이다. 시간은 육체적이고 생생하고 심미적인 차원을 갖는다."[11]

와인 한잔 마시고 싶다
: 포도, 머루

1930년대 미국, 대공황과 자연재해가 몰려와 농부들은 심각한 위기

=
11 크르스토프 라무르, 고아침 옮김, 《걷기의 철학》, 개마고원.

에 빠진다. 토지를 소유한 회사와 은행, 그리고 트랙터에 땅을 빼앗기고 오클라호마를 떠나기 시작하는 농부들. 30만 명쯤의 오키들은 비옥하고 먹고 살 만한 땅이라는 말에 속아 캘리포니아로 떠난다. 이 속에 조드 가족이 있는데, 이 가족을 중심으로 이야기는 전개된다. 정당방위이긴 하지만 살인을 저지르고 감옥에 수감되었다가 가석방된 톰 조드. 조드 집안 둘째 아들이다. 하지만 캘리포니아는 넘쳐나는 노동인력으로 밥벌이가 쉽지 않은 곳으로 변해 있다. 땅 주인들은 농장 일당을 후려치며 노동력을 착취하고 심지어 조직폭력배(?)까지 동원해 이주민들을 억압한다. 가진 자들에 대항해 분노하고, 뭉쳐 싸워 나가는 오키들.

"굶주린 사람들의 눈 속에 점점 커져가는 분노가 있다. 분노의 포도가 사람들의 영혼을 가득 채우며 점점 익어간다. 수확기를 향해 점점 익어간다."[12]

포도는 길이가 3미터 정도까지 자라는 포도과 덩굴성나무다. 전국에 걸쳐 과실수로 심는다. 포도는 거봉포도, 캠벨포도, 델라웨어포도, 머루포도, 청포도 등 품종이 다양하다. 호수공원에는 화장실전시관 앞 터널에 심어놓았다. 심은 지 오래되지 않아서 아직 열매를 풍성하게 맺지는 못한다.

고대 페르시아어 부도(Budaw)가 현재의 포도(葡萄)가 되었다고 한다.

=

12 존 스타인벡, 김승욱 옮김, 《분노의 포도 2》, 민음사.

아프가니스탄, 이란 등 중동 및 서아시아가 원산지다. 성경에도 포도와 관련된 이야기가 많다. 그 가운데 하나가 예수님의 첫 번째 기적이다. 결혼식 잔치에 어머니 마리아와 함께 참석한 예수님은 포도주가 떨어지자 통에 물을 담게 하여 세상에서 가장 맛있는 포도주를 만든다.

나무껍질은 세로로 얕게 벗겨진다. 줄기에서 덩굴손을 뻗어 다른 물체에 기대 오른다. 잎은 어긋나 돋고 셋에서 다섯 갈래로 깊게 갈라진다. 잎 가장자리에 톱니가 있다. 잎자루는 길다. 잎 뒷면은 흰빛을 띤다. 황록색 꽃은 봄에 원뿔 모양 꽃차례에 모여 핀다. 꽃받침조각, 꽃잎은 모두 5개씩 달린다. 열매는 대개 검보라색으로 익고 구형 장과다. 장과는 살과 즙이 많고 과일이 익어도 육질이 저절로 열리지 않는 열매를 말한다.

개머루는 길이가 5미터까지 자라는 덩굴성나무로, 포도와 마찬가지로 포도과 잎떨어지는 나무다. 개머루는 열매가 머루에 비해 못하다고 해서 이름이 붙여졌다. 또는 머루와 닮았다는 뜻에서 이름이 지어졌다고도 한다. 머루는 식용을 하는데 개머루는 먹을 수 없다.

나무껍질은 적갈색이고 세로로 얕게 벗겨진다. 줄기는 대개 옆으로 번는다. 덩굴손으로 다른 물체를 휘감고 자란다. 잎은 어긋나서 나며 달걀모양 원형이다. 3~5갈래로 깊게 갈라지며, 갈라지지 않는 잎도 나타난다. 잎 끝은 뾰족하고 가장자리에 날카로운 톱니가 불규칙하게 발달한다. 여름에 황록색 꽃이 모여 핀다. 단 향기가 난다. 꽃받침조각과 꽃잎, 그리고 수술은 각각 5개씩 달린다. 열매는 가을에 녹색 또는

→ 길이가 3미터까지 자라는 덩굴성나무인
   포도나무. 전국에 걸쳐 과실수로 심는다.

→ 개머루는 열매가 머루에 비해 못하다고 해
   서 이름이 붙여졌다. 머루는 식용하는데
   개머루는 먹을 수 없다.

검보라색으로 익는다. 호수공원 자연학습원에 개머루가 자란다. 아직
까지 덩굴은 많이 번지 못했다.

　머루는 포도와 많이 닮았는데 열매 크기는 포도보다 작다. 최근 머
루를 이용해 와인을 만드는 등 쓰임새가 다양해졌다.
　"전북 무주의 머루포도주는 1997년 덕유양조로부터 시작됐고, 현
재 5개 업체가 엇비슷한 규모로 포도주를 생산하고 있다. 2014년 267
톤의 머루를 사용해 17만 병 정도를 생산했으며, 30억 원 정도의 매
출을 올렸다. 5개 업체는 덕유양조와 무주칠연양조, 샤또무주, 무주군

산림조합, 산들벗이다. 무주포도주를 유명하게 만든 것은 2009년에 문을 연 '머루와인동굴'이다. 포도주 저장 · 숙성 · 판매 시설을 갖춘 3,722제곱미터의 이 동굴은 2013년에 100만 명의 관광객, 50억 원의 매출을 돌파했다. 무주군청 직영 무주머루와인동굴은 '무주양수발전소 건설(1988년 4월~1995년 5월, 7년간)시 굴착 작업용 터널로 사용하던 곳이다. 무주군에서 임대, 리모델링했다."[13]

톰 조드의 여동생 '샤론의 로즈'는 굶어 죽어가는 남자 옆에 눕는다. 그리고 쇠약한 그에게 가슴을 드러내 젖을 먹인다. "알 수 없는 미소"를 짓는 로즈.《분노의 포도》마지막 장면이다. '샤론의 로즈(Rose of Sharon)'가 바로 무궁화다.

제갈공명의 표문을 읽으니
: 뽕나무, 닥나무

출판계에 삼국지 전성시대가 있었다. 이문열(1988, 민음사), 김구용(2000, 솔), 고우영 만화(2002, 애니북스), 황석영(2003, 창비), 장정일(2004, 김영사), 박태원(2008, 깊은샘), 리동혁(2008, 금토), 정원기(2008, 현암사) 등. 수많은 번역본에 대한 사람들의 호불호는 모두 다른 것 같다.

13 김규원 기자,《한겨레》'경제의 창', 2015년 3월 1일.

누구의 삼국지든 나관중 원작《삼국지》하면 '도원결의(桃園結義)'가 먼저 떠오른다. 여기서 삼국지가 시작된다고 할 수 있다. 복숭아 꽃잎 떨어지는 과원에 둘러앉아 혼탁한 세상을 구하자고 결의하는 의형제. 현덕 유비, 운장 관우, 익덕 장비.

나는《삼국지》를 읽을 때 조조, 관우, 장비, 유비가 죽고 나면 맥이 풀린다. 적벽대전을 승리로 이끈 주유가 젊은 나이에 죽을 때만 해도 맥이 빠지지 않았는데 말이다. 한 마디로 그 뒤는 재미가 없다. 유비가 죽고 아들 유선이 황제가 된다. 2차 북벌에 나선 공명은 54세 나이에 죽음을 맞는다. 여기서 삼국지는 거의 끝이 난다. 고우영의《만화 삼국지》도 공명의 죽음까지만 다룬다.

뽕나무 얘기를 다루는 글에서 뜬금없는《삼국지》얘기냐고 의아해할 독자도 있을 것 같다. 복숭아라면 모를까.《삼국지》에는 뽕나무가 등장하는 주요한 장면이 두 군데 있다. 유비가 살던 곳이 탁현 누상촌(樓桑村)인데, 집 근처에 다섯 길이 넘는 큰 뽕나무 한 그루가 자라고 있었다. 이곳을 지나던 점(관상)쟁이가 유비의 집을 보며 "이 집에서 반드시 귀인이 날 것이오"라고 말했다. 이게 한 장면이고 다른 하나는 공명이 죽음을 맞이하며 황제 유선에게 보낸 표문이다. 표문은 "신은 원래 집 안에 뽕나무 800그루와 토박한 밭 50마지기가 있어, 자손들이 먹고 입기에 넉넉한지라"[14]라고 쓰고 있다.

뽕나무 잎은 누에의 먹이가 되고, 애벌레는 자라 누에고치가 된다.

<hr>

14 나관중, 김구용 옮김,《삼국지연의》제9권, 솔.

누에고치에서 실을 뽑아 아름다운 비단을 짠다. 실을 뽑고 남은 번데 기는 삶거나 볶아 먹었다. 단백질 보충원이었을 것이다. 우리에게는 추억의 음식이기도 하다. 지금도 포장마차 등에서 갯고둥이나 번데기를 판다. 캔 포장 번데기도 마트에서 판다. 비록 서양인들은 한국 음식 가운데 번데기와 낙지를 가장 이해하기 어려운 음식으로 꼽지만 말이다.

뽕나무는 키가 10미터까지 자라는 잎떨어지는 큰키나무다. 중국이 원산지며 우리나라 전국에서 심어 기른다. 오디가 열려서 오디나무로도 불린다. 누에의 먹이가 되는 오디에 소화를 잘 시키는 성분이 들었다고 한다. 소화가 잘 되어 방귀가 잘 나오는 데서 이름이 왔다고도 한다.

암나무와 수나무가 따로 있다. 나무껍질은 회갈색이고 숨구멍이 나타나며 오래될수록 세로로 깊게 갈라진다. 잎은 어긋나서 달리며 달걀 모양이고 잎 가장자리가 깊게 팬다. 끝은 뾰족하고 가장자리에 둔한 톱니가 발달한다. 잎 앞면은 광택이 있다. 잎이나 가지를 자르면 하얀 액체가 흘러나온다. 봄에 황록색 꽃이 핀다.

주제광장 화장실 옆에 뽕나무(암) 한 그루가 크게 자라고 있다. 자연학습원과 노래하는분수대 사이에 설치돼 있는 이팝나무 산책로 중간에도 뽕나무가 자란다. 호수공원 곳곳에 어린 뽕나무들이 눈에 띈다.

뽕나무와 비슷한 나무로 닥나무가 있다. 키가 3미터 정도 자라는 작은키나무다. 뽕나무과 닥나무속으로 분류한다. 나무껍질에 섬유질이

→ 뽕나무는 잎 가장자리에 톱니가 있고 깊게
　패는 등 변화가 많다. 잎이나 가지를 자르면
　하얀 액이 나온다.

→ 나무 줄기를 꺾으면 '딱' 하는 소리가 난다고
　이름이 붙은 닥나무. 나무껍질에 섬유질이
　많아 한지를 만드는 재료로 썼다.

여
름

풍부해 한지를 만드는 재료로 쓴다. 조선시대에는 닥나무 껍질로 이불을 만들기도 했다고 한다. 나무 줄기를 꺾으면 '딱' 하는 소리가 나서 딱나무라 불렸고, 그것이 변한 이름이라고 한다. 한자 이름은 저목(楮木)이다. 중국, 일본, 타이완, 한국에 분포한다.

나무껍질은 갈색이다. 잎은 어긋나게 달리고 달걀 모양이다. 잎 가장자리에 톱니가 있고 잎 가장자리가 깊게 패는 등 변화가 많다. 잎이나 가지를 자르면 하얀 액이 나온다. 암수한그루이고 꽃은 봄에 가지에 모여 핀다. 열매는 6, 7월에 붉은색으로 익는다. 울퉁불퉁한 구형이고 단맛이 난다. 호수공원 아랫말산에서 만날 수 있다.

저동초등학교 뒤에 닥밭공원(저전공원)이 있다. 이곳에 닥나무들이 많이 자라고 있는데, '닥밭공원 유래' 안내판에는 이렇게 적혀 있다.

"이곳은 조선 초기 한지 생산을 왕명으로 정하여, 장려하던 닥나무 산지 중 한 곳이다. 세종 2년 세검정초지소를 만들면서 가까운 닥나무 산지로 정해진 곳으로 추정된다. (…) 정발산동의 옛 지명인 저전(楮田)마을은 전국에서 닥나무 저(楮) 자를 마을 이름으로 사용하는 몇 안 되는 닥나무 산지였다. 신도시 개발 전 저전마을에는 70여 가구 380명 정도 거주하였던 것으로 알려져왔다. 개발 이전에 저동이라는 명칭을 사용했고, 현재는 저동초등학교, 저동중학교, 저동고등학교가 닥나무 저(楮) 자를 사용하고 있다."

"신이 외방(外方)의 임무를 맡아 나와 있는 동안에는 소용되는 바를 모두 관(官)에서 받아 쓰며 따로 살림을 늘리지 않았사옵니다. 신이 죽는 날에 안으로 비단 한 조각 없고 밖으로 몇 푼의 재물도 남기지 않은 것은 이로써 폐하의 믿음을 저버리지 않고자 함이옵니다."

황제 유선에게 올린 제갈공명이 쓴 표문의 끝 부분이다. 건흥 12년 (234년) 8월 23일, 공명의 나이 54세였다. 비록 소설이기는 하지만 제갈량은 한 나라의 실권을 가진 승상이면서도 마지막까지 청렴을 잃지 않았다. 고위직 청문회마다 드러나는 온갖 추잡한 이야기들. 청문회에서 비리가 드러날까 무서워 장관직을 고사한다는 이야기까지 있을 지경이다. 우리 시대 고위직 관리와 지도자, 그리고 비리로 교도소에 들어가는 경제계 인사 등을 보면서 제갈공명을 생각하고 느끼는 감회가 지나친 걸까. 호수공원에서 뽕나무와 닥나무를 만나며 나는 이런 생각을 했다.

나의 나무 관상법

: 자귀나무, 주엽나무

이제는 멀리서도 나무 외모만 보고 이름을 맞출 수 있을 정도가 됐다. 여전히 구분하기 어려운 나무도 많지만 처음 나무 공부를 시작하던 때와 비교하면 많이 발전한 것이다.

나무 공부에 어느 정도 자신감이 생기자 나무들에 대해 말하고 싶어 입이 가벼워진다. 당구를 처음 배울 때 음식점 음료수 잔조차 당구

알로 보였던 것처럼 스쳐 지나가는 나무들이 자꾸 눈에 들어온다. 옆에 조금이라도 관심을 보이는 사람이 있으면 줄줄이 나무에 대한 정보를 말하는 내 모습이 보인다. 심지어 텔레비전 배경 화면으로 슬쩍 지나가는 나무에 대해 입방정을 떨기도 한다. 입이 좀 더 무거워져야 하는데 그게 쉽지가 않다. 배운 것을 써먹고 싶어 안달이 난 사람 같다. 심지어 호수공원에서 자라는 나무에 대해 글을 쓰고 있으니 지나치게 용감하다. 하룻강아지 범 무서운 줄 모른다는 말이 새삼 실감 날 정도다.

하지만 나무 공부를 어떻게 시작하고 계속했는지에 대해서는 사람들에게 꼭 알리고 싶다. 나무를 알고 나서 삶이 그만큼 풍부해졌기 때문이다. 유홍준 선생은 《나의 문화유산답사기》에서 조선시대 문인 유한준의 글을 '원용'하여 이렇게 말했다. "사랑하면 알게 되고, 알면 보이나니 그때 보이는 것은 전과 같지 않으리라." 나도 나무에 대해 같은 말을 할 수 있겠다. 유 선생의 말을 조금 비틀어 본 것이다. '알면 보이고 보이면 사랑하게 된다. 그때 보이는 것은 예전과 다르다.'

정민 선생의 글 《다산어록청상》을 읽었다. 좀 더 깊이 있는 공부와 겸손한 태도가 필요함을 알았다.

"하나 배워 하나 떠들고, 둘 배워 둘 떠들면, 안으로 쌓여 고이는 것이 없다. 마른 땅 위로 소낙비 지나가듯 해서는 못쓴다. 입을 다물면 기운이 안으로 쌓인다. 눈을 감아야 정신이 맑고 깨끗해진다. 재주를 못 이겨 나풀대기만 하면 한두 번 귀 기울이던 사람도 마침내는 비루하게 여겨 거들떠보지 않는다. 무겁고 깊은 공부를 해야 한다. 묵직이

→ 분홍색 공작 깃털과 닮은 꽃을 피우는 자
귀나무. 나무껍질은 회갈색이고 촘촘하게
숨구멍이 나타난다.

가라앉혀야지 들떠서는 못쓴다."[15]

　초여름에 분홍색 공작 깃털과 같은 꽃을 피우는 자귀나무가 있다. 합혼수(合婚樹), 부부나무 등 여러 이름으로 불린다. 밤이나 햇볕이 약하면 작은 잎들이 마주보며 접히기 때문에 금슬 좋은 부부를 상징하는 나무라 해서 그렇게 부른다. 콩과 잎떨어지는 중간키나무다. 키는 10미터까지 자란다.

　나무껍질은 회갈색이고 촘촘하게 숨구멍이 흰 점처럼 발달한다. 잎이 달라붙는 특징을 살려 '좌귀목(佐歸木)'이라 하던 것이 변한 이름이라고 한다. 잎은 어긋나 달리고 짝수깃꼴겹잎이다. 작은 잎은 긴 타원형이다. 잎 끝은 뾰족하다. 꽃은 향기가 좋다. 콩꼬투리 모양의 열매는 가을에 갈색으로 익는다. 박태기나무 열매와 많이 비슷하다. 10센티미터가 조금 넘는 납작한 타원형이다. 서양 사람들은 실크 트리(Silk Tree), 비단나무라고 부른다.

　아랫말산 사자상에서 달맞이섬으로 가는 초입에 자귀나무 여러 그루 심어져 있다. 자작나무 군락 바로 옆이다. 일산의 공원들 곳곳에서 쉽게 만날 수 있다.

　주엽나무가 있다. 때때로 험상궂은 가시가 발달하는 나무다. 콩과 잎떨어지는 큰키나무로 분류한다. 키가 20미터까지 자란다. 열매를

15　정민, 《다산어록청상》, 푸르메.

→ 가시가 험상궂게 매달린 주엽나무. 가시는
줄기가 변한 것이다. 잎은 어긋나 달리며
짝수깃꼴겹잎이다.

조협(皂莢)이라고 하던 데서 '조협나무'로 불리던 것이 변한 이름이라
고 한다. 쥐엄나무라고도 부른다.

나무껍질은 회갈색이고 밋밋하다. 숨구멍이 발달한다. 사슴뿔을 닮
은 비교적 납작한 가시가 험상궂게 달린다. 가시는 줄기가 변한 것이
다. 잎은 어긋나 달리며 짝수깃꼴겹잎이다. 작은 잎은 달걀 모양 긴
타원형이고 24개까지 달린다고 한다. 잎 끝은 둥글거나 뾰족하고 가
장자리에 물결 모양 톱니가 있다. 황녹색 꽃은 늦은 봄 짧은 가지 끝

에서 모여 핀다. 꽃잎은 4개다. 열매는 가을에 익는데, 20~30센티미터의 납작하고 뒤틀린 모양이다. 씨는 1센티미터쯤으로 납작한 타원형이고 윤기가 나는 흑갈색이다. 조각자나무에 비해 가시가 납작하고 열매가 뒤틀리는 점이 다르다.

호수공원 아랫말산 물레방아 옆에 굵고 크게 자란 주엽나무가 서 있다. 가시가 발달한 주엽나무는 물레방아에서 사자상 방면으로 걸으면 산수유 군락 조금 못 미쳐 산 아랫자락에서 자라고 있다.

나의 나무 관상법은 이렇다. 먼저 멀리서 나무 외형을 보고 서서히 다가가 나무껍질을 살핀다. 색깔은 어떤지, 껍질은 밋밋한지, 갈라지는지, 벗겨지는지 등을 관찰한다. 그리고 잎을 들여다본다. 겹잎인지 홑잎인지를 본다. 겹잎이라면 깃꼴인지 손 모양 겹잎인지 살핀다. 깃꼴겹잎이라면 작은 잎이 홀수인지 짝수인지 관찰한다. 그런 뒤에 꽃과 열매 따위를 본다. 대개 예상한 나무일 때가 많다.

소설가 김훈 선생은 여행할 때 두어 개의 망원경을 가지고 다닌다고 썼다. 하나는 넓게 보는 망원경, 하나는 가깝게 당겨서 보는 망원경이다. 내가 호수공원을 걸으며 나무를 공부하는 방법도 이와 비슷하다.

"나에게 여행은 세계의 내용과 표정을 관찰하는 노동이다. 계절에 실려서 순환하는 풍경들, 노동과 휴식을 반복하면서 사람들이 살아가는 모습들, 지나가는 것들의 지나가는 꼴들, 그 느낌과 냄새와 질감을 내 마음속에 저장하는 것이 내 여행의 목적이다. 나는 여행할 때 늘

성능 좋은 망원경을 두어 개 가지고 간다. 롱샷으로 크고 먼 풍경을 넓게 관찰하는 망원경이 있고 하나의 포인트를 가깝게 당겨서 들여다 보는 망원경도 있다."[16]

갈등은 우리 탓이 아니오
: 칡, 등나무

갈등(葛藤)은 칡, 등나무가 휘감아 자라는 모습에서 만들어진 낱말이다. 칡과 등나무가 얽혀 자라듯 우리 사회는 수많은 갈등을 내재하고 있다. 나이든 사람과 젊은 사람 사이에 일어나는 세대 갈등, 부유한 자와 가난한 자 사이의 빈부 갈등, 영남과 호남으로 상징되는 지역 갈등, 그리고 이념 갈등……. 여기에 세계 유일의 분단 국가인 대한민국은 남북 갈등을 겪으며 같은 민족끼리 휴전선을 사이에 두고 서로를 적으로 삼고 있다.

또 국가 주도 사업을 둘러싼 갈등은 국민들을 네 편 내 편으로 갈라놓는다. 핵발전소 건설을 둘러싼 갈등, 제주도 강정 해군기지 건설을 둘러싼 갈등, 밀양 송전탑 갈등, 갯벌 매립과 4대강 사업과 관련된 갈등 따위다.

갈등 상황에서 지지 세력들은 이분법으로 나뉜다. 하지만 서로 반대

=
16 김훈, 《중앙일보》, '나의 여행 이야기', 2012년 3월 23일.

→ 칡꽃. 칡은 다른 물체를 휘감고 오르는 성질
   이 있다. 뿌리를 약용으로 이용하거나 식용
   한다. 칡즙 재료다.

→ 등나무 꽃. 등나무는 학교나 공원 등에서 그
   늘 공간을 제공한다. 꽃향기가 좋고 꿀이 많
   아 밀원 식물 가운데 하나다.

를 향하는 두 개의 지점에서 스펙트럼은 아주 넓다. 좌파와 우파, 진보와 보수를 예로 들더라도 그렇다. 어찌 모든 게 둘로만 나뉘겠는가. 극과 극 사이에 무수한 점이 존재한다. 하지만 문제는 왼쪽 날개는 거의 사라지고 오른쪽 날개만 자랐다는 점이다. 이래서야 새가 날 수 있겠는가. 일찍이 리영희 선생은 "새는 좌우의 날개로 난다"고 했다.

고려 말기 태종 이방원과 포은 정몽주가 주고받은 시조가 있다. 〈하여가〉와 〈단심가〉. 조선 왕조를 건국하려는 세력과 고려 왕조를 지켜내려는 세력 사이에서 벌어진 갈등과 대립, 그리고 피비린내 나는 싸움 속에서 태어난 시조. 한 나라를 지키느냐 먹느냐의 싸움이니 얼마나 치열했겠는가. 쿠데타냐, 혁명이냐다. 요즈음 역사 전쟁보다 더 독한 싸움이다.

"이런들 어떠하리 저런들 어떠하리/ 만수산 드렁칡이 얽어진들 어떠하리/ 우리도 이같이 얽혀서 백 년까지 누리리라."

"이 몸이 죽고 죽어 일백 번 고쳐 죽어/ 백골이 진토 되어 넋이라도 있고 없고/ 님 향한 일편단심이야 가실 줄이 있으랴."

칡, 10미터 이상 자라는 덩굴성 나무다. 전봇대나 나무를 휘감고 자라기 때문에 사람들에게 미움을 받는다. 산과 들에서 흔하게 만날 수 있고, 심지어 도로 위까지 점령한다. 흙이 흘러내리는 것을 막는 사방용 나무로 심기도 한다. 우리나라뿐만 아니라 중국, 일본, 인도, 말레이시아 등에도 분포한다고 알려졌다.

나무껍질은 흑갈색이다. 가로로 숨구멍이 나타난다. 다른 물체를 휘감고 오르는 성질이 있다. 땅속뿌리를 약용으로 이용하거나 식용한다. 칡뿌리, 말 그대로 갈근(葛根)이다. 여름철 포장마차 등에서 파는 칡즙의 재료다. 약간 씁쓰레하면서 단맛이 난다. 뿌리의 즙에서 나온 녹말가루를 이용한 칡냉면도 별미다. 뿌리를 말려 한약재로도 쓴다. 잎은 어긋나 달리며 3출엽이다. 작은 잎은 마름모꼴이고 세 갈래로 갈라지기도 한다. 잎 끝은 뾰족하고 가장자리는 밋밋하다. 보라색 꽃은 여름에 모여 핀다. 열매는 편평한 꼬투리 모양이며 가을에 갈색으로 익는다. 그래서 콩과로 분류한다. 열매에는 갈색 털이 붙었다.

아랫말산, 회화나무광장과 노인회관 사이 녹지대에서 만날 수 있다. 호수공원을 관리하는 사람들은 다른 나무에 피해를 주는 칡을 베어버린다. 그래서 쉽게 만나기는 어렵다.

등, 흔히 등나무라고 한다. 10미터까지 자란다. 학교나 공원 등에서 그늘 공간 쉼터를 만들기 위해 심는다. 등나무 줄기로 가구나 바구니를 만들기도 한다. 지팡이로도 이용했다. 꽃향기가 좋고 꿀이 많아 양봉 농가에서도 환영하는 나무다. 옛날에는 닥나무뿐만 아니라 등나무로도 종이를 만들었다고 한다.

나무껍질은 회갈색이고 다른 물체를 오른쪽 또는 왼쪽으로 감고 오른다. 한쪽 방향으로만 감고 오른다고 알았는데 사실이 아니었다. 잎은 어긋나 달리며 깃꼴겹잎이다. 작은 잎은 달걀 모양이다. 길게 뾰족하고 가장자리는 밋밋하다. 연보라색 꽃은 5월쯤 잎과 함께 모여 핀다. 꽃차례는 무게 때문에 아래로 늘어진다. 향기가 좋다. 열매는 꼬투리열매고 가을에 갈색으로 익는다. 꼬투리에 짧고 부드러운 털이 밀생한다. 씨는 납작한 원형이고 갈색이며 광택이 있다. 콩과 잎떨어지는 덩굴성 나무로 분류한다.

자연학습원 들입 화장실 옆, 주제광장 앞 등에 등나무 쉼터가 조성되어 있다. 굵게 자란 등나무와 꽃, 열매를 쉽게 관찰할 수 있다.

잘 발달한 숲에서는 아래부터 맨 위까지 다양한 나무 층이 나타난다. 작은키나무인 관목(灌木), 중간키나무인 소교목(小喬木), 큰키나무인 교목(喬木)만 봐도 3개 층을 이룬다. 호수공원에서도 이런 나무 층을 살필 수 있다. 하늘 높이 자라는 메타세쿼이아 밑에서 자라는 줄사철나무, 느티나무 밑에서 자라는 산수국, 소나무 옆에서 자라는 개암나무, 팽나무 아래 자라는 탱자나무. 하지만 모두 경쟁하면서도 잘 어울려 살아간다. 우리는 숲과 나무의 교훈을 배울 수 없는 것일까. 우리는 어디로 가고 있는가. 자꾸 헛걸음하고 있지는 않은가.

"최고의 시절이자 최악의 시절, 지혜의 시대이자 어리석음의 시대였다. 믿음의 세기이자 의심의 세기였으며, 빛의 계절이자 어둠의 계절이었다. 희망의 봄이면서 곧 절망의 겨울이었다. 우리 앞에는 모든 것이 있었지만 한편으로 아무것도 없었다. 우리는 모두 천국으로 향해 가고자 했지만 우리는 엉뚱한 방향으로 걸어갔다."[17]

=
17 찰스 디킨스, 이은정 옮김, 《두 도시 이야기》, 펭귄클래식코리아.

거문고 소리 들리는 듯

: 오동나무, 꽃개오동

아이나 어른이나 남자들은 오줌발 세기로 장난을 친다. 누가 더 멀리 보내는지, 누가 더 높이 누는지 따위로 내기도 한다. 초등학교 4학년 아이가 쓴 시가 있다.

"무현이가 오줌을 누었다./ 오줌 줄기가 80도로 올라갔다./ 어떻게 하는지 봤다./ 자지를 잡고/ 위로 올리니까/ 오줌이 분수처럼 올라갔다/ 나도 따라해 봤다./ 아무리 해도 안 올라간다./ 무현이 자지는 특별나다./ 자지를 돌리면/ 오줌이 회오리처럼 된다……"[18]

남자들은 생리상, 문화상 아무 데서나 쉽게 오줌을 눌 수 있었고, 오줌물 쏟아지는 소리 따위는 부끄러움이 아니었다. 하지만 여자에게는 그게 좀 문제가 많다. 오줌물 소리 너무 클까 걱정했던 30대 시인이 있다. 40대 언니들과 시골을 산책하며 오동나무 아래에서 함께 오줌을 눈다. 이미지가 영상처럼 그려지는 시다. 심지어 오줌소리, 웃음소리까지 경쾌하게 들리는 것 같다. 김선우 시인의 〈오동나무 웃음소리〉. 남자들이 못 볼 은밀한 장면을 훔쳐본 듯 에로틱하다.

"젊었을 땐 왜 그 소릴 부끄러워했나 몰라, 나이 드니 졸졸 개울물 소리 되려 창피해지더라고 내 오줌 누는 소리 시원타고 좋아라 하는 것이었다// 그러고 보니 딸애들은 누구 오줌발이 더 힘이 좋은지, 더

18 이진호(경산 중앙초등학교 4학년), 〈무현이 자지〉, 학급 문집(이호철 교사 지도, 1992년).

넓게, 더 따뜻하게 번지는지 그런 놀이는 왜 못하고 자라는지 몰라, 궁금해하며 여자들 깔깔거리는 사이// 문 밖까지 땅 끝까지 강물소리 자분자분 번져가고 푸른 잎새 축축 휘늘어지도록 열매 주렁주렁 매단 오동나무가 흐뭇해 따님들을 굽어보시는 것이었다."[19]

오동나무는 20년 정도만 자라도 크고 굵게 자란다. "딸을 낳으면 뜰 안에 오동나무를 심는다"는 말이 예부터 전해 온다. 그만큼 나무 생장이 빨라 딸이 시집 갈 때쯤이면 나무를 베어 장을 만들 수 있기 때문이었다. 목재가 탄력성이 좋고 재질이 균일하며 무늬가 아름답다. 가볍고 연하다. 음향 전도도 뛰어나다. 추위에도 아주 강하다. 방습과 방충 효과도 뛰어나다. 게다가 빠르게 자라난다. 여러모로 장점이 많은 나무인 것이다. 그래서인가 예로부터 가구재, 건축재, 악기재, 조각재 등으로 쓰임새가 많았다. 키는 15미터까지 자란다고 한다. 중국과 일본이 원산지며, 참오동나무는 울릉도에 자생지가 있었다고 한다. 현삼과 잎떨어지는 큰키나무로 분류한다.

나무껍질은 회갈색이고 세로로 갈라진다. 껍질에 숨구멍이 발달한다. 잎은 마주나며 넓은 달걀 모양이다. 잎 가장자리가 3~5개로 갈라진다. 잎 끝은 뾰족하고 가장자리는 밋밋하다. 뒷면은 연한 갈색이고 흰색 털이 있다. 잎자루는 20센티미터까지 길게 나타난다. 꽃은 5~6월에 가지 끝에 달리는 원추 꽃차례에 연한 보라색 꽃이 모여 핀다.

19 김선우, 《도화 아래 잠들다》, 창비.

→ 오동나무 꽃. 5~6월에 가지 끝에 달리는 원
  뿔 모양 꽃차례에 연한 보라색 꽃이 모여 핀
  다. 향기가 강하다.

→ 개오동은 오동나무와 비슷하다고 해서 이름
  이 왔다. 30센티미터 되는 열매는 가을에 갈
  색으로 익는다.

향기가 강하다. 열매는 튀는열매고 가을에 갈색으로 익는다.

꽃이 아름다워 공원이나 학교에서 조경수로 많이 심는다. 얼굴을 가리고도 남을 만한 넓고 큰 잎, 겨우내 달려 있는 열매도 볼거리다. 호수공원에서는 오동나무를 만날 수 없었다. 저동초등학교 운동장 모퉁이에 한 그루 자라고 있다. 백석고등학교 교문 옆에서도 만날 수 있다. 호수공원 전망광장 뒤편에 난 출입구를 나가면 농지가 있다. 이곳 농가 주택 옆에서 크게 자란 오동나무 한 그루를 관찰할 수 있다.

개오동은 오동나무와 비슷하다고 해서 이름이 왔다. 중국이 원산지다. 전국에 걸쳐 관상수로 많이 심는다. 키는 10미터 정도 자란다. 능소화과로 분류하며 잎떨어지는 큰키나무다.

나무껍질은 회갈색이고 세로로 얕게 갈라진다. 잎은 마주나며 넓은 달걀 모양이다. 길이는 10~25센티미터이며 3~5갈래로 얕게 갈라진다. 잎 끝은 길게 뾰족하고 밑부분은 심장형이며 가장자리는 밋밋하다. 잎자루는 길다. 꽃은 6~7월에 가지 끝에 달리는 원뿔 모양 꽃차례에 황백색 꽃이 모여 핀다. 열매는 튀는열매고 가을에 갈색으로 익는다. 30센티미터 가까이 되고 아래로 처져 달린다.

미국 원산인 꽃개오동이 있다. 개오동은 황백색 꽃이 피는데 꽃개오동은 흰색 꽃이 핀다. 꽃개오동은 꽃차례와 열매가 개오동보다 더 크다. 호수공원에서는 개오동을 볼 수 없었고, 강선공원 어린이놀이터 옆에서 관찰할 수 있다.

거문고와 가야금은 우리나라의 대표적인 현악기다. 모두 오동나무로 만든 울림통이 있는 악기다. 거문고는 여섯 개 현을 가졌고, 가야금은 열두 줄 현을 가졌다. 거문고는 대나무로 만든 술대를 손가락에 끼우고 내려치거나 뜯어서 소리를 낸다. 가야금은 맨손가락으로 퉁겨서 소리를 낸다. 어릴 때 시험공부를 위해 이런 내용을 외웠으나 자라면서 모두 잊고 말았다. 암기식, 주입식 교육 탓이다. 보고 만지며 연주했다면 쉽게 잊히지 않았을 것이다. 나무 공부도 책으로만, 영상으로만, 교실에서만 한다면 똑같은 일이 벌어질 것이다.

흐드러지게 피는 꽃

: 모감주나무, 마가목

우리나라에서 인구수 100만 명이 넘는 도시는 어디일까? 서울특별시, 부산 · 인천 · 대구 · 대전 · 광주 · 울산 광역시가 인구 100만이 넘는 도시다. 수원시는 2002년 기초자치단체 중 처음으로 100만 명을 넘었다. 창원시는 2010년 마산시와 진해시가 창원시로 통합되며 2014년 인구 100만 명을 돌파했다. 고양시는 2015년 우리나라 열 번째 100만 도시가 되었다.

고양시에는 신도시들이 많이 들어서 있다. 그 가운데 일산은 동구와 서구로 나뉘는데 인구는 58만 명쯤 된다. 이 많은 사람들이 아파트, 빌라 등을 주거지로 삼고 있다. 건물들은 대개 철근콘크리트 골조로 지어졌다. 이런 잿빛 건물만 들어섰다면 삭막하고 볼품없는 도시로 변하고 말았을 것이다. 다행히도 일산신도시는 계획을 세울 때 녹지를 확보했다. 아파트 사이마다 공원을 조성하고 나무를 많이 심었다. 그래서 사람들 눈을 녹색으로 시원하게 해주는 숨 쉴 공간을 만들고 있다. 아파트 안에도 수많은 나무들을 심어놓아 주민들을 편안하게 해준다. 산소를 공급하고 공기를 정화하기 위해 나무는 필수다. 만약 세상에 나무가 없다면 인류도 살아남기 힘들 것이다. 잿빛 콘크리트 도시에서는 더욱 그렇다.

모감주나무는 씨앗이 금강석처럼 단단해서 금강자(金剛子)라고 부른다. 옛날에는 윤기가 나는 검은 씨로 큰 스님의 염주를 만들었다. 꽃이 아름다워 관상수로 많이 심는다. 키는 6미터 정도까지 자란다고 한다. 영어 이름은 황금비나무(golden rain tree)다. 황금비가 내리는 것처럼 꽃 색깔이 노란 빛을 띠기 때문일 것이다. 무환자나무과로 분류하고 잎떨어지는 중간키나무다.

나무껍질은 회갈색이고 오래될수록 세로로 갈라진다. 잎은 어긋나돋으며 홀수깃꼴겹잎이다. 작은 잎은 달걀 모양 긴 타원형이며 17개까지 나타난다. 잎 가장자리에 불규칙한 둔한 톱니가 있다. 깊게 팬 결각이 발달한다. 꽃은 7월쯤 가지 끝에 달리는 원뿔 모양 꽃차례에 노란색 꽃이 모여 핀다. 노란색 꽃은 중심 부분이 붉다. 꽃잎은 4개이고 뒤로 젖혀진다. 열매는 튀는열매이고 가을에 갈색으로 익는다. 꽈리처럼 생겼다. 열매는 3개로 갈라지며 속에 씨가 3개 들었다. 윤기가 나는 검은 구형이다.

호수공원 여러 곳에서 만날 수 있는 나무다. 작은동물원에서 전통 정원 들입에 모감주나무 군락을 이루고 있다. 낙민공원, 주엽공원, 강선공원에서도 모감주나무를 쉽게 만날 수 있다. 초여름에 피는 하늘을 향하는 황금빛 꽃이 아름답다.

가을에 빨간 열매가 무더기로 열리는 나무가 있다. 열매 무게 때문에 가지는 아래로 처진다. 마가목이다. 가로수, 조경수, 약용으로 쓰인다. 새 잎이 말 이빨 같다고 해서 마아목(馬牙木)이던 것이 변한 이름이다. 키는 6~8미터 정도 자란다고 한다. 장미과 잎떨어지는 중간키나무다.

나무껍질은 황갈색이고 껍질에 숨구멍이 발달한다. 잎은 어긋나 달리며 홀수깃꼴겹잎이다. 작은 잎은 긴 타원형이고 9~15개다. 끝은 길게 뾰족하고 가장자리에 날카로운 겹톱니가 촘촘하게 있다. 잎 아랫부분은 좌우가 비대칭이다. 이른바 짝궁둥이 나뭇잎이다. 5~6월에 가지 끝에서 흰색 꽃이 모여 핀다. 열매는 이과(梨果), 배열매다. 9~10월에 동그란 열매가 붉은색으로 익는다.

호수공원에서는 만날 수 없었지만 일산의 공원들마다 마가목이 많이 심어져 있다. 특히 강선공원과 주엽공원에 마가목이 군락을 이루고 있다.

꽃 피는 시기는 나무 종마다 다르다. 이른 봄에 꽃이 피는 나무가 있고, 여름에 피는 나무가 있다. 산수유와 생강나무는 어느 꽃보다 일

→ 모감주나무 꽃. 7월쯤 가지 끝에서 노란색
  꽃이 모여 핀다. 열매는 꽈리처럼 생겼다.

→ 마가목 빨간 열매. 열매 무게 때문에 가지가
  아래로 처진다. 새 잎이 말 이빨 같다고 해
  서 마아목(馬牙木)이던 것이 변한 이름이다.

찍 봄을 알리는 꽃이다. 그 뒤를 진달래, 개나리, 철쭉이 잇는다. 벚꽃이 피고 진 뒤 5~6월에는 마가목 하얀 꽃이 무더기로 피어난다. 배롱나무는 초여름부터 100일 가량 꽃이 피었다 졌다 반복한다. 꽃이 드문 초여름에 피는 황금빛 모감주나무 꽃도 반갑다.

2014년에는 꽃들이 차례를 기다리지 않고 한꺼번에 피어서 걱정이었다. 지구 온난화로 인해 꽃들도 철이 없어진 탓이었다. 차례차례 하나씩 북상하며 천천히 피던 꽃들이 한꺼번에 느닷없이 피고 진다. 꽃전선을 따라 북상하는 양봉가들도 정신이 없다. 생업을 망칠 정도다. 제주도 모슬포에서 잡히던 난대성 어류인 방어가 동해안 속초에서 떼로 잡히는가 하면, 한대성 어류인 명태는 한반도 남쪽으로 내려오지 않아 잡히지 않는다. 지구 온난화로 인해 물고기와 꽃들의 생태계도 변하고 있다는 증거다. 지구 온난화 문제는 남의 얘기가 아니다.

오얏이 배인 줄 알았다

: 자두나무, 앵도나무

예부터 전해 오는 생활 속에서 쓰이는 나무와 관련된 속담은 많다. "가랑잎이 솔잎더러 바스락거린다고 한다"는 "겨 묻은 개 똥 묻은 개 나무란다"와 같이 쓰인다. 자신의 처지도 모르면서 남 탓만 한다, 자신의 허물은 생각하지 않고 남의 허물만 나무랄 때 쓰인다. "가지 많은 나무 바람 잘 날 없다"는 가지가 무성한 나무는 살랑 바람에도 잘 흔들린다는 뜻으로, 자식이 많은 부모에게 근심과 걱정이 끊임없이 이어지는 것을 비유한다. "감나무 밑에 누워서 홍시 떨어지기 바란다"는 아무 노력도 않고 일이 이루어지기만 바랄 때를 비유적으로 이르는 속담이다. "남의 잔치에 감 놔라 배 놔라 한다"는 쓸데없이 남의 일에 참견하는 사람에게 하는 말이다. 또 "열 번 찍어 안 넘어가는 나무 없다"가 있다. 꾸준히 노력하면 목표를 이룰 수 있다는 뜻으로 쓴다. 우스갯소리지만, 지금은 "열 번 찍어 안 넘어가는 나무도 있다"로 쓰이기도 한다.

"오이밭에서는 신을 고쳐 신지 말고 오얏나무 아래서는 갓을 고쳐 쓰지 말라"라는 말이 있다. 한자로는 "과전불납리(瓜田不納履) 이하부정관(李下不整冠)"이다. 쓸데없이 의심을 살 만한 일을 하지 말라는 뜻이다.
나는 얼마 전까지 '오얏'을 배로 착각했다. 오얏 이(李)를 배나무 이(梨)로 알았던 것이다. 이제야 나는 오얏이 자두라는 것을 안다. 자두나무는 키가 10미터까지 자라는 중간키나무다. 과실수, 관상수로 심는다. 장미과 벚나무속으로 분류한다. 열매가 복숭아와 비슷하고 보라색이라는 뜻의 자도(紫桃)에서 이름이 왔다. 옛날에는 오얏나무라고 불렀다. 자도나무라고도 한다. 중국이 원산지인 나무다.
나무껍질은 회갈색이고 오래될수록 세로로 불규칙하게 갈라진다. 나무껍질에 가로로 숨구멍이 나타난다. 잎은 어긋나게 돋으며 타원형이다. 끝은 갑자기 뾰족해지고 가장자리에 둔한 톱니가 있다. 봄에 피는 흰색 꽃은 대개 3개씩 모여 달린다. 잎이 나오기 전에 먼저 핀다.

→ 자두나무. 열매가 복숭아와 비슷하고 보라
　색이라는 뜻의 자도(紫桃)에서 이름이 왔다.
　옛날에는 오얏나무라고 불렀다. 자도나무라
　고도 한다.

→ 앵두나무 열매. 앵도나무라고도 한다. 열매
　가 복숭아를 닮았다고 해서 앵도(櫻桃)나무
　다. (사진 이태수)

꿀 향기가 강하다. 꽃자루는 긴 편이다. 열매는 구형 씨열매고 7월쯤 황색 또는 자주색으로 익는다. 씨는 과육에서 잘 떨어지지 않는다. 매실나무에 비해 꽃이 작고 대개 3개씩 달리며 꽃자루가 긴 점이 다르다. 전통정원 옆 텃밭정원에서 진보라색으로 열매가 익는 적자두 한 그루 만날 수 있다.

앵도나무는 키가 3미터 정도까지 자라는 작은키나무다. 열매가 복숭아를 닮았다고 해서 앵도(櫻桃)나무다. 보통 앵두나무라고 부른다. 중국이 원산지다. 가지 가득 피는 꽃이 아름답고 열매도 얻을 수 있어 정원수나 유실수로 많이 심는다. 장미과 벚나무속으로 분류한다.

나무껍질은 흑갈색이고 오래될수록 얇고 불규칙하게 벗겨진다. 잎은 어긋나 달리며 거꿀달걀꼴이다. 잎 끝은 뾰족하고 가장자리에 잔톱니가 있다. 잎 양면에 잔털이 있다. 꽃은 봄에 1~2개씩 잎이 나기 전에 핀다. 흰색이나 연분홍색이다. 열매는 공 모양 씨열매고 5월쯤부터 붉은색으로 익기 시작한다. 맛은 새콤달콤하다. 호수공원에서는 만날 수 없었다. 일산의 학교, 주택가, 아파트 단지 등에서 쉽게 볼 수 있다.

조선왕조 태조 이성계는 '오얏' 이(李)씨 가문이다. 1897년 일제에 나라를 빼앗긴 비운의 왕 고종은 대한제국을 선포한다. 그리고 청나라 영향에서 벗어난 독립 국가임을 천명한다. 황제에 오른다. 이때 황실 문장으로 오얏꽃을 상징으로 삼았다. 이화문(李花紋)이다. 문장(紋章)은 "국가나 단체 또는 집안 따위를 나타내기 위하여 사용하는 상징적인 그림이나 문자로 된 표지(標識)"다. 현재 대한민국 문장은 무궁화 꽃을 바탕으로 삼고 있다. 창덕궁 인정전(仁政殿) 용마루에는 구리로 만든 다섯 송이 오얏꽃이 박혀 있다.

양반꽃, 그리고 금은화
: 능소화, 인동덩굴

팽나무는 열매인 팽을 대나무로 만든 팽총에 넣어 쏘면 '팽' 소리가 난다고 해서 이름이 왔다. 노린재나무는 나무를 태우면 노란 재가 나온다고 해서 이름이 지어졌다. 곰솔의 다른 이름인 해송(海松)은 한자말 그대로 염기에 강해 바닷가 가까이서도 잘 자란다고 해서 온 이름이다. 꽝꽝나무는 나무가 탈 때 '꽝꽝' 소리를 낸다고 이름이 붙었다. 자작나무는 기름기가 많은 나무껍질을 태우면 '자작자작' 소리가 난다고 자작나무다. 닥나무는 부러뜨리면 '딱' 소리가 난다고 딱나무였다가 닥나무로 이름이 변했다. 담쟁이덩굴은 담장을 기어오르는 나무 특성을 나타낸 이름이다. 빈도리는 줄기 속이 비어 있어서 빈도리다. 귀룽나무는 나뭇가지가 뻗는 모습이 아홉 마리 용이 휘감는 것을 닮았다고 구룡목(九龍木)이었다가 귀룽나무가 되었다. 서어나무는 서목(西木)이었다가 서어나무로 이름이 변했다. 고로쇠나무는 수액이 뼈에 좋다는 골리수(骨利水)에서 이름이 왔다. 가죽나무와 참죽나무는 가중나무와 참중나무, 즉 가짜 중나무[假僧木]와 진짜 중나무[眞僧木]에서 이름이 유래했다. 이렇듯 나무 이름은 한자에서 온 것도 있고, 나무의 특성을 잡아 지어진 것도 있다. 이밖에도 특색이 있는 나무 이름은 많다.

호두나무는 오랑캐 나라에서 가져온 복숭아를 닮은[胡桃] 열매라고 해서 이름이 정해졌다. 수수꽃다리는 수수를 닮은 꽃이 핀다고 해서 이름이 붙었다. 공 모양 둥근 꽃이 달린다고 해서 수구화(繡毬花), 수구화가 변한 이름이 수국이다. 원산지가 중국이고 세쿼이아 나무 이후에 발견된 오래된 나무라고 해서 이름이 정해진 것이 메타세쿼이아다. 이깔나무는 소나무과면서도 잎이 진다고 해서 잎갈나무다. 수양벚나무는 가지가 아래로 처져서 달리는 벚나무여서 수양(垂楊)벚나무라는 이름을 얻었다. 목련은 연꽃을 닮은 꽃이 나무에 핀다는 데서 이름이 왔다. 원래는 이름이 오얏나무였는데, 이 나무는 보라색 복숭아를 닮았다고 자도나무, 자도나무가 변해 자두나무가 되었다. 이팝나무는 꽃이 이밥(쌀밥)을 닮았다고 해서 이름이 정해졌다. 다래는 열매가 달아서 '달(다)과 애'가 결합한 이름이다.

능소화(凌霄花)가 있다. 달릴 능, 하늘 소다. 하늘을 우습게 여기듯 높게 오르며 매달리는 꽃이라는 데서 이름이 왔다. 주택가 담장이나 나무를 타고 오른다. 옛날에는 양반집 마당에만 심을 수 있어서 '양반꽃'이라고도 했다. 서민들은 감히 "하늘을 우습게 여기듯 기어오르는" 능소화를 심을 수 없었다고 한다. 능소화는 꽃이 귀한 여름에 황적색 꽃이 핀다. 아름답고 풍성한 꽃을 오랫동안 관상할 수 있어서 정원수, 공원수로 많이 심는다. 중국이 원산지다. 길이 10미터 정도 자라는 능소화과 잎떨어지는 덩굴성 나무다. 능소화과 능소화속으로 분류한다.

나무껍질은 회갈색이고 세로로 벗겨진다. 공기 뿌리가 발달해 다른 물체를 타고 오른다. 잎은 마주나 달리고 홀수깃꼴겹잎이다. 작은 잎은 7~9개로 나타나고 달걀 모양이다. 잎 끝은 길게 뾰족하다. 가장자리에 굵은 톱니가 있다. 꽃은 여름에 피고 가지 끝에서 황적색 꽃이 모여 핀다. 나팔 모양이다. 영어 이름도 중국 트럼펫 덩굴식물(Chinese Trumpet Creeper)이다. 동백꽃처럼 통째로 꽃이 떨어진다. 열매는 튀는열매고 10월에 익는다. 네모지고 끝이 둔하며 익으면 두 갈래로 갈라진다.

호수공원 여러 곳에서 능소화를 만날 수 있다. 참죽나무를 감싸고 오른 무궁화동산 능소화, 인공폭포에서 애수교 방향으로 걷다 보면 호숫가 녹지대에 서 있는 능소화도 지주대를 감싸 오른다.

인동덩굴은 중국명 인동(忍冬)에서 온 이름이다. 추위를 참아내고 겨울을 버티며 꽃피는 덩굴이라는 뜻이다. 흰색과 노란 꽃이 함께 달린다고 해서 금은화(金銀花)라고 한다. 꽃은 처음에는 흰색으로 피었다가 곧 노란색으로 변한다. 인동덩굴은 이름이 많다. 꽃의 수술이 할아버지 수염을 닮았다고 노옹수(老翁鬚), 줄기가 왼쪽으로 감고 올라가는 등나무라고 좌전등(左纏藤), 귀신을 다스리는 효험이 있다고 통령초(通靈草)라고도 부른다. 옛날에는 인동덩굴을 초본식물로 생각해 인동초(忍冬草)라고도 불렀다.

길이가 3~4미터 정도 자라는 늘푸른 덩굴성 나무다. 인동과 인동속

→ 꽃이 귀한 여름에 황적색 꽃이 피는 능소
   화. 아름답고 풍성한 꽃을 오랫동안 관상할
   수 있어서 정원수, 공원수로 많이 심는다.

→ 흰색과 노란 꽃이 함께 달린다고 해서 금
   은화(金銀花)라고도 하는 인동덩굴. 꽃은 처
   음에는 흰색으로 피었다가 곧 노란색으로
   변한다.

으로 분류한다. 인동덩굴은 겨울에도 잎의 일부가 남아 월동하는 특
성이 있어 반상록성으로 본다. 약용, 관상용으로 많이 심는다.

  나무껍질은 얇게 벗겨지며 다른 물체를 감고 오른다. 잎은 마주나
며 타원형이다. 잎 끝은 뾰족하고 가장자리는 밋밋하다. 꽃은 6~7월
에 1~2개씩 흰색으로 핀다. 흰색 꽃은 점차 노란색으로 변한다. 사람
들은 흰색과 노란색 꽃이 함께 핀다고 착각하기 쉽다. 향기가 좋다.

열매는 물열매, 장과다. 가을에 검게 익는다. 붉은인동은 북미가 원산지다. 공원 등에서 관상수로 심는다. 5~8월에 주홍색 꽃이 줄기 끝에서 모여 핀다. 열매는 가을에 붉게 익는다.

호수공원 덩굴식물 터널에서 인동덩굴을 만날 수 있다. 또 호수교에서 고양600년기념전시관 방향 다리 아래쪽 녹지에 명자나무와 함께 인동덩굴이 무더기로 자라고 있다.

지금까지 나무 이름이 어떻게 유래했는지 반복해 다뤘다. 나무 공부를 할 때 이름을 알고 있는 것과 모르는 것은 많은 차이가 난다. 식물도감을 찾을 때부터 다르다. 무척이나 두꺼운 식물도감을 처음부터 하나하나 훑어본다면 많은 시간이 걸릴 것이다. 하지만 이름을 알면 바로 찾을 수 있다. 나무 이름을 알면 좀 더 쉽게 나무 정보를 얻을 수 있고 다가갈 수 있다.

이 글에도 암호 같은 퀴즈 하나 숨겨두었다. 두 번째 단락 문장들을 찬찬히 들여다보면, 의미 있는 하나의 문장이 그 모습을 드러낼 것이다.

절집에서 많이 볼 수 있는 나무
: 불두화, 수국, 보리수나무

어느 절집에 들렀을 때다. 10미터가 훌쩍 넘는 큰키나무에 보리수라는 이름표가 걸려 있다. 우리가 흔히 만나는 보리수가 아니었다. 열매를 살피니 포가 달린 공 모양 백색이다. 바로 피나무였다. 피나무에 왜 보리수란 이름을 달았을까?

석가모니가 도를 깨우친 장소는 나무 아래다. 이 나무가 인도보리수다. 따뜻한 아열대지방에서 자라는 인도보리수는 우리나라에서 자랄 수 없다. 그래서 인도보리수와 잎이 닮고 열매로 염주를 만들 수 있는 나무를 절집에서 심었다. 바로 피나무다. 절집에서는 피나무를 보리수라고 부른다.

피나무와 함께 까만 씨로 염주를 만드는 나무들이 있다. 꽃이 드문 여름에 황금빛 노란 꽃을 무더기로 피우는 모감주나무, 염주나무로도 불리는 무환자나무 등이다. 무환자나무는 따뜻한 남쪽 지방에서 자라서 일산에서는 만날 수 없다.

꽃차례가 부처님 머리처럼 생겼다고 해서 이름을 얻은 나무가 있다. 절집에서 많이 볼 수 있는 불두화(佛頭花)다. 키는 3미터 정도 자라는 인동과 작은키나무다. 일산 지역 공원이나 학교, 아파트 단지 안에 많이 심어져 있다. 호수공원에서는 전통정원 담장 옆에서 볼 수 있다.

나무껍질은 회갈색이고 숨구멍이 있다. 잎은 마주나고 세 갈래로 갈라진다. 잎 끝은 뾰족하고 가장자리에 불규칙한 톱니가 나타난다. 꽃은 5~6월에 열매를 맺지 않는 무성화(無性花)만 핀다. 불두화는 공처럼 둥근 풍성한 꽃이 아름답다. 하얀 눈뭉치처럼 생겼다. 영어 이름도 '눈공나무'(snowball tree)다. 꽃은 처음에 녹황색이 돌다가 차츰 흰색으로 변한다. 열매를 전혀 맺지 못하는 불임(不姙) 나무다. 불임 나무, 말 그대로 열매를 맺지 못하는 나무다. 어떻게 번식할까? 꺾꽂이나 휘묻이, 포기나누기 등을 통해 번식이 가능하다.

수국(水菊)이 있다. 한자 그대로 풀면 '물국화'다. 꽃이 불두화와 많이 닮았다. 꽃이 예쁘고 풍성해서 전국에 공원수 및 정원수로 심는다. 키가 1미터 정도 자라는 작은키나무다. 범의귀과 수국속으로 분류한다.

잎은 마주나고 달걀 모양이다. 잎은 두꺼우며 잎 끝이 뾰족해진다. 잎 가장자리에 톱니가 있다. 꽃은 열매를 맺지 못하는 무성화이고 6~7월에 핀다. 흰색 또는 연보랏빛이다. 수국은 흙 성분에 따라 꽃 색깔이 다양하게 나타난다. 흙이 중성이면 백색 꽃이 피고, 산성이면 청색 꽃, 알카리성이면 분홍이나 붉은색으로 나타난다. 또 흰꽃 수국에 백반 녹인 물을 뿌리면 흰꽃이 청색으로 변하고, 잿물이나 석회를 뿌려주면 분홍색으로 변한다고 한다. 초등학교 과학 시간에 리트머스시험지로 산성, 염기성, 중성 용액을 확인하는 실험과 비슷하다.

"제 작은 꽃이 보이지 않을까 봐/ 향기 없는 큰 꽃잎/ 허화(虛花)를 앞세워 벌 나비 부르는 꽃// 눈물겹다/ 어찌 너를 가짜라 부르겠나……"[20]
박남준 시인이 표현한 것처럼 산수국은 꽃차례 중앙에 진짜 꽃[有

---

20 박남준, 《그 아저씨네 간이 휴게실 아래》, 실천문학사.

→ 꽃차례가 부처님 머리를 닮았다고 해서 이름을 얻은 불두화 (佛頭花). 꽃은 녹황색이 돌다가 차츰 흰색으로 변한다. 열매를 전혀 맺지 못하는 불임 나무다.

→ 흙 성분에 따라 꽃 색깔이 다양하게 나타나는 수국. 흙 성분이 중성이면 백색 꽃이 피고, 산성이면 청색, 알칼리성이면 분홍이나 붉은색으로 나타난다. (사진 이태수)

→ 보리수나무. 열매나 씨가 보리알 모양과 닮아서 이름이 왔다. 가지에 긴 가시가 발달한다.

性花]이 피고, 주변을 둘러싼 꽃처럼 보이는 것은 가짜 꽃이라고 한다. 산수국은 산에서 자라는 수국이라고 해서 이름이 왔다. 키가 1미터까지 자라는 작은키나무다. 범의귀과 수국속으로 분류한다. 꽃이 예뻐서 공원이나 정원 등에 관상용으로 많이 심는다.

나무껍질은 회갈색이고 세로로 얇게 갈라진다. 잎은 마주나고 긴 타원형이다. 잎 끝은 길게 뾰족하고 가장자리에 톱니가 있다. 꽃은 6~7월에 가지 끝에서 자잘하게 모여 핀다. 중앙부에 피는 중앙화, 주변부에 피는 주변화로 이루어진다. 가장자리에 피는 꽃은 가짜 꽃(장식화)이며 꽃잎은 4개다. 백색, 보라색, 연청색 등 다양한 색깔을 띤다. 열매는 튀는열매고 가을에 익는다. 폭포광장 느티나무 아래 산수국이 군락을 이뤄 자라고 있다.

석가모니나 부처님 또는 피나무와 전혀 관련이 없는 나무가 있다. 보리수나무다. 보리수나무과 작은키나무다. 열매나 씨가 보리알 모양이어서 이름이 왔다고 추정한다.

나무껍질은 회색 또는 회흑색이고 오래될수록 세로로 깊게 갈라진다. 중간키나무처럼 자라기도 하며 가지에 긴 가시가 발달한다. 잎은 어긋나서 나며 긴 타원형이다. 잎 끝은 뾰족하거나 둔하고 가장자리는 밋밋하다. 꽃은 4~6월에 깔때기 모양으로 백색 꽃이 모여 핀다. 시간이 지나면서 노란색으로 변한다. 열매는 씨열매고 가을에 붉게 익는다. 타원형인 열매를 먹어 보면 약간 떫기도 하면서 달다. 호수공원 학괴정 옆에서 군락을 이룬다.

"온 세상이 다 푸르러/ 푸른색을 양동이로 퍼서 부을 수 있을 것 같아."[21] 한 러시아 아이가 쓴 시다. 아마도 온통 푸르게 변한 자연을 보고 적은 글일 게다. 양동이로 퍼서 부은 푸른색이라는 표현이 절묘하다.

한글은 색깔을 나타내는 형용사가 탁월하다. 빨강만 예로 들어도 다양한 표현이 가능함을 알 수 있다. 붉다, 검붉다, 빨갛다, 새빨갛다, 시뻘겋다, 불그죽죽하다, 불그레하다, 불그스름하다, 발그레하다, 불긋불긋하다, 울긋불긋하다 등등 변화가 다양하다. 여러 가지 색으로 나타나는 수국의 색깔을 어떻게 표현할 수 있을까. 꽃 색깔을 표현하는 구체적인 연습을 아이들과 함께 하면 좋은 공부가 될 것 같다. 아이들 관찰력과 표현력이 놀랍게 늘어날 것이다.

=

21 코르네이 추콥스키, 홍한별 옮김, 《두 살에서 다섯 살까지》, 양철북.

제 3 장

———

붉노랑 단풍으로 물드는

가을

"정말 그랬으면 좋겠네"

: 두충, 콩배나무, 구기자

　내 나무 공부의 출발지는 단연코 율동초등학교다. 처음에 나는 운동을 하기 위해 그곳에 들렀다. 나무에 관심이 없었을 때다. 그냥 무심코 스쳐 지나갔던 나무들이 어느 날 내게 다가왔다. 아마도 꽃 피는 봄이었을 게다. 그뒤 나는 수많은 나무들과 만나는 재미에 푹 빠져들었다. 60종이 넘는 나무가 자라고 있는 도시 속 학교인 율동초등학교. 고양시 일산동구 정발산동에 자리 잡고 있다.

　율동초등학교 가까이 살 때, 정발산을 넘어서 호수공원을 한 바퀴 돌고 집에 돌아오는 산책을 오랫동안 했다. 마음과 발이 가는 대로 이곳저곳 장소를 바꿔가며 걸었다. 이때만 해도 나는 소나무, 느티나무, 은행나무 등 널리 알려진 큰키나무밖엔 몰랐다. 사실 나무 이름만 알았지 잎이나 꽃, 열매, 나무껍질 따위가 어떻게 생겼는지는 잘 몰랐다.

율동초등학교에서 자라는 나무들을 한번 살펴보자. 소나무, 느티나무, 은행나무, 향나무 등은 어느 학교에서나 볼 수 있는 큰키나무다. 여기에 벚나무, 당단풍나무, 상수리나무, 잣나무, 중국단풍, 메타세쿼이아, 계수나무, 회화나무, 왕벚나무, 참느릅나무, 뽕나무, 측백나무, 칠엽수, 밤나무, 백송, 자귀나무, 신갈나무 등이 자라고 있다.

작은키나무로는 눈향나무, 쥐똥나무, 사철나무, 구기자나무, 철쭉, 조팝나무, 회양목, 골담초, 매자나무, 진달래, 개나리, 생강나무, 반송, 눈주목 등이 심어져 있다.

과일나무로는 포도나무, 복사나무, 살구나무, 감나무, 모과나무, 앵두나무, 대추나무 등이 눈에 띈다.

그밖에도 여러 나무들이 자라고 있다. 노간주나무, 불두화, 청단풍나무, 콩배나무, 장미, 등나무, 매화나무, 산사나무, 무궁화, 주목, 수수꽃다리, 카이즈카향나무, 백목련, 자목련, 신나무, 마가목, 산딸나무, 두충, 산수유, 배롱나무, 이팝나무, 섬잣나무…….

짐작하건대 이 학교는 행복한 학교다. 좁은 학교 안에서 아이들이 60종이 넘는 나무를 관찰할 수 있으니 그렇다. 아이들이 정서적으로 큰 교육적 자산을 갖고 있는 셈이다.

호수공원에서 볼 수 없는 나무가 율동초등학교에 몇 종 자라고 있다. 구기자나무, 두충, 콩배나무 등이다.

두충은 세계에서 1속 1종만 있는 희귀식물이다. 중국 사람 이름 두

→ 세계에서 1속 1종만 있는 희귀식물 두충. 잎과 열매를
   찢으면 끈끈한 액이 실처럼 늘어난다.

→ 장미과 잎떨어지는 중간키나무인 콩배나무. 배를 닮은
   콩알만 한 열매가 열린다. 배꽃처럼 흰색 꽃이 핀다.

→ 구기자 열매. 초여름과 초가을에 보라색 꽃이 잔가지
   에 모여 핀다. 열매는 타원형으로 붉게 익는다.

중(杜仲)에서 이름이 왔다. 두중이란 사람이 이 나무 잎으로 담배를 말아 피고, 잎과 줄기로 차를 다려 먹고 득도했다고 한다. 그래서 나무 이름이 두충이 되었다.

키가 20미터까지 자라는 큰키나무다. 두충과로 분류한다. 약재로 쓰이기 때문에 전국에 걸쳐 재배한다. 하지만 도시에서는 보기 힘든 나무다. 두충은 고혈압에 좋은 약재로 알려졌다는데 쓰임새에 대해서는 잘 모르겠다.

잎은 어긋나게 달리고 끝은 뾰족하다. 가장자리에 날카로운 톱니가 있다. 잎과 열매를 찢으면 끈끈한 액이 실처럼 늘어난다. 열매와 잎을 찢어보고서야 이 나무를 알아보았다. 나무 이름을 몰라 한동안 궁금했는데 두충이란 걸 확인하고 나서 얼마나 신났는지 모른다. 열매는 가장자리에 날개가 있는 시과다. 씨는 열매의 중앙에 한 개 들었다. 학교 건물 뒤 포도나무 옆에서 자란다. 강촌 동아아파트 1단지 입구에도 두충나무 한 그루가 크게 자라고 있다.

콩배나무는 장미과 잎떨어지는 중간키나무다. 배를 닮은 콩알만 한 열매가 열린다고 해서 붙은 이름이다. 키는 5미터 정도까지 자란다고 한다. 배꽃처럼 잎과 함께 흰색 꽃이 핀다. 학교 후문 쪽에서 축구 골대 방면으로 가면 골대 뒤 담장 옆에서 자라고 있다. 잎은 어긋나서 나며 끝은 뾰족하다. 가장자리에 둔한 톱니가 있다.

가지과 잎떨어지는 넓은잎 작은키나무인 구기자나무는 한약재명 구기자(拘杞子)에서 이름이 왔다고 한다. 구기자는 한반도 자생식물이 아니라 외국에서 도입해 재배하던 것이 야생화한 것으로 보는 견해가 많다.

줄기에 가시가 보이며 활처럼 아래로 처진다. 잎은 어긋나게 달리지만 짧은 가지에서는 모여 달린다. 가장자리는 밋밋하고 잎자루는 짧다. 초여름과 초가을에 보라색 꽃이 잔가지에 모여 핀다. 꽃잎이 다섯 갈래로 갈라지나 종 모양 통꽃이다. 열매는 타원형으로 붉게 익는다. 열매를 구기자라고 하며 약으로 쓰거나 술로 담근다.

"구기자는 한 해에 꽃이 두 번 펴서 수확도 두 번 할 수 있어. 6월에 꽃이 펴서 7, 8월에 한 번 수확하고, 8월 중순부터 꽃이 펴서 10월부터 연말까지 또 한 번 수확하지. 그런 작물은 구기자밖에 없어."[1]

충남 청양 운곡면 이풀약초협동조합 명영석 조합원 얘기다.

율동초등학교 후문 쪽 기상대 있는 곳의 밤나무 밑 담장, 그리고 운동장 건너편 담장 아래에 여러 그루가 자라고 있다.

어른들이 아이들과 함께 나무 관찰을 하면 좋겠다. 멀리 갈 것도 없다. 집 주위 학교에서부터. 그 다음 더 알고 싶으면 학교 주변 동네를 한 바퀴 돌며 나무 탐사를 하면 좋겠다. 석류나무, 남천, 오갈피나무, 두릅나무, 명자나무, 쪽동백나무 등 헤아리기 어렵게 나무가 많다. 더 넓게 돌아본다면 정발산에 가서 박태기나무, 오리나무, 보리수나무,

=
1 원낙연 기자, 《한겨레》, 2015년 9월 30일.

참나무과 6형제를 살펴봐도 좋겠고, 층층나무, 산딸기도 찾아보았으면 싶다. 학부모와 교사들이 함께 동아리라도 만들어보면 어떨까. 아이들에게 정서적으로 큰 도움이 될 것이기 때문이다. 정말 그랬으면 좋겠다.

한 번만 보면 기억하는 나무
: 화살나무, 붉나무

딱 봐도 알 수 있는 특징을 가진 나무들이 있다.

꽃이 층층으로 피는 층꽃나무, 가지가 층층으로 뻗는 층층나무, 대나무 빗자루처럼 생긴 노간주나무 등은 외모가 특별한 나무다.

잎 가장자리에 날카로운 가시를 매달고 있는 호랑가시나무, 손바닥 모양으로 7장 잎이 달린 칠엽수, 3장의 잎이 모여 나는 3출엽 복자기나무, 가시가 발달하고 잎자루에 날개가 있는 탱자나무 등은 잎과 가시가 특별한 나무다. 개암나무는 잎 끝이 잘린 것 같이 뭉툭해지면서 뾰족해지는 게 특징이다. 리기다소나무는 몸통 줄기에서 바늘잎이 자란다.

불두화는 부처님 머리 같은 풍성한 꽃이 피고, 박태기나무는 나무 몸통까지 보라색 꽃이 더덕더덕 핀다. 공작 꼬리털 같은 꽃을 피우는 자귀나무, 꽃이 100일 동안이나 피고 지는 배롱나무, 병 모양 꽃이 피는 병꽃나무도 있다.

흰말채나무는 흰 열매를 맺고, 미선나무는 이름 그대로 아름다운 부채 모양의 열매를 맺는다. 딸기 같은 열매를 매단다고 산딸나무, 쥐똥과 닮은 열매를 맺는 쥐똥나무도 개성이 있다.

잎을 찢으면 생강냄새가 나는 생강나무, 캐러멜 냄새와 같은 단내를 풍기는 계수나무, 닭의 똥오줌 같은 냄새가 난다는 계요등은 냄새가 특징인 나무이다.

내가 나무를 잘 모를 때, 한 번 보고도 금방 기억했던 나무가 있다. 화살나무와 붉나무다.

화살나무는 줄기에 화살 깃 모양의 날개가 발달해서 이름이 왔다. 키가 3미터까지 자라는 잎떨어지는 작은키나무다. 줄기에 코르크질의 날개가 2~4줄로 나타난다. 생울타리로 이용하는 사철나무와 가까운 나무다. 화살나무는 잎떨어지는 나무고 사철나무는 늘푸른나무여서 가까운 친척이란 걸 처음에는 몰랐다. 두 나무 모두 노박덩굴과 사철나무속으로 분류한다. 가을에 드는 불그죽죽한 단풍이 아름다워 관상수로 많이 심는다. 어린잎은 데쳐서 무쳐 먹기도 한다.

나무껍질은 회갈색이고 가는 줄기는 녹색이다. 잎은 마주나고, 가장자리에 날카로운 가는 톱니가 있다. 잎자루는 짧다. 가을에 붉게 물드는 단풍이 아름답고 열매는 10월쯤 붉은색으로 익는다. 코르크질 날개를 약용으로 쓰는데, 생약명이 귀전우(鬼箭羽)라고 한다.

화살나무와 잎과 열매가 쌍둥이처럼 닮은 나무가 있다. 회잎나무다. 다만 줄기에 코르크질 날개가 없는 점이 다르다. 호수공원 신한류

→ 줄기에 코르크질의 날개가 나타나는 화살나무. 가을에 물드는 불그죽죽한 단풍이 아름답다.

→ 참빗살나무. 키가 8미터까지 자라는 중간키나무다. 열매는 네 갈래로 갈라진다. 열매에 골이 깊다.

홍보관 앞 화단에 화살나무와 회잎나무가 함께 자라고 있다. 비교해서 관찰하기 딱 좋다.

화살나무, 회잎나무, 사철나무 등과 같이 노박덩굴과에 드는 또 다른 나무가 있다. 참빗살나무다. 키가 8미터까지 자라는 중간키나무다. 잎은 마주나고 가장자리에 잔톱니가 있다. 열매는 네 갈래로 갈라진다. 열매에 골이 깊다. 호수공원 제2주차장 건너 MBC 건물 정문 앞에 두 그루가 자란다.

붉나무는 잎이 붉게 물들어 붉나무다. 불나무에서 이름이 온 것으로 추정한다. 키가 7미터까지 자라는 중간키나무라는데, 내가 본 붉나무들은 대개 작은키나무였다. 옻나무과로 분류한다. 열매에 소금 성분이 있어 '짠나무' '소금나무'라고도 한다.

정발산에서 붉나무를 처음 봤다. 잎 같은 날개를 가는 가지에 달고 있다고 생각했다. 이때만 해도 깃꼴겹잎이 뭔지 몰라서 가지에 좁은 잎을 달고 있다고 착각했다. 워낙 특이해서 아내에게 물었더니 붉나무라고 했다. 단풍이 단풍나무보다 붉다는 그 붉나무였다. 그 뒤로 붉나무는 기억에서 잊히지 않는 나무가 되었다.

붉나무는 은행나무처럼 암나무와 수나무가 따로 있다. 잎은 어긋나게 달리고, 깃꼴겹잎이다. 작은 잎은 긴 타원형이고, 끝은 뾰족하다. 가장자리에 둔한 톱니가 있다. 깃꼴겹잎의 엽축에 잎 같은 좁은 날개가 발달한다. 8~9월에 원뿔 모양 꽃차례에 흰색 꽃이 모여 핀다. 향기가 강해서 꿀을 얻는 밀원 식물 가운데 하나다. 열매는 하얀 가루로

→ 암나무와 수나무가 따로 있으며 깃꼴겹잎
인 붉나무. 잎축에 잎 같은 좁은 날개가 나
타난다.

덮인 포도송이 모양으로 무게 때문에 아래로 처져 달린다. 하얀 가루
물질은 신맛과 짠맛이 나는 소금 성분인데, 옛날에는 열매를 채취해
서 소금 대신 썼다고 한다. 소금이 귀했을 때 얘기다. 직접 열매를 따
서 맛보니 역시나 시큼한 짠맛이 난다. 아랫말산 뒤쪽 메타세쿼이아
산책길 옆에서 많이 자란다.

　나무 공부는 오감을 이용하면 좋다. 만져보고, 맛보고, 냄새 맡고,
쳐다보고, 들어보고. 파울로 코엘료의 소설《순례자》는 마스터로 변화

해 가는 '나'가 주인공인 이야기다. 소설 속에서 이렇게 얘기하는 부분이 있다. 나무 공부를 할 때 나도 이런 기분이 들 때가 있었다.

"나는 길 위의 모든 것과 대화하기 시작했다. 나무 그루터기, 물웅덩이, 낙엽, 그리고 근사한 덩굴식물과도. 그것은 평범한 사람들의 훈련이었다. 어릴 적에 배웠지만 어른이 되어 잊어버리고만. 그런데 신비하게도 사물들이 내게 응답하고 있었다. 마치 내가 말하는 것을 이해하기라도 하듯이. 그리고 그들은 모든 것을 소멸시키는 사랑으로 내게 쏟아져 들어왔다."[2]

참나무는 없다?

: 참나무과 6형제

모든 나무가 인간과 생태계에 아낌없이 주는 나무이지만, 특히 아낌없이 주는 나무가 있다. 잎, 열매, 껍질, 몸통 모두를 주는 나무. 잎은 불쏘시개나 거름으로, 열매는 사람과 동물의 식용으로, 껍질은 굴피집 지붕으로, 그리고 몸통은 숯과 목재용으로 쓰이는 나무. 참나무과 나무다. 옛날 먹을 것이 없었던 시절, 도토리는 구황열매였다. 지금은 도토리묵, 도토리밥 등 추억의 먹을거리지만.

호수공원에서 가장 많이 자라는 나무가 참나무과 6형제 나무들이

=
2 파울로 코엘료, 박명숙 옮김, 《순례자》, 문학동네.

지 싶다. 공원 외곽을 둘러싸고 군락을 이룬다. 호수공원에서는 가을만 되면 사람들이 도토리를 줍는다. "도토리 채취하지 마십시오. 다람쥐 먹이입니다"라고 쓰인 펼침막이 곳곳에 걸렸는데도 아랑곳하지 않고 도토리를 줍는다. 심한 사람들은 비닐봉지로 가득 주어가기도 한다. 거의 매일 산책 삼아 나와서는 도토리를 줍는 사람도 여러 번 봤다.

"아주머니, 도토리 줍지 마세요. 그거 주워서 뭐할라고 그래요." 바른생활 할머니가 도토리 줍는 노인네를 보고 큰소리로 야단을 친다. 상대는 아무 대꾸 없이 허리 숙여 도토리를 줍고 있다. 전혀 거리끼는 기색이 없는 노인을 보고 어이가 없었는지 궁시렁거린다. "늙으면 고집만 세진다더니, 쯧쯧쯧."

사실 참나무란 나무 종은 없다. 참나무과 6형제인 상수리나무, 굴참나무, 신갈나무, 떡갈나무, 졸참나무, 그리고 갈참나무가 있을 뿐이다. 또 남해안과 제주도에서 자라는 가시나무 종류도 있다. 하지만 가시나무 종은 제주도와 남해안 등에서만 자란다. 일산에는 없다.

참나무과 6형제 나무는 키가 20~30미터 정도 자란다. 잎은 어긋나게 달리고 가지 끝에서는 모여 달린다. 열매는 모두 견과로, 9~10월쯤 갈색으로 익는 것도 같다. 모두 참나무과 참나무속 잎떨어지는 큰키나무다.

상수리나무와 굴참나무는 많이 닮았다. 나무껍질이 두 나무 모두 세로로 깊게 불규칙하게 갈라진다. 잎은 긴 타원형이며, 가장자리에 침 모양의 날카로운 톱니가 있는 점도 비슷하다. 잎자루도 두 나무 모두 짧은 편이다.

상수리나무 이름은 선조 임금과 관련된 전설이 있다. 선조 임금이 임진왜란 때 왜군을 피해 의주로 피난할 때 먹을 것이 없자 지역 사람들이 도토리로 만든 음식을 바쳤다. 그래서 임금님 상에 올라 '상수라', 나중에 상수리로 변했다는 것이다. 또 다른 설은 상실(橡實)에 이가 덧붙여져서 '상실이', 상실이가 말하기 쉽게 변해 상수리가 되었다고도 한다.

굴참나무는 나무껍질에 두터운 코르크층이 발달하는 나무다. 골이 진다는 뜻의 골참나무에서 굴참나무로 이름이 변한 것으로 추정한다. 굴피집은 나무껍질로 지붕을 얹은 집인데, 굴피나무 껍질이 아니라 굴참나무 껍질이라고 한다. 나는 책을 읽고 이 사실을 알았다. 굴참나무 잎 뒷면에는 회백색 털이 빽빽이 붙었다. 상수리나무와 비교하면 잎 뒷면이 회백색을 띤다. 대신 상수리나무 잎 뒷면은 광택이 나는 연녹색을 띤다.

신갈나무는 잎을 신발 밑창으로 썼다는 데서 이름이 왔다. 나무껍질은 회색 또는 회갈색. 세로로 불규칙하게 갈라진다. 잎은 긴 타원형이며 잎 끝은 둔하다. 잎 가장자리에 물결 모양 톱니가 있다. 잎자루는 매우 짧다. 열매 밑부분은 비늘조각이 기와처럼 포개진 두툼한 각두에 싸인다. 참나무과 6형제 가운데 해발고도가 가장 높은 곳에서

→ 상수리나무. 잎은 긴 타원형이며 가장자리에 날카
　로운 톱니가 나타난다.

→ 신갈나무 잎과 열매. 신갈나무는 잎 가장자리에 물
　결 모양 톱니가 있다.

→ 떡갈나무는 떡을 쌀 때 썼던 나뭇잎이어서 이름이
　왔다. 신갈나무보다 잎이 크며 잎자루가 매우 짧다.

→ 참나무과 가운데 잎과 열매가 가장 작아서 이름이 붙은
   졸참나무. 떡갈나무나 신갈나무에 비해 잎자루가 길다.

→ 갈참나무 잎과 열매. 잎은 거꿀달걀형, 긴 타원형이다.
   잎 뒷면은 회백색이며 털이 빽빽하다.

→ 참나무과 늘푸른잎 가시나무. 제주도 및 남부 지방에서
   자란다. 전북 남원 광한루.

자란다고 한다.

떡갈나무는 떡을 쌀 때 또는 떡을 찔 때 밑에 깔거나 덮던 나뭇잎으로 사용되던 데서 이름이 왔다. 나무껍질은 회색 또는 회갈색이고 세로로 깊고 불규칙하게 갈라진다. 잎은 긴 타원형이다. 끝은 둔하고 가장자리에 둥그렇게 패인 톱니가 있다. 신갈나무와 같이 잎자루가 매우 짧다. 신갈나무에 비해 잎이 크다.

졸참나무는 잎과 열매가 참나무 6형제 가운데 가장 작다. 그래서 졸(拙)참나무다. 작고 보잘것없다는 의미에서 이름이 왔다. 나무껍질은 회백색이며 세로로 길고 얕게 갈라진다. 잎은 달걀 모양이다. 가장자리에 있는 톱니는 안쪽으로 굽는다. 잎 뒷면은 회록색을 띤다. 떡갈나무나 신갈나무에 비해 잎자루가 길다.

갈참나무는 잎을 깔개로 써서 이름이 왔다고도 하고, '가을참나무'에서 유래했다고도 한다. 나무껍질은 회색 또는 흑갈색이며 세로로 그물 모양으로 갈라진다. 잎은 거꿀달걀형, 긴 타원형이다. 잎 끝은 뾰족하고 가장자리에 물결 모양 톱니가 있다. 잎 뒷면은 회백색이며 털이 빽빽하다. 잎자루는 2~3센티미터다. 신갈나무나 떡갈나무에 비해 잎자루가 길다. 잎 뒷면이 회백색인 점이 다르다. 졸참나무와 비교해 잎이 크고 물결 모양의 톱니가 있는 점이 다르다.

굴참나무를 찾아서 호수공원을 꽤 헤맸다. 여전히 미스터리인 것은 굴참나무가 아직도 내 눈에 띄지 않는다는 사실이다. 굴참나무 특징은 이렇다. "잎 뒷면은 회백색, 나무껍질은 두터운 코르크층이 발달해서 눌러보면 쑥쑥 들어감." 굴참나무인가 싶어 살펴보면 대부분 상수리나무다. 잎 뒷면은 연녹색, 코르크층을 눌러 보니 딱딱하다. 나는 굴참나무를 발견하지 못했다. 눈 밝은 이가 한번 찾아주길 바란다. 굴참나무를 찾으러 나설 때마다 입에서 조용필 노래가 나왔다. "못 찾겠다 굴참나무 굴참나무 굴참나무 나는야 언제나 술~래."

　나무를 찾아 헤매며 힘들어 할 때 참나무과 6형제가 하는 말이 있다. "참~아라."

기수우상복엽, 우수우상복엽?

: 가죽나무, 참죽나무

복엽, 우상복엽, 기수우상복엽, 우수우상복엽? 일반인에게 식물학 용어는 익숙하지 않다. 알고 나면 쉬운데 모를 때는 참 어렵게 느껴진다.

　내가 개인적으로 공부한 나뭇잎들에 대한 정보는 체계적이지 않다. 한자말을 우리말로 풀어쓰는 수준이다. 복엽(複葉)은 한 장의 잎이 작은 잎[小葉] 여러 장으로 이루어진 잎이다. 말 그대로 겹잎이다. 반대로 한 장의 잎으로만 구성된 잎은 단엽(單葉), 즉 홑잎이다. 나뭇가지와 잎자루가 연결되는 부위에 겨울눈이 붙어 있다. 그 위치에 따라 홑잎과 겹잎을 구분한다. 우상복엽(羽狀複葉)은 뭔 말일까? 이것도 알고 보니 쉽다. 한자 그대로 새 깃털 모양의 복엽, 즉 깃꼴겹잎이다. 그렇다면 기수우상복엽(奇數羽狀複葉)은? 기수가 홀수란 뜻이니, 작은 잎이 홀수로 끝나는 복엽, 즉 홀수깃꼴겹잎을 말한다. 마지막으로 우수우상복엽(偶數羽狀複葉)은 뭘까? 우수가 짝수이니 짝수깃꼴겹잎이다.

복엽이 뭔지 몰랐을 때, 회화나무나 아까시나무 등의 잎을 보면서 작은 잎이 잎이고, 복엽은 나무 줄기인 줄 알았다. 나중에 복엽이란 사실을 알고 얼마나 당황했는지 모른다.

가죽나무가 있다. 소태나무과다. '가짜 중나무'라는 뜻의 '가중나무'가 변한 이름으로 추정한다. 절의 스님들이 참죽나무의 새순은 튀김이나 장아찌, 데쳐서 무침 등을 해 먹는데, 가죽나무의 새순은 먹을 수 없어 가짜 중나무[假僧木]라 불렀다고 한다. 중국이 원산이며 귀화식물이다. 참죽나무와 달리 먹을 수 없고 목재 질도 좋지 않아 푸대접을 받아왔다. 공해와 병충해에 강해 일산에는 가로수와 경관수로 많이 심어져 있다. 키가 20미터까지 자라는 잎떨어지는 큰키나무다.

나무껍질은 회백색이고 오래될수록 세로로 얕게 갈라진다. 잎은 어긋나게 달리고 홀수깃꼴겹잎(기수우상복엽)이다. 작은 잎은 달걀 모양이고 많게는 27장까지 달리기도 한단다. 끝은 길게 뾰족하고 밑부분은 좌우비대칭이며 가장자리에 1~2쌍의 큰 톱니와 사마귀 모양의 샘점이 있다. 가을에 황갈색으로 익는 날개 달린 열매를 더덕더덕 매달고 있는 나무다. 암수딴그루이며 5~6월쯤 가지 끝에 달리는 원뿔 모양 꽃차례에 백녹색 꽃이 모여 핀다.

→ 홀수깃꼴겹잎이 특징인 가죽나무. 작은 잎
이 27장까지 달린다고 한다. 암수딴그루다.

가죽나무는 겨울에 잎이 떨어지고 나면 하트 모양의 커다란 잎자국
위에 반구형의 겨울눈이 달린다. 그래서 호랑이 눈을 닮았다고 해서
호안수(虎眼樹), 호목수(虎目樹)로도 부른다. 서양에서는 꽤 괜찮은 나
무로 여기는 것 같다. 영어 이름이 '하늘의 나무'(Tree of Heaven)인 걸로
봐서 그렇다.

아랫말산 사자상에서 물레방아 사이에 가죽나무가 자란다. 또 마두
도서관 쪽 정발산에서 육교를 건너면 밤가시공원이 나오는데, 이곳에
서 가죽나무 암나무와 수나무를 비교해 관찰할 수 있다.

참죽나무는 가죽나무와 달리 멀구슬나무과로 분류한다. 절에서 스님들이 이 나무의 어린 순을 튀겨 먹은 데서 유래한 '참중나무'가 변한 이름이라는 설이 유력하다. 가죽나무인 가중나무를 가짜 중나무라고 한 것처럼 참중나무를 한자로 쓰면 진승목(眞僧木), 즉 진짜 중나무라는 뜻이 된다. 먹을 수 있느냐에 따라 진가(眞假)를 구분한다. 키가 20미터까지 자라는 잎떨어지는 큰키나무다.

나무껍질은 회갈색이고 오래될수록 세로로 불규칙하게 갈라진다. 나무의 우듬지 부분에서만 가지가 뻗어 잎이 자라는 나무다. 잎은 어긋나게 달리고 짝수깃꼴겹잎이다. 작은 잎은 긴 타원형이고 많으면 20여 장까지 달린다. 잎 끝은 길게 뾰족하고 가장자리에는 얕은 톱니가 있다. 잎에서 가죽 냄새가 난다. 꽃은 암수한그루다. 6월경 가지 끝에서 원뿔 모양 꽃차례에 작고 하얀 꽃이 모여 핀다. 열매는 방이 여러 개로 나뉘는 삭과, 튀는 열매다. 10~11월에 갈색으로 익는다. 끝이 다섯 갈래로 갈라지며, 그 사이에서 솔방울 씨앗과 닮은 짙은 갈색의 씨앗이 나와 날라 흩어진다.

2015년 11월에야 호수공원 무궁화동산에서 자라는 참죽나무를 발견했다. 능소화가 휘감고 있는 참죽나무 한 그루. 나무 위를 쳐다보니 멀구슬나무 열매 같기도 한 열매들이 달렸다. 그래서 며칠 동안 나무 밑을 살폈더니 열매가 떨어져 있었다. 참죽나무를 호수공원에서 발견하고 신명이 났다. 또 저동중학교 옆에 두루미공원이 있는데, 이곳 교회 앞 주택가에도 참죽나무가 한 그루 서 있다. 이곳 참죽나무도 능소

→ 나무의 우듬지 부분에서만 가지가 뻗어
잎이 자라는 참죽나무. 잎은 어긋나게
달리고 짝수깃꼴겹잎이다. 무궁화동산에
서 자라는 참죽나무를 능소화가 감싸고
있다.

화가 감싸고 있다. 도시에서 자라는 참죽나무는 대개 그런 것 같다.

전라도와 경상도 등 남쪽 지방에서는 가죽냄새가 나는 참죽나무를 가죽나무라 부르고, 못 먹는 가죽나무는 개가죽나무라 부른다. 참죽나무 잎을 데쳐서 찹쌀풀을 여러 차례 바르고 말린 뒤에 콩기름에 튀겨서 부각으로 만들어 먹는다. 바로 가죽부각이다. 특히 경상도 남쪽 지방 사람들은 동물의 가죽 냄새가 나는 참죽나무 순을 고추장에 넣어 장아찌로도 담가 먹는다.

"지금까지 내가 본 밥상 중에 가장 마음이 정갈해지는 밥상은 단연 가죽나무 잎 부각이 놓인 밥상이다. 가죽부각 하나 달랑 놓인 밥상은 '조촐' 그 이상도 이하도 아니다. (…) 찹쌀풀이나 밀가루풀을 쑤어 고춧가루를 좀 넣고, 조선간장 좀 넣고, 마늘 좀 깨어 넣고 훌훌 저어서 적당히 마른 가죽 잎에 풀비로 바르는 것도 대충 훌훌 발라서 채반이나 빨랫줄에 널어 말린 가죽부각. 그것은 적당히 마른 빨래처럼 꼬득꼬득, 쫀득쫀득했다."[3]

먹느냐, 못 먹느냐에 따라 참과 거짓(眞假)을 구분했던 나무. 우리 선조들이 얼마나 배를 곯았으면 그랬을까 싶다. 자연재해, 외세 침략, 탐관오리들에게 시달렸던 옛 가난한 백성들의 고달픈 삶이 마음을 아리게 한다.

자칭 '농부 철학자'인 윤구병 선생은 "있는 것을 있다 하고, 없는 것

=
3 공선옥, 《행복한 만찬》, 달.

을 없다" 하면 참이고, "있는 것을 없다 하거나, 없는 것을 있다" 하면 거짓이라고 쉽게 풀어 설명한 적이 있다. 최근 벌어진 역사교과서 국정화 파문을 보면서, "있을 것이 있고 없을 것이 없는 게 좋은 것이다. 나머지는 나쁜 것이다"라고 한 윤 선생 얘기가 생각났다. 저들은 왜 그렇게 전쟁을 좋아할까. '과외와의 전쟁' '범죄와의 전쟁' '부패와의 전쟁' 이제는 '역사 전쟁.' 역사 전쟁을 제대로 한번 치러볼까 싶다.

어렸을 때 따 먹던 토종 과일
: 으름덩굴, 다래

소설가 이문구 선생이 쓴 《내 몸은 너무 오래 서 있거나 걸어왔다》는 나무 이름을 제목으로 한 소설집이다. 2000년 동인문학상 수상작이다. 〈장평리 찔레나무〉〈장석리 화살나무〉〈장천리 소태나무〉〈장이리 개암나무〉〈장동리 싸리나무〉〈장척리 으름나무〉〈장곡리 고욤나무〉 등을 단편 제목으로 삼고 있다. 의뭉스런 충청도 사람들의 삶을 사투리로 맛있게 버무려놓았다.

"제목으로 쓰인 나무는 나무이되 나무 같지 않은 나무이지요. 그렇다면 덩굴이냐, 덩굴도 아니지요. 풀 같기도 한데 풀도 아니고 그러나 숲을 이루는 데는 제 나름대로 역할을 하는 나무이지요. 꼭 소나무나 전나무, 낙엽송처럼 굵고 우뚝한 황장목 같은 근사한 나무만이 숲을 이루는 건 아니라고 생각합니다. 있는 듯 없는 듯 존재 가치가 희미

한, 그러나 자기 줏대와 고집은 뚜렷한 사람들의 이야기입니다."**4**

  으름덩굴은 열매가 얼음처럼 생겨서 어름덩굴이었다가 으름덩굴로
변했다. '목통(木通)'이라고도 한다. '토종 바나나'라고 쉽게 설명하는
학자들도 있다. 옛 사람들은 으름 열매를 보고 성적인 상상력을 발휘
했다. 임하부인(林下婦人)이다. 좀 노골적으로 표현하자면 이렇다. 벌어
지지 않는 으름 열매는 남성 성기와 닮았고, 세로로 쫙 벌어진 열매는
여성 성기를 닮았다는 것이다.

  으름덩굴은 나무껍질이 갈색 또는 회갈색이다. 다른 나무나 물체를
감고 오르는 잎떨어지는 덩굴성 나무다. 길이가 5미터 정도까지 자란
다. 으름덩굴과로 분류한다. 잎은 손 모양 겹잎이다. 작은 잎은 보통 5
개이고 달걀 모양이다. 잎 끝은 오목하고 뾰족한 돌기가 있다. 잎 가
장자리는 밋밋하다. 꽃은 봄철에 연한 자주색으로 아래를 향해 핀다.
단내가 강하다. 열매는 가을에 갈색으로 익는다. 5~10센티미터의 타
원형이고 익으면 세로로 갈라져 부드러운 흰빛 과육을 내보인다. 단
맛이 나는 과육이다. 으름덩굴의 일본 이름은 아케비인데, 일본에서는
아케비 줄기를 이용해 바구니를 만든다고 한다. 값이 비싼 상품이다.
바구니를 만드는 이들을 위해 아케비 줄기를 상품화해 판매도 한다.

  "살어리 살어리랏다 청산(靑山)에 살어리랏다/ 머위랑 다래랑 먹고

---

4 이문구, 《내 몸은 너무 오래 서 있거나 걸어왔다》, 문학동네.

→ 으름덩굴. 길이가 5미터 정도까지 자라는
덩굴성 나무다. 작은 잎이 보통 5개로 나타
나는 손 모양 겹잎이다.

→ 다래는 잎이 어긋나게 달린다. 5월쯤 흰색
꽃이 아래를 향해 핀다. 열매는 가을에 녹황
색으로 익는다.

청산에 살어리랐다/ 얄리얄리 얄랑셩 얄라리 얄라."

　사람들에게 널리 알려진 고려 구전가요 〈청산별곡〉이다. 옛날 다래
는 머위와 함께 배고픈 사람들에게 좋은 먹을거리였다. 지금이야 달
고 육즙이 많은 과일들이 지천이지만, 헐벗고 배곯던 시절에 다래는
산에서 만나는 달콤한 음식이었다. 봄에 채취한 여린 다래순을 끓는
물에 삶아서 무치거나 볶아 먹기도 했다. 다래나무 열매는 날것으로
도 먹고 과실주로도 먹었다. 봄철 다래나무 수액은 피로와 식욕부진
에 좋은 음료였다. 지체 높은 양반네들은 다래를 꿀에 넣어 졸여서 다
래 정과(正果)를 만들어 먹기도 했다.

　다래는 열매가 달아서 '달+애'가 변한 이름이라고 한다. 나무껍질은
회갈색이고 불규칙하게 종이처럼 벗겨진다. 잎은 어긋나게 달리고,
타원형이다. 잎 끝은 뾰족하고 밑부분은 둥글거나 심장형이며 가장자
리에 가는 톱니가 있다. 꽃은 5월쯤 흰색 꽃이 아래를 향해 핀다. 열매
는 즙이 많은 물렁열매(장과)이고 가을에 녹황색으로 익는다. 단맛이
난다. 다래나무과 잎떨어지는 덩굴성 나무로 분류한다.

　화천과 원주 등에는 다래를 재배하는 농장들이 있다. 이곳에서는
생 다래, 다래 엑기스, 다래 와인, 다래 주스, 다래 잼, 다래 정과, 다래
비누, 다래 순이나 건나물 등을 상품화해 판매한다.

　2015년 호수공원에 덩굴식물 터널이 새로 생겼다. 포도나무, 머루,
으름덩굴, 다래, 인동덩굴 등의 나무들이 이곳에 식재되어 자라고 있
다. 열매를 맺는 나무도 있고, 아직까지 열매를 맺지 못하는 나무도

있다. 덩굴성 나무들을 비교하며 관찰하기가 좋다. 이 나무들이 굵게 자라 열매를 맺는다면 호수공원에는 새로운 볼거리가 하나 더 생겨날 것이다. 자연학습원에서 학괴정 가는 중간, 월파정에서 선인장전시관으로 가는 방향에 철제 파이프로 설치한 아치형 터널에 덩굴식물들이 파릇파릇 자란다.

"내 몸은 너무 오래 서 있거나 걸어왔다"

: 개암나무, 오리나무

옛날 아주 먼 옛날, 호랑이가 담배 피던 시절. 깊고 깊은 산골에 나무꾼 형제가 부모와 함께 살았어. 형은 놀기만 좋아하고 욕심 많고 심술궂은 게으름뱅이야. 동생은 착하고 부지런해. 어느 날 동생이 나무하러 갔어. 나무를 하다가 뭔가 떨어지기에 살펴보니 개암이었지. 아주 잘 익은 개암. 아버지께 가져다 드려야겠다고 생각하고 주머니에 넣었어. 다시 나무를 하다가 개암 두 개를 발견하고 이건 어머니 꺼, 다른 하나는 형님 꺼. 잠시 뒤 개암 하나를 더 주웠어. 이건 배고플 때 내가 먹어야겠다. 날이 어두워지자 동생은 산 속 빈 집을 찾아갔어. 피곤한 동생이 잠깐 잠이 들었는데, 집 밖에서 시끄러운 도깨비 소리가 들리는 거야. 동생은 대들보 위에 얼른 숨었어. 도깨비들이 도깨비 방망이로 뚝딱 뚝딱 음식을 차려 허겁지겁 우적우적 먹어대자 나무꾼 동생도 배가 고프겠지. 그래서 개암 하나를 꺼내 깨물었지. '딱.' 도깨비들은 집이 무너지는 줄 알고 허겁지겁 도망갔지. 도깨비방망이도 놔둔 채. 동생은 도깨비방망이를 챙겨 집에 돌아왔어. 집에서 도깨비방망이로 뭐든 척척 만들어냈지.

　이런 동생을 본 형도 욕심이 났어. 동생에게 자세한 얘길 들은 형은 숲에 들어가서 개암을 주워 빈 집에 갔어. 그리고 도깨비가 나타나자 개암을 '딱' 깨물었어. 어떻게 됐을까…….

　개암과 관련된 옛이야기다. 어렸을 때 외할머니께 들었던가, 아니면 책에서 읽었나. 자세한 기억은 나지 않지만 사람들에게 무척이나 잘 알려진 이야기다. 조선시대에는 개암이 제사상에 오른 견과(堅果)였다고 한다. 하지만 지금은 온갖 달콤한 과일이 널려 있어 사람들이 거의 관심을 갖지 않는 열매가 되었다. 지방이 풍부해 맛이 고소하다는데, 이 맛을 아는 사람이 몇이나 있을까 싶다.

　개암나무는 자작나무과 작은키나무다. 밤 열매보다 못하다는 뜻에서 개밤나무였다가 발음이 쉬운 개암나무로 변한 것으로 추정한다. 지역에 따라서는 깨금나무라고도 한다. 키는 2~3미터까지 자라고, 나무껍질은 회갈색이다. 잎은 어긋나 달리며 넓은 달걀형이다. 잎 가장자리에는 불규칙한 톱니가 있다. 꽃은 잎이 나기 전에 먼저 핀다. 열매는 가을에 갈색으로 익는다. 종 모양 포가 견과를 감싸고 있다. 영어 이름은 헤이즐넛(Hazel Nut)이다. 고소한 맛과 독특한 향이 특징인 헤이즐넛 커피라면 많이들 기억할 것이다.

　호수공원 선인장전시관에서 놀이터를 지나면 산책로 오른쪽 녹지

→ 조선시대에는 제사상에 오른 과일이었던 개암나무 열매. 밤 열매보다 못하다고 해서 개밤나무였다가 개암나무로 변한 것으로 추정한다.

→ 옛날에 거리를 표시하기 위해 오리(五里)마다 심은 나무였던 오리나무. 키가 20미터까지 자라는 자작나무과 큰키나무다.

에 개암나무가 자란다. 그리고 정발초등학교 담장 옆 마두공원에 심어진 개암나무는 크게 군락을 이루며 열매를 왕성하게 맺고 있다.

옛날에는 5리(2킬로미터) 길마다 나무를 심어 이정표로 삼았다. 오리나무는 오리마다 심은 나무여서 오리목(五里木)이었다가 오리나무가 되었다. 10리마다 심은 나무는 시무나무인데, 호수공원에서는 발견할 수 없었다. 오리나무는 물레방아가 있는 아랫말산 입구에서 정자를 끼고 오르면 두 그루를 만날 수 있다. 키가 20미터까지 자라는 자작나 무과 큰키나무다.

나무껍질은 회갈색이고 오래된 나무일수록 세로로 불규칙하게 갈 라진다. 어린가지는 갈색이다. 잎은 어긋나게 달리고 달걀 모양 타원 형이다. 끝은 뾰족하고 가장자리에 불규칙한 작은 톱니가 있다. 측맥 은 뚜렷하고 7~11쌍이라고 한다. 적갈색 꽃은 3월에 잎보다 먼저 핀 다. 열매는 가을에 갈색으로 익는다.

이문구 선생이 쓴 소설집《내 몸은 너무 오래 서 있거나 걸어왔다》 에는 볼품없고 경제성이 없는 이른바 쓸모없는 나무들이 등장한다. 〈장이리 개암나무〉도 그 가운데 하나다. 이 선생은 못나고 볼품없는 나무를 통해 보통 사람들의 삶을 상징적으로 그려낸다. 소설에서는 개암나무를 쉽고도 자세하게 그려내고 있다.

"나중에 보면 알겠지만 개암나무는 자라고 싶은 대로 자란 대도 키 가 사람을 넘보지 못하는 겸손한 나무다. 그리고 밑동도 그루라고 하 는 것보다 포기라고 하는 것이 걸맞을 정도로 어느 것이 줄기이고 어 느 것이 가지인지 뚜렷하지 않게 떨기 져서 덤불처럼 자란다. 둥치의 통테도 굵은 것이 작대기보다 가늘며 잎사귀도 오리나무를 닮아서 볼 품이 없어 나무 장수가 쳐주지 않고, 나무 장수가 찾지 않으니 묘목

장수도 기르지 않는다. 소위 경제성이 없는 나무인 셈이다."[5]

아낌없이 주는 소년?

: 사과나무, 꽃사과나무

옛날에 나무 한 그루, 한 소년을 사랑했다. 소년은 날마다 나무에게 다가와 나뭇잎으로 왕관을 만들고 나무 줄기를 오르고 나뭇가지에 매달린 그네도 타고 놀았다. 사과도 따 먹고 숨바꼭질도 하고 나무 그늘에서 피곤한 몸을 쉬기도 했다. 소년은 나무를 사랑했고 나무는 행복했다.

시간이 흘러 나이를 먹은 소년은 나무에게 다가와 돈이 필요하다고 말한다. 나무는 자기에겐 사과밖에 없다며 따서 팔라고 하니, 소년은 사과를 따서 떠났다. 세월이 지나 청년이 된 소년은 다시 나무에게 와서 집이 필요하다고 말한다. 나뭇가지를 베어 집을 지으라는 나무의 말을 듣고 나뭇가지를 베어가는 소년. 그래도 나무는 행복했다.

다시 오랜 시간이 지났다. 장년이 되어 나타난 소년은 이번에는 멀리 떠나기 위해 배가 한 척 필요하다고 말한다. 나무가 자신의 몸통을 베어 배를 만들라고 하자, 소년은 나무 몸통을 베어 만든 배를 타고 떠난다. 나무는 행복했지만 꼭 그렇지만은 않았다.

다시 또 세월이 지나 소년이 돌아왔다. 노인이 된 소년은 나무가 권

=

5 이문구, 《내 몸은 너무 오래 서 있거나 걸어왔다》, 문학동네.

하는 대로 잘린 나무 그루터기에 앉아 쉰다.[6]

모두들 잘 알고 감동적(?)으로 회자되는 쉘 실버스타인의 《아낌없이 주는 나무》 줄거리다. 나무를 주인공으로 해 사람들에게 교훈을 전하는 사과나무로 형상화된 우화(寓話)다. 내가 아는 사과나무는 집이나 배를 만들 정도로 큰키나무가 아닌데, 실버스타인은 왜 사과나무를 주인공으로 삼았을까. 서양 사과나무는 크게 자라는 것일까. 의문이었다.

사과나무는 유럽과 서아시아가 원산지인 장미과 잎떨어지는 중간키나무다. 사과(沙果)나무라고 한다. 달콤한 열매를 얻기 위해 과실수로 많이 심는다. 나무껍질은 흑갈색이고 오래될수록 거칠어진다. 잎은 어긋나 달리고 달걀꼴이다. 잎 끝은 뾰족하고 가장자리에 둔한 톱니가 있다. 봄에 가지 끝에 5~7개의 흰색, 연홍색 꽃이 모여 핀다. 꽃잎은 달걀모양이고 끝이 둥글다. 열매는 가을에 붉은색으로 익는다. 구형이고 갈색 반점이 있으며 신맛과 단맛이 난다. 다양한 품종이 있고 품종에 따라 열매의 모양과 맛이 조금씩 차이가 난다.

일산에는 북한 황해북도 과일군에 보낼 사과나무가 임시로 식재된 곳이 있다. 안곡초등학교 옆에 안곡습지공원이 있는데, 이곳 옆에

=
6 쉘 실버스타인, 이재명 옮김, 《아낌없이 주는 나무》, 시공주니어, 요약.

사과나무 식재지가 있다. 고봉산 아랫자락 6000제곱미터. 경북 경산의 과수묘목단지에서 사서 가져온 3년생 사과나무·배나무·자두나무·살구나무 2만여 그루가 자라고 있다. (…) 5년생이 되는 2014년에 북한 주민의 영양 공급을 위해 북한에 보내질 예정이었지만 남북관계가 험악해지면서 미뤄졌다.[7]

꽃사과나무가 있다. 열매인 사과에 방점을 찍지 않고 아름다운 꽃에 중점을 두어 꽃사과나무다. 사과나무와 마찬가지로 장미과 잎떨어지는 중간키나무다. 아시아와 북아메리카가 원산지다. 가지 가득 피는 꽃이 아름답고 가을에 붉은색으로 더덕더덕 달린 열매가 곱다. 그래서 공원 등에 관상수로 많이 심는다.

나무껍질은 흑갈색이고 오래될수록 거칠어진다. 잎은 어긋나서 나며 타원형이다. 잎 끝은 뾰족하고 가장자리에 둔한 톱니가 있다. 꽃은 봄에 우산 모양 꽃차례에 5~7개의 흰색 또는 연홍색 꽃이 모여 핀다. 열매는 지름 2~3센티미터쯤 되는 구형이고 단맛보다 신맛이나 떫은맛이 강하다.

호수공원 곳곳에서 만날 수 있다. 일산의 공원들마다 관상수로 많이 심어놓았다. 노인복지회관 앞 녹지에 심어진 꽃사과는 가을에 크고 붉게 익는다. 호수공원에서 제일 튼실하게 자란다.

=
7 박경만 기자, 《한겨레》, 2012년 5월 20일, 재구성.

→ 다양한 품종이 있는 사과나무. 품종에 따라
  열매의 모양과 맛, 색깔이 다르다. 나무껍질
  은 오래될수록 거칠어진다.

→ 열매보다 꽃에 중점을 둔 꽃사과나무. 가지
  가득 피는 꽃과 사과를 닮은 작은 열매가 아
  름다워 관상수로 많이 심는다.

《몽실언니》와《강아지똥》《슬픈 나막신》등의 작품으로 어린이와 어른 모두에게 사랑받던 동화작가 권정생 선생님. 젊을 때 걸린 결핵을 평생 앓으며 고통 속에서 아이들을 위한 동화를 썼다. 2007년 작품 인세 10억 원이 넘는 돈을 모아 남북 어린이를 위해 써달라는 유언을 남기고 하늘나라로 가셨다. 권정생 선생님은《아낌없이 주는 나무》의 일방적인 희생이 감동적이지 못하다며 '아낌없이 주는 소년'이란 이야기를 만들고 싶다고도 했다.

한 그루 나무를 한평생 보살피는 소년이 있다. 그 나무는 초라하기 그지없다. 거름을 주고 가지를 치고 열심히 가꾸었지만 꽃도 안 피고 열매 하나 맺지 못한다. 나무는 소년에게 아무 보답도 하지 못했다. 그런데도 소년은 오히려 병든 나무를 불쌍히 여겨 더욱 알뜰히 살폈다. 소년은 늙어 더 이상 나무를 보살펴주지 못해 병든 나무를 쓰다듬으며 "미안하구나, 끝까지 돌봐주지 못해서……" 하고 나서 숨을 거둔다. 나무는 눈물을 흘리며 "아니야, 오히려 미안한 건 나였어. 정말 고마워"라고 말하면서 조용히 소년을 따라 죽음을 맞는다.[8]

=
8 권정생, 《빌뱅이 언덕》, 창비.

"오-매 단풍 들것네"

: 단풍나무과 나무들

꽃은 아래에서 위로 올라가며 핀다. 단풍은 위에서 아래로 내려오며 물든다. 따뜻한 제주도부터 시작된 꽃들은 남해안을 통과해 내륙을 따라 올라간다. 단풍은 꽃과 반대로 설악산부터 절정을 이룬 뒤 따스한 남쪽 지방을 향해 내려간다. 꽃은 북상하고 단풍은 남하하는 것이다. 해마다 기상청은 단풍이 절정에 이르는 시기를 예보한다. 단풍은 일교차가 클수록 색깔이 선명하다. "히말라야에 오르는 옷차림"이라는 농담도 있지만, 울긋불긋 차려 입은 사람들이 삼삼오오 떼 지어 단풍 절경을 찾는다. 단풍보다 더 단풍스럽다.

시인들도 단풍을 소재 삼아 많은 시를 남겼다. 단풍이 아름다워서인지, 아니면 떠날 때를 안 단풍잎에서 삶의 의미를 찾고 싶었는지 모른다.

교과서에도 실린 김영랑 시인의 〈오-매 단풍 들것네〉는 널리 알려져 있다. 이상국 시인은 〈별 만드는 나무들〉이란 시에서 설악산 수렴동의 단풍나무를 보며 별을 상상한다.

"설악산 수렴동 들어가면/ 별 만드는 나무들이 있다/ 단풍나무에서는 단풍별이/ 떡갈나무에선 떡갈나무 이파리만 한 별이 올라가/ 어떤 별은 삶처럼 빛나고/ 또 어떤 별은 죽음처럼 반짝이다가/ 생을 마치고 떨어지면/ 나무들이 그 별을 다시 받아내는데/ 별만큼 나무가 많

은 것도 다 그 때문이다……."⁹

단풍나무과 단풍나무속으로 분류하는 나무는 많다. 일산에서는 단풍나무, 중국단풍, 당단풍나무, 고로쇠나무 등을 만날 수 있다. 그밖에 잎 모양이 많이 다른 복자기나무, 신나무도 만날 수 있다. 외국에서 도입한 설탕단풍나무도 봤다. 단풍나무는 잎이 붉게 물들어 단풍(丹楓)이란 이름이 왔다. 관상수, 공원수, 정원수 등으로 전국에 걸쳐 심는다. 대개 잎떨어지는 큰키나무다.

단풍나무, 중국단풍은 호수공원 여러 곳에서 쉽게 만날 수 있다. 그만큼 많이 심어져 있다. 고로쇠나무는 화장실문화전시관 앞에서 만날 수 있다. 잎 가장자리에 톱니가 없는 것을 확인하는 재미가 있다. 복자기나무는 화장실문화전시관 앞과 전망광장 쉼터 옆에서 살필 수 있다. 가을에 드는 단풍이 붉다. 3출엽으로 발달하는 잎과 너덜너덜 벗겨지는 나무껍질을 살필 수 있다. 신나무와 당단풍나무는 율동초등학교에서 관찰할 수 있다. 캐나다 국기에는 모양이 독특한 붉은 잎 하나가 그려져 있다. 설탕단풍나무 잎이다. 설탕단풍나무는 백마중학교 옆문에서 백마공원 방향으로 10여 미터 가면 만날 수 있다.

단풍나무는 키가 대개 15미터까지 자란다고 한다. 나무껍질은 연한 회갈색이고 매끈하다. 잎은 마주나며 5~7갈래 손바닥 모양으로 갈라진다. 당단풍나무에 비하면 잎이 적게 갈라진다. 잎 가장자리에는 불

=
9 이상국, 《어느 농사꾼의 별에서》, 창비.

→ 잎이 5~7갈래로 갈라지는 단풍나무. 잎 가장자리에는 불규칙한 톱니가 나타난다.

→ 공작단풍. 잎이 매우 잘게 갈라지는 단풍나무, 세열단 풍이라고도 한다.

→ 당단풍나무 잎. 잎은 마주나고 손바닥 모양으로 9~11 개로 갈라진다. 잎 가장자리에 불규칙한 겹톱니가 발 달한다.

→ 잎 가장자리에 톱니가 없는 고로쇠나무. 골리수(骨利
樹), 즉 뼈에 이로운 나무라는 뜻에서 이름이 왔다.

→ 3출엽이 특징인 복자기나무. 작은 잎은 끝이 길게 뾰
족하다. 잎 가장자리에 2~4개의 톱니가 있다.

→ 신나무는 잎 가장자리에 불규칙한 톱니가 나타난다. 잎
은 마주나며 세 갈래로 갈라진다. 끝이 길게 뾰족하다.

규칙한 톱니가 있다. 꽃은 5월에 피며 연한 붉은색을 띤다. 날개열매다. 열매는 여름부터 가을까지 익는다.

홍단풍은 잎이 봄부터 붉은색을 드러내는 단풍나무다. 단풍나무가 대개 녹색 잎으로 시작해 가을에 붉게 단풍이 드는데 비해 홍단풍은 아예 봄부터 잎이 붉다.

공작단풍은 잎이 매우 잘게 갈라지는 단풍나무를 말한다. 공원이나 정원에 관상수로 많이 심는다. 작은키나무다. 세열단풍이라고도 한다.

캐나다 국기에 그려진 설탕단풍나무는 수액을 '메이플 시럽'을 만드는 데 이용한다. 큰키나무 가운데에서도 아주 크게 자란다고 하는데, 아직까지 하늘 높이 자란 나무를 본 적이 없다.

당단풍나무는 중국[唐] 단풍나무라는 뜻에서 이름이 왔다. 건축, 가구, 조각, 악기, 선박, 공예 등 목재 쓰임새가 많은 나무다. 높이 8미터까지 자란다고 한다. 나무껍질은 회색이고 세로로 얇게 갈라진다. 잎은 마주나고, 손바닥 모양으로 9~11개로 갈라진다. 잎 가장자리에 불규칙한 겹톱니가 있다. 봄에 황백색 꽃이 모여 핀다. 날개열매이며 분리열매로 가을에 성숙한다.

중국단풍은 중국이 원산지인 데서 이름이 붙여졌다. 나무껍질은 회갈색이고 오래될수록 세로로 갈라져 벗겨지면서 얼룩무늬를 만든다. 오리발처럼 생긴 잎은 마주나며 3개로 얇게 갈라진다. 가장자리는 밋밋하다. 연노랑색 꽃은 4월쯤 모여 핀다. 가을에 익는 열매는 날개열매다. 신나무와 비교하면 나무껍질이 너덜너덜 벗겨지고 잎 가장자리가 밋밋한 점이 다르다.

고로쇠나무는 골리수(骨利樹), 즉 뼈에 이로운 나무라는 뜻에서 이름이 왔다. 나무 수액이 골리수(骨利水)다. 키는 20미터 안팎으로 자란다고 한다. 나무껍질은 회색이고 세로로 골이 지며 갈라진다. 어린 가지는 잿빛이 도는 갈색이다. 잎은 마주나며 달걀 모양이다. 손바닥 모양으로 5~7갈래 갈라진다. 잎 가장자리에 톱니가 없다. 황록색 꽃은 5월쯤 핀다.

복자기나무는 3개씩 모여 나는 3출엽이 특징인 나무다. 나무껍질은 회갈색이고 오래될수록 세로로 갈라지면서 벗겨진다. 잎은 마주난다. 작은 잎 갈래는 끝이 길게 뾰족하다. 가장자리에 2~4개의 톱니가 있다.

신나무는 염료로 쓰이는 나무라고 한다. 그래서 '색목(色木)'으로도 불린다. 나무껍질은 회갈색이고 오래될수록 세로로 갈라진다. 잎은 마주나며 세 갈래로 갈라진다. 갈래 조각은 끝이 길게 뾰족하고 가장자리에 불규칙한 톱니가 있다. 중국단풍과 비교하면 잎 가장자리에 불규칙한 톱니가 나타나는 점이 다르다.

호수공원은 사철 다른 색깔과 느낌으로 우리에게 다가온다. 파릇파릇 연녹색 잎이 피어날 때는 초봄이다. 꽃들이 화려하게 피는 때를 거쳐 녹색 빛이 서서히 짙어지면 여름이 온다. 그리고 가을이 되면 다양한 색과 모양으로 익어가는 열매, 붉노랗게 물드는 단풍들. 우리는 나무들이 갈아입는 옷 색깔을 보며 계절이 변화함을 실감한다. 나뭇잎과 열매들이 옷을 벗고 드디어 겨울을 맞는다. 호수공원에 흰 눈이 쌓인다. 다비드 르 브르통은 이렇게 말했다.

"충분할 만큼 예민한 청각을 갖춘 사람이라면 풀이 자라고 나무의 우듬지에서 잎이 펼쳐지고 머루가 익고 수액이 천천히 올라오는 소리를 듣는다. 그는 흔히 소음과 분주함에 가려져서 느끼지 못했던 시간의 떨림을 다시 감지하기 시작한다. 침묵은 계절을 탄다. 우리 고장에서는 일월의 눈에 덮인 들판 속의 침묵이 다르고 팔월 뜨거운 햇빛에 겨워 꽃과 잎이 폭발하고 벌레들이 울어대는 한여름의 침묵이 또한 다르다."[10]

나도 가로수다

: 메타세쿼이아, 대왕참나무

우리나라 가로수에는 어떤 종이 있을까? 현재 150종이 넘게 가로수로 심어져 있다고 한다. 가장 많이 심어진 종은 벚나무고, 그 뒤를 은행나무, 느티나무, 양버즘나무가 잇고 있다. 최근에는 남쪽 지방을 중

10   다비드 르 브르통, 김화영 옮김, 《걷기 예찬》, 현대문학.

심으로 이팝나무와 무궁화를 많이 심는다. 국립수목원이 발간한 《한국의 가로수》에 나온 얘기다.

전국에서 가로수로 심어진 나무 종은 이렇다. 배롱나무, 단풍나무, 곰솔, 메타세쿼이아, 복자기, 자작나무, 산수유, 소나무, 스트로브잣나무, 참느릅나무, 카이즈카향나무, 주목, 밤나무, 미루나무, 상수리나무, 갈참나무, 팽나무, 느릅나무, 비술나무, 모과나무, 산사나무, 꽃사과나무, 살구나무, 매실나무, 팥배나무…….

제주도와 남해안 지역에서는 멀구슬나무, 치자나무, 비파나무, 먼나무, 구실잣밤나무, 동백나무, 돈나무 등을 가로수로 심은 지역도 있다. 특히 제주도는 따뜻한 지역이어서 나무 종이 더 특색이 있다. 왕벚나무, 워싱턴야자, 소철, 곰솔, 녹나무, 귤나무, 종가시나무, 사스레피나무, 후피향나무, 다정큼나무, 꽝꽝나무, 후박나무 등등이다. 대체로 중부 이북 지역에서는 볼 수 없는 난대성 나무들이 많다. 구상나무를 식재한 경상남도, 귀룽나무를 심은 충청북도, 멀구슬나무를 심은 전라남도, 아왜나무를 심은 울산광역시의 가로수도 특색이 있다.

일산에 심어진 가로수에는 어떤 나무들이 있을까? 걸으며 살폈다. 느티나무, 은행나무, 회화나무, 상수리나무, 양버즘나무, 참느릅나무, 중국단풍, 벚나무 등이 자라고 있다. 대왕참나무, 메타세쿼이아도 눈에 띈다.

사람들에게 널리 알려진 메타세쿼이아 가로수길이 있다. 전남 담양군 담양읍에서 금성면 사이의 가로수길이다. 서울 강남구 양재천변

→ 가을에 갈색으로 물들고 잎이 떨어지는
메타세쿼이아. 바늘잎이면서 잎떨어지는
나무다.

메타세쿼이아 가로수길도 꽤 소문난 길이다.

낙우송과 큰키나무인 메타세쿼이아. 세쿼이아 이후에 발견되었고,
세쿼이어보다 더 오래된 나무라고 해서 메타(Meta)를 붙인 이름이다.
세쿼이아(sequoia)는 인디언 체로키족 추장의 이름이라고 한다. 빙하기
때 모두 죽은 줄 알았던 메타세쿼이아는 1940년대 중국에서 발견되

→ 대왕참나무는 잎이 어긋나 돋고 잎 가
장자리가 여러 갈래로 깊게 팬다. 잎은 가
을에 갈색으로 물든다. 도토리는 가로
방향으로 넓다.

었다. 은행나무처럼 살아 있는 화석 식물로 불릴 나무다. 메타세쿼이
아는 키가 원뿔 모양으로 위로 훌쩍 자라 나무 외모가 아름답다. 전국
에 걸쳐 공원수 및 가로수로 많이 심는다. 35미터까지 자란다고 한다.

나무껍질은 적갈색이며 세로로 갈라져 얇게 벗겨진다. 작은 가지
는 녹색이었다가 점차 갈색으로 변한다. 잎은 마주나고 작은 잎은 깃

꼴로 배열된다. 가을에 갈색으로 물들고 잎이 떨어진다. 특이하게 바늘잎이면서 잎떨어지는 나무다. 방울열매는 가을에 갈색으로 익는다. 열매 비늘이 벗겨지면서 긴 타원형 날개 달린 씨가 흩어진다.

대왕참나무는 키가 20미터까지 자란다고 한다. 키가 커서 대왕참나무라는 이름이 붙었다. 영어 이름은 핀 오크(pin oak)다. 참나무과 잎떨어지는 큰키나무로 분류한다.

나무껍질은 회갈색이며 세로로 갈라진다. 잎은 어긋나 달리며 긴 타원형이다. 잎 가장자리가 여러 갈래로 깊게 팬다. 잎은 가을에 갈색으로 물든다. 굳은열매인 도토리는 세로로 길쭉하지 않고 가로 방향으로 넓다. 열매에는 세로로 회백색 줄이 나타난다. 나무 외모가 아름답고 공해에 강하다. 그래서 정원수나 공원수, 가로수로 전국에 걸쳐 심는다. 목재도 재질이 뛰어난 것으로 알려졌다.

우연히 구한 그림책 원서가 한 권 있는데, 앨빈 트레셀트가 쓰고 찰스 로빈슨이 그린 1972년판 책이다. 미국 도서관에서 폐기한 책을 아마존을 통해 직접 구매한 헌책이다. 영어 제목 그대로 번역하면 '죽은 나무', 대왕참나무의 일생으로 보면 좋다.

숲 속에 100년이 넘은 참나무가 그늘을 넓게 펼치고 자라고 있었다. 새들도 둥지를 틀고 다람쥐 등 온갖 동물들의 쉼터였다. 개미가 나무 줄기를 파 들어가자 나무는 쇠약해졌다. 세월이 흘렀다. 어느 겨울 폭풍이 불고 참나무는 나무 밑동이 부러져 쓰러지고 만다. 쓰러진

참나무와 그 주변에서 살아가는 온갖 크고 작은 동식물들······ 나무는 천천히 자연으로 돌아간다. 썩어가는 참나무 몸통 옆에서 어린 참나무가 싱싱하게 자라난다.[11]

"오자 마자 가래나무"

: 가래나무, 호두나무

가자 가자 감나무/ 오자 오자 옻나무/ 낮에 봐도 밤나무/ 입 맞추자 쪽나무/ 바람 솔솔 소나무/ 방귀 뀌는 뽕나무/ 십 리 절반 오리나무/ 빠르기도 화살나무/ 동지섣달 사시나무/ 아흔 지나 백양나무/ 따끔 따끔 가시나무/ 자장 자장 자작나무/ 거짓말 못해 참나무/ 너랑 나랑 살구나무/ 호로록 호로록 국수나무/ 깔고 앉아 구기자나무/ 꿩의 사촌 닥나무/ 앵돌아져 앵두나무/ 칼로 베어 피나무/ 엎어졌다 엄나무/ 자빠졌다 잣나무/ 삐까 번쩍 광나무/ 입었어도 벗나무/ 서울 가는 배나무/ 그렇다고 치자나무/ 오자마자 가래나무.

편해문 씨가 쓰고 엮은 《가자가자 감나무》와 《깨롱깨롱 놀이 노래》 속에 나온 나무 노래를 적어본 것이다. 옛날부터 전해오는 민요이며 아이들이 놀 때 부르던 놀이 노래다. 노래 속에 나오는 나무만 무려

=
11 (Text) Alvin Tresselt · (Illustrations) Charles Robinson, *The Dead Tree*, Parents' Magazine Press, 1972.

26종이다. 우리 아이들과 함께 이 말놀이만 해도 26종 나무 이름이 익혀질 것이다. 공부가 놀이가 되면 부담스럽지 않다. 놀면서 몸에 익히는 신나는 나무 공부가 될 수 있다.

노래 마지막에 나오는 가래나무는 우리 땅에서 자생하는 우리 나무다. 가래나무과로 분류한다. 잎떨어지는 큰키나무다. 20미터까지 자란다. 나무에 달린 작은 잎의 모양이 농기구인 '가래'를 닮았다는 데서 이름이 왔다고 한다.

나무껍질은 흑회색이고 세로로 갈라진다. 잎은 어긋나게 달리고 홀수깃꼴겹잎이다. 작은 잎은 7~17개이고 긴 타원형이다. 잎 끝은 뾰족하고 가장자리에 잔톱니가 있다. 꽃은 암수한그루고, 봄에 핀다는데 나는 아직까지 관찰하지 못했다. 열매는 견과, 즉 굳은열매이면서 씨 열매인 핵과다. 달걀 모양 열매는 가을에 갈색으로 익는다. 열매 껍질은 육질이고, 그 속에 단단한 갈색 열매가 들었다. 열매는 주름이 많고 끝이 뾰족하다. 호두처럼 속은 고소한 맛이 난다. 호두나무와 비교하면 작은 잎이 많고 잎 가장자리에 톱니가 있는 점이 다르다. 호수공원 작은동물원에서 자연학습원으로 걸어가면 중간쯤에 가래나무 한 그루 자라고 있다.

지금은 휴게소마다 호두과자를 먹을거리로 팔지만, 한때 천안 호두과자는 유명했다. 호두를 닮은 호두과자, 천안에 있는 호두나무 덕택이다. 충남 천안 광덕사에 호두나무 천연기념물이 있다. 고려시대에

→ 홀수깃꼴겹잎이 특징인 가래나무. 호두나무
   에 비해 작은 잎이 많고 가장자리에 톱니가
   있는 점이 다르다.

→ 작은 잎이 5~7개이며 홀수깃꼴겹잎인 호
   두나무. 육질이 싸고 있는 껍질 속에 주름이
   많은 단단한 갈색 열매가 들었다.

중국에서 가져온 나무라고 한다. 호두나무는 서남아시아가 원산지며 중국을 거쳐 우리나라에 전해졌다. 중국에서는 처음에 오랑캐 나라에서 가져온 복숭아 닮은 열매를 맺는 나무라고 해서 호도(胡桃)라고 불렀다. 호도가 호두가 되면서 나무이름이 왔다.

가래나무과로 분류한다. 잎떨어지는 큰키나무고, 20미터까지 자란다고 한다. 나무껍질은 회갈색이고 오래될수록 세로로 깊게 갈라진다. 잎은 어긋나게 달리고 홀수깃꼴겹잎이다. 작은 잎은 5~7개이고 타원형이다. 끝은 뾰족하고 가장자리는 밋밋하다. 꽃은 암수한그루로 5월쯤 핀다는데, 그 꽃을 관찰할 기회를 나는 아직까지 갖지 못했다. 열매는 굳은열매이며 씨열매다. 가을에 녹갈색으로 익는다. 4~5센티미터쯤 되는 구형이고 육질이 싸고 있는 껍질 속에 단단한 갈색 열매가 들었다. 열매는 주름이 많고 속살은 고소한 맛이 난다. 호두나무를 가래나무와 비교하면 작은 잎이 적고 잎 가장자리에 톱니가 없는 점이 다르다.

아랫말산 사자상과 달맞이섬 사이 산책로 안쪽 녹지대에 호두나무 한 그루 서 있다. 아직 어린 나무여서 그런가 키가 작다. 나무의 자람 상태도 좋지 않다. 공작단풍과 찔레, 장미가 군락으로 자라는 곳 옆에 심어져 있다.

호수공원에서 우연히 가래나무와 호두나무를 만났다. 가래나무는 일찌감치 발견했고, 호두나무는 최근에야 만났다. 나는 처음에 꽃사과나무겠거니 생각하고 스쳐 지나갔다. 그런데 어느 날 나무가 눈에 들어왔다. 궁금해서 다가갔더니 홀수깃꼴겹잎이다. 강원도 양구 웅진리 농가에서 본 뒤 일산에서는 볼 수 없었던 호두나무였다. 그리도 찾았건만 이제야 내게 제 모습을 보여준 것이다. 그뒤 호두나무 아래에서 호두 열매 두 개를 주웠다. 호주머니 속에 손을 넣을 때마다 달그락대는 호두 소리가 참 좋다.

걷는 건 그래서 탁월하다. 느린 움직임인 탓에 오감 중 시각과 잘 어울린다. 뛰거나 자전거를 타거나 승용차를 타고 간다면 볼 수 없는 나무들을 관찰할 수 있는 기회를 우리에게 준다. 크리스토프 라무르는 이렇게 말했다.

"걸을 때 우리는 더 이상 사물의 모습을 그저 스쳐 지나가지 않고 바라보게 되며, 그러다 보면 사물에 대해 숙고하는 법을 배우게 되기도 한다. (…) 시선의 대상을 점유하지 않고 다만 감상할 수 있도록 적절한 거리를 유지하는 능력은 점점 드물어진다. 걷기를 통해서, 세상에 대한 숙고와 존중을 불러일으키는 이 우아한 기술을 배울 수 있다."[12]

가지가 부드럽다

: 버드나무, 수양버들, 용버들

"천안삼거리 흥~~ 능수야 버들은 흥~~ 제 멋에 겨워서 흥~ 축 늘어

---

[12] 크리스토프 라무르, 고아침 옮김, 《걷기의 철학》, 개마고원.

→ 수양(垂楊)버들은 가지가 늘어진다고 해서
　붙은 이름이다. 전국에 걸쳐 물가에 공원수
　나 풍치수로 심는다.

→ 전북 남원시 광한루 버드나무. 높이 25미터,
　몸통 둘레 4미터. 버드나무는 가지가 부드
　러워 '부들나무'였다가 버드나무로 이름이
　바뀌었다.

졌구나 흥~~."

〈천안삼거리 흥타령〉이다. 노랫말에 나오는 것처럼 옛날부터 전해 오는 버드나무와 관련된 전설은 많다. 왕건과 유씨 부인 이야기가 있고, 천안삼거리 능소 이야기도 있다. 그 가운데 능소 이야기는 〈천안삼거리 흥타령〉과 함께 사람들에게 많이 알려져 있다. 천안삼거리는 조선시대 교통 요지였다. 한양으로 가는 영남대로와 삼남대로가 갈라지는 분기점. 사람들이 몰려드니 원과 주막이 많았다. 이곳에서 수많은 사람들이 만나고 헤어졌을 것이다.

경상도 함양 사람 홀아비 유봉서는 어린 딸 능소와 함께 살았다. 변방에 적이 나타나자 군대에 소집된 유봉서는 천안삼거리에서 딸과 헤어진다. 유봉서는 주막에 딸을 맡기고 버들지팡이를 땅에 꽂는다. "이 나무가 무성하게 자라면 다시 너와 이곳에서 만날 것이다."

어린 능소는 곱게 자라났다. 행실이 바르고 아름다워 주변에 널리 알려졌다. 과거를 보러 한양에 가던 박현수가 주막에 들렀다가 능소와 혼인을 약속하고 과거를 보러 간다. 박현수는 장원급제하고 삼남어사가 되어 천암삼거리에서 능소와 다시 만난다. 흥이 난 능소는 흥타령을 부르며 춤을 추고 기뻐했다. 변방에 군사로 소집됐던 아버지도 무사히 돌아왔다. 곱게 자란 딸을 다시 만나니 경사가 났다. 큰 잔치가 벌어졌다.[13]

=

13 천안삼거리 '능소와 박현수 이야기' 안내판 재구성.

'버드나무로 만든 지팡이를 땅에 꽂았더니 살아나 큰 나무로 자랐다.' 이런 전설처럼 버드나무는 아주 잘 자라는 나무다. 가지가 부드러워서 '부들나무'였다가 버드나무로 이름이 바뀌었다고 한다. 계곡, 하천 등 물가에서 흔하게 볼 수 있는 나무다. 버드나무과로 분류하며 잎떨어지는 큰키나무다. 키가 20미터까지 자란다고 한다.

나무껍질은 암갈색이고 세로로 굵게 갈라진다. 잎은 어긋나게 달리고 피침형이다. 잎 끝은 뾰족하고 가장자리에 작은 톱니가 있다. 잎 뒷면은 흰빛을 띤다. 꽃은 3~4월에 잎과 함께 핀다. 열매는 튀는열매이며 5월에 성숙한다. 수양버들, 능수버들과 달리 가지가 처지지 않는다.

수양(垂楊)버들은 가지가 늘어진다는 뜻에서 이름이 왔다. 중국이 원산지며, 전국에 걸쳐 물가에 공원수나 풍치수로 심는다. 키가 20미터까지 자라는 잎떨어지는 큰키나무다.

나무껍질은 회갈색이고 세로로 불규칙하게 갈라진다. 가지가 밑으로 길게 처진다. 어린가지는 황갈색을 띤다. 잎은 어긋나서 나며 피침형이다. 끝은 길게 뾰족하고 가장자리에 잔톱니가 있다. 잎 뒷면은 흰빛이 돈다. 꽃은 3~4월에 핀다. 열매는 튀는열매며 5월에 익는다. "어린가지가 황갈색 또는 녹갈색이 돌면 수양버들, 황록색 또는 연녹색이면 능수버들"이라고 식물도감에서 차이점을 설명하고 있다. 아무래도 잘 모르겠다. 능수버들, 수양버들은 구별이 어렵다.

용버들은 잎과 가지가 용처럼 뒤틀리며 자란다고 해서 이름이 왔

다. 운룡(雲龍)버들의 준말이다. 중국이 원산지고 공원과 정원에 경관
수로 심는다. 키가 20미터까지 자라는 큰키나무다.

나무껍질은 회갈색이고 세로로 불규칙하게 갈라진다. 어린 가지는
황갈색 또는 녹갈색이다. 가지는 아래로 길게 처지며 뒤틀리면서 자
란다. 잎은 어긋나서 돋으며 피침형이다. 잎 끝은 뾰족하고 가장자리
에 잔톱니가 있다. 앞면은 광택이 있는 녹색이고 뒷면은 흰빛이 돈다.
잎은 가지처럼 심하게 뒤틀린다. 꽃은 4월에 잎과 함께 핀다. 열매는
튀는열매며 5월에 익는다.

호수공원 곳곳에 버드나무가 심어져 있다. 특히 호숫가 바로 옆의
수양(능수)버들은 연둣빛 색깔을 드러내며 봄을 알린다. 봄이 왔음을,
봄이 시작했음을 알리는 버들강아지도 앙증맞다. 용버들은 화장실문
화전시관 뒤 호숫가에서 자란다. 뒤틀리며 자라는 잎과 가지를 관찰
할 수 있다.

나무를 뜻하는 한자어는 수목(樹木)이다. '나무 수'와 '나무 목'이 합
쳐진 단어다. 흔히 길가에 심긴 나무를 가로수라고 하지 가로목이라
하지 않는다. 가구나 집을 지을 때 쓰는 나무를 목재라 한다. 늙어 죽
은 나무는 고사목이라 부른다. 수(樹)와 목(木)은 어떻게 다를까? 한동
안 궁금했다. 이런저런 자료를 찾아보았으나 명확한 답은 없었다. 쉽
게 풀리지 않던 궁금증이 《나무를 진찰하는 여자의 속삭임》을 읽고서
야 조금 이해되었다.

"수(樹)는 계속 생장(生長)하는, 즉 살아 있는 나무를 뜻한다. 잎이나 줄기로 광합성을 하고 이산화탄소를 흡수하고 물과 산소를 방출하며, 뿌리로 호흡하는 나무를 의미한다. 그에 반해 목(木)은 목재(木材)라는 단어에서 알 수 있듯이, 절단·가공된 나무를 뜻하는 것으로 광합성을 하지 않는 나무를 일컫는다."[14]

"나무를 안아보았나요"
: 양버즘나무, 튤립나무

조안 말루프, 자신의 수업을 듣는 학생들에게 나무를 안아보게 하는 식물학자다. 조안은 어릴 때 플라타너스라고 부르는 양버즘나무가 가장 친한 친구였다. 양버즘나무 위에 올라가 나무 아래 경치를 구경도 하고, 나무 가지 사이를 건너다니며 놀았다. 어릴 때 양버즘나무가 집 주위에 없었다면 자신의 삶도 달라졌을 거라고 조안은 말한다.

어린 시절 튤립나무와 처음 만났을 때를 얘기하는 조안. 어느 날 녹색과 오렌지색 꽃이 땅에 떨어진 걸 본 조안은 고개를 들어 나무 위를 보게 된다. 나무에서 피어난 아름다운 튤립꽃을 피운 나무를 만난 것이다. 어릴 때 경험이 식물학자, 생태학자 그리고 환경운동가로 자라나게 했다.

=
14   오카야마 미즈호, 염혜은 옮김, 《나무를 진찰하는 여자의 속삭임》, 디자인하우스.

→ 양버즘나무 열매. 방울을 닮은 열매가 한 개
  씩 열리고 잎의 가로가 세로보다 길다.

→ 튤립(백합)나무는 튤립을 닮은 꽃이 핀다고
  해서 이름이 붙었다. 키가 30미터까지 자란
  다. 최근 전국에 걸쳐 가로수나 공원수로 많
  이 심고 있다.

양버즘나무는 미국 동부에서 가장 큰 나무이기도 하다. 이 나무는 둘레가 3미터에 키는 30미터에 달한다. 이들은 보통 500년 정도 산다. 나이가 많이 들면 양버즘나무는 밑동 부분에 큰 구멍을 만드는데 이 구멍은 점점 커져서 나중엔 아이들이 그 안에 들어가 요새 놀이를 할 수 있을 정도다. (…) 양버즘나무는 아이들의 놀이터와 가축들의 우리가 되었을 뿐 아니라 성인 남녀의 집이 되기도 했다.[15]

양버즘나무는 북미가 원산지인 나무다. 나무껍질이 피부병인 버짐처럼 얼룩무늬가 생긴다고 해서 이름이 붙었다. 키는 50미터까지 자라는 나무라고 한다. 공해에 강하고 공기 정화 능력이 뛰어나 가로수나 공원수로 많이 심는다. 버즘나무과 잎떨어지는 큰키나무로 분류한다.

나무껍질은 암갈색이고 세로로 갈라지면서 조각조각 떨어져 얼룩무늬를 만든다. 잎은 어긋나서 달리고 손바닥 모양이다. 3~5갈래로 깊게 갈라진다. 잎은 가로가 세로보다 길다. 방울 같은 열매가 긴 열매자루에 붙어 가을에 갈색으로 익는다. 2~6개의 열매가 열린다. 반면 양버즘나무는 열매가 한 개씩 열리고 잎의 너비가 길이보다 길다.

호수공원 산책로 가로수로 심어져 있다. 작은동물원에서 학괴정 사이 산책로 옆에 양버즘나무 줄지어 자란다. 잎이 사람 얼굴보다 더 큰 것도 볼 수 있고, 앙증맞은 턱잎도 관찰할 수 있다.

=

15 조안 말루프, 주혜명 옮김, 《나무를 안아보았나요》, 아르고스.

튤립나무는 어른 나무가 되기까지 거의 20년이 걸린다. 그러나 다 자라 일단 꽃이 피기 시작하면 놀랍게도 튤립나무는 200년 동안이나 꽃을 피울 수 있다. 각각의 꽃은 열 개 정도의 건강한 씨앗을 만들어낸다. 한쪽 끝에 날개가 달린 씨앗들은 가을에 땅에 떨어지면 잠든 채로 싹이 틀 때까지 7년을 기다린다.[16]

튤립나무는 튤립과 닮은 꽃이 피는 나무여서 튤립나무라는 이름이 붙었다. 백합나무라고도 한다. 높이 30미터까지 자란다. 목련과 잎떨어지는 큰키나무다. 원산지는 북미다. 공해와 병충해에 강하다. 꽃도 예쁘고 나무 외모가 아름답다. 전국에 걸쳐 가로수나 공원수로 많이 심는다.

나무껍질은 회색 또는 회갈색이고 세로로 얕게 갈라진다. 잎은 어긋나서 난다. 버즘나무 잎과 비슷한데 잎 끝이 수평으로 자른 듯 보이고 가장자리가 얕게 패였다. 처음엔 연녹색이었다가 가을에 노랗게 단풍이 든다. 튤립과 닮은 꽃은 5~6월에 가지 끝에서 위를 향해 황록색으로 핀다. 열매는 가을에 갈색으로 익는다. 촛대 모양의 열매가 익으면 벌어지면서 날개 달린 씨를 날려 보낸다.

호수공원에서는 만날 수 없었다. 일산동구청 사거리에서 뉴코아백화점 사거리 방향으로 가면 중간에 케이티 고양지사가 있다. 이곳 옆보도에서 튤립나무를 만날 수 있다. 백석동 백송9단지 아파트 입구와

=
16 조안 말루프, 앞의 책.

단지 안에도 튤립나무가 몇 그루 자란다.

평창동계올림픽은 2018년에 열린다. 가리왕산에 알파인스키장이 건설되면서 주목, 왕사스래나무 등 아름드리나무들이 잘려 나갔다. 무려 5만 8000여 그루. 트리 허거(tree hugger)란 말이 있다. 허그(hug)가 껴안는다는 뜻이니 '나무를 껴안는 사람'을 뜻하는 말이다. 나무를 포함해 자연을 아끼고 보호하려는 급진적인 환경운동가를 가리킨다. 베어질 나무를 지키기 위해 나무 위에 오르기도 하고, 숲을 보호하기 위해 인간띠를 두르기도 하는 등 나무와 숲, 그리고 자연을 지키는 사람들이다. 나무를 껴안는 사람, 나무의 체온을 느끼는 사람, 나무를 아끼고 보살피는 사람인 조안 말루프가 우리에게 묻는다. 여러분은 "나무를 안아보았나요?"

빼어나게 단단한 나무

: 대추나무, 헛개나무

나라꽃을 정하는 것처럼 지방자치단체들도 도시를 상징하는 꽃과 나무를 지정한다. 서울특별시가 정한 꽃과 나무는 개나리와 은행나무다. 고양시가 지정한 것은 장미와 백송. 수원시는 진달래꽃과 소나무, 의정부시는 철쭉과 잣나무, 안양시는 개나리와 은행나무……. 부천시는 복숭아꽃과 복숭아나무인데, 부천이 개발되기 전에 복숭아밭이 많았으니 그랬을 것이다. 평택시는 배꽃과 소나무, 과천시는 철쭉과 밤나무, 이천시는 진달래와 소나무, 가평군은 개나리와 잣나무를 상징 꽃과 나무로 지정했다.

상징 나무는 대개 은행나무, 소나무, 잣나무, 전나무, 느티나무 등이 많다. 그런데 독특하게 강원도 화천군은 층층나무, 정선군은 생강나무를 상징 나무로 선택했다. 충북 괴산군은 미선나무 자생지가 발견된 곳이어서 미선나무를 지정했다. 감나무 주산지인 충북 영동군과 경남 함안군, 거창군은 감나무로 정했다. 충북 충주시는 사과 산지 이미지를 살려 사과나무를 가로수로 심은 곳도 있고, 시 나무[市木]를 사과나무로 정했다. 제주도 녹나무, 전남 진도군 후박나무, 영광군 참식나무, 담양군 대나무, 구례군 산수유, 보성군은 차나무, 광양시는 고로쇠나무, 여수시 동백나무, 목포시 비파나무 등은 특색이 있는 나무를 시·군의 나무로 정했다. 그만큼 지정한 나무들이 그곳에 익숙한 나무들일 것이다. 또 경남 진주시와 경기 연천군, 충북 보은군, 서울 은평구는 대추나무를 상징 나무로 삼았다.

대추나무는 중국이 원산지다. 대조목(大棗木)의 '대조'가 변한 이름이다. '조(棗)'는 가시가 위아래로 합쳐졌으니 그만큼 가시가 많다는 뜻이다. 옛날에는 제사 때 빠질 수 없는 과일이었다. 대추 열매는 떡을 해 먹을 때 넣었고, 그냥 생으로 먹어도 좋다. 말린 열매는 삼계탕이나 백숙 또는 갈비탕 등에 넣어서 먹는다. 벼락을 맞은 대추나무로 만든 도장은 아주 소중하게 여겨졌다. 나무가 단단하고 치밀해서 가

→ 열매인 대추를 얻기 위해 전국에 걸쳐 심는
   대추나무. 요즘은 정원수로도 많이 심는다.

→ 숙취 해소 음료로 이름이 난 헛개나무. 열매
   가 간을 해독하는 능력이 뛰어나다고 평가
   받고 있다. 열매자루가 벌레처럼 생겼다.

구재로도 쓰인다. 열매인 대추를 얻기 위해 전국에서 심는다. 요즘은
공원수나 정원수로 많이 심는다. 키가 8미터까지 자라는 갈매나무과
중간키나무다.

　　나무껍질은 회갈색이고 세로로 길게 갈라진다. 어린 가지는 적갈색

이다. 잎은 어긋나서 달리며 달걀 모양이다. 잎 끝은 둔하거나 뾰족하고 둔한 톱니가 있다. 턱잎이 변한 날카로운 가시가 한 쌍 발달한다. 꽃은 6월쯤부터 연녹색으로 모여 핀다. 열매는 씨열매고 가을에 적갈색으로 익는다. 맛이 달다.

호수공원 민속그네에서 전망광장 사이에 대추나무가 자란다. 선인장 전시관에서 달맞이섬으로 빠지는 길 녹지에서 대추나무 두 그루를 관찰할 수 있다.

헛개나무는 호깨 또는 호리깨나무, 호로깨나무라고도 한다. 벌레 같은 열매를 지구자(枳椇子)라고 하는데, 열매를 달인 물이 숙취에 좋다고 알려졌다. 간을 해독하는 능력이 뛰어난 열매로 평가를 받아 지금은 숙취 해소를 위한 음료나 차를 우려내는 재료로 쓴다. 목재는 단단하고 치밀하다. 건축재로 쓰이고, 가구와 악기 등을 만들 때 이용하기도 한다. 키가 10미터까지 자라는 갈매나무과 큰키나무다.

나무껍질은 흑갈색이고 오래될수록 세로로 깊게 갈라진다. 잎은 어긋나서 돋고 넓은 달걀 모양이다. 잎 끝은 뾰족하고 가장자리에 불규칙한 둔한 톱니가 나타난다. 꽃은 7월쯤 흰색으로 모여 핀다. 꿀 향기가 강하다. 씨열매이고, 가을에 갈색으로 익는다. 열매가 벌레처럼 생겼지만 실제로는 열매자루가 변한 것이다. 진짜 열매는 콩알만 하고 윤기가 나는 검은색이다. 열매와 가지를 끓이면 단맛이 난다.

헛개나무는 호수공원에서 만날 수 없었다. 일산 밤가시초가 건너편에 저동중학교가 있는데, 이곳에서 두루미공원 가는 길 주택가에 헛개나무가 한 그루 자라고 있다. 벌레 같은 열매가 독특하게 매달렸다.

요즈음 재미있는 버릇이 생겼다. 구체적인 나무 모습을 머릿속에 그림으로 그려보는 것이다. 전체적인 외모, 나무껍질 모양, 잎과 꽃, 그리고 열매 등을 헤아린다. 프로 바둑 선수들이 바둑이 끝난 뒤 하는 복기처럼 나도 나무를 두고 그런 훈련을 한다. 이게 참 재미있다. 자세히 그림이 그려지지 않으면 뭔가 관찰과 공부가 부족한 것이다. 그림이 잘 안 나오는 부분이 있으면 그 지점을 다시 관찰하고 공부한다. 점점 더 나무 공부에 빠져들고 있다. 그런 내가 대견하고 좋다.

생각만 해도 침이 고이는

: 모과나무, 명자나무

우리나라 국민 코미디언 이주일 선생은 생전에 여러 유행어를 남겼다. 당시 아이들은 선생 흉내를 내며 서로를 보고 배꼽 잡았다. "못생겨서 죄송합니다"는 선생 얼굴과 짝을 이룬 유행어였다. 대머리, 낮고 평퍼짐한 코, 주름진 얼굴 등 못생긴 자신의 얼굴을 풍자했다. 한마디로 웃음 속에 슬픔을 포장했다. "이주일 (안에) 뭔가 보여드리겠습니다"는 선생 예명으로 만들어진 유행어가 됐다. 1996년 국회의원을 마치면서 한 말, "코미디 공부 4년 동안 많이 했다"도 이 선생 어록 가운데 하나다. 코미디보다 더 코미디 같은 정치판을 풍자한 것이다. 2002

→ 향기가 좋고 맛도 좋은 모과나무 열매. 꽃도
  예쁘고 얼룩덜룩한 나무껍질도 멋있다.

→ 명자나무 꽃. 봄에 붉은 꽃이 핀다. 흰색도
  나타난다. 작으면서 모과를 닮은 열매를 맺
  는다고 해서 애기모과, 새끼모과라고도 한
  다. (사진 이태수)

년 8월 폐암으로 돌아가셨다.

못생긴 과일이 있다. 모과나무 열매인 모과다. "뭔가 보여드리겠다"는 듯 향기가 좋고 맛도 좋다. 꽃도 예쁘고 맨들맨들 얼룩덜룩한 나무껍질도 멋있다. 모과나무는 중국명 목과(木瓜)에서 이름이 왔다. 나무에 열리는 오이(참외)라는 뜻이다. 키가 10미터까지 자라는 중간키나무다. 장미과 명자나무속으로 분류한다. 중국이 원산지다. 정원이나 공원에 관상수, 유실수로 많이 심는다.

나무껍질은 붉은 갈색이고 비늘 모양으로 벗겨지면서 얼룩덜룩한 녹색 무늬가 생긴다. 잎은 어긋나서 나며 긴 타원형이다. 잎 끝은 뾰족하고 가장자리에 뾰족한 잔톱니가 있다. 잎의 질은 조금 뻣뻣하다. 분홍색 꽃은 봄에 가지 끝에서 한 개씩 달린다. 꽃잎은 5개다. 열매는 타원형 배열매고 가을에 노란색으로 익는다. 향기가 좋다. 모과열매를 편이나 채로 썰어 설탕과 섞은 뒤 모과청을 만든다. 숙성된 모과청에 뜨거운 물을 부어 차로 마신다. 비타민C를 많이 함유해 감기 예방에 효과가 좋다고 한다.

일산의 공원들과 주택가 등에서 쉽게 볼 수 있는 나무다. 호수공원에서도 볼 수 있다. 전통정원에서 튼실하고 노랗게 익은 모과가 달린 모과나무를 관찰할 수 있다.

모과나무 열매와 닮았는데 크기가 아주 작은 열매를 맺는 나무가 있다. 명자나무다. 명자꽃, 아가씨나무, 산당화(山棠花)라고도 부른다.

키가 1~2미터 정도 자라는 작은키나무다. 장미과 명자나무속으로 분류한다. 붉게 피는 꽃이 아름다워서 정원이나 공원에 관상수 또는 경계수로 많이 심는다.

나무껍질은 회갈색이다. 가지 끝이 가시로 변한다. 잎은 어긋나 달리며 긴 타원형이다. 잎 끝은 뾰족하고 가장자리에 뾰족한 톱니가 있다. 잎자루는 매우 짧다. 작은 턱잎이 독특하게 나타난다. 붉은 꽃은 봄에 핀다. 흰색 또는 연분홍색도 나타난다. 옛날에는 집 안에 심지 못하는 나무로 알려지고 있다. 여자들이 화사한 꽃을 보면 바람이 난다고 해서. 열매는 배열매고 사과 모양이다. 가을에 황록색으로 익는다. 신맛이 강해 날로 먹지 못한다. 작으면서 모과를 닮아 애기모과, 새끼모과라고도 한다.

일산의 공원들, 그리고 보도와 녹지 등에 경계수로 많이 심어져 있다. 그만큼 쉽게 만날 수 있다. 호수공원에서는 호수교에서 고양600년 기념전시관 방향 모퉁이에 명자나무가 군락을 이뤄 자란다.

지금은 승용차 안에 예쁘게 단장한 인공 향이 한자리를 차지한다. 차량 안에서 나는 불쾌한 냄새를 중화시키기 위한 향수다. 통풍구나 후면경에 부착하는 향기 나는 제품들을 잘못 다루면 오히려 차량에 곰팡내를 더 풍기기도 한다. 어떤 경우에는 햇빛에 지나치게 증폭된 향기가 사람들 머릿골을 아프게 하기도 한다. 예전에는 승용차 뒷자리 위에 향기 나는 과일을 놓아두었다. 대표적인 게 모과였다. 과일 바구니에 담아놓은 두세 개의 모과는 은은한 향기를 풍겨 사람들 기분을 상쾌하게 했다. 노랗게 익은 모과가 있는 승용차 풍경은 이제 옛날 일이 되고 말았다.

반가운 여름꽃

: 싸리, 쉬땅나무

대부분의 나무들은 봄철에 꽃이 핀다. 산수유나 생강나무는 노란 꽃으로 봄이 시작했음을 알린다. 봄 꽃들이 차례차례 피고 지면 여름 꽃들이 사람들의 눈길을 사로잡는다. 꽃이 그만큼 드문 때이기에 더욱 반갑다. 초여름부터 꽃을 피우는 나무들이 있다.

모감주나무는 초여름부터 중심부가 빨간 노란색 꽃이 모여 핀다. 자귀나무는 6~7월에 위는 붉은 색, 아래는 흰색 꽃이 모여 핀다. 구기자나무는 6월부터 9월까지 계속해서 보라색 꽃이 피었다 진다. 회화나무는 여름에 원뿔 모양 꽃차례에 황백색 꽃이 모여 핀다. 음나무와 능소화는 각각 황록색 꽃과 적황색 꽃이 여름에 핀다. 배롱나무는 여름부터 초가을까지 진분홍색 꽃이 모여 핀다. 붉나무는 7월 말~9월 초에 우윳빛 백색 꽃이 원뿔 모양 꽃차례에 모여 핀다. 칡은 8월에 붉보라색 꽃이 모여 핀다. 작살나무, 좀작살나무는 8월에 연보라색꽃이 핀다. 나무수국은 백색 바탕에 약간 붉은 빛이 도는 꽃이 7~8월에 핀다. 사위질빵은 흰색 꽃이 7월 초~9월 중순에 핀다. 무궁화는 8~9월에 대개 안쪽이 붉은 연보라색 또는 분홍색 꽃이 핀다. 참느릅나무는

9월쯤 황갈색 꽃이 핀다. 동백나무는 대개 붉은색 꽃이 1~3월에 핀다. 싸리와 쉬땅나무도 초여름부터 꽃을 피우는 나무들이다.

싸리는 여러모로 쓰임새가 많은 나무였다. 싸리빗자루, 싸리문, 싸리발 따위로 사람들 생활에 쓰였다. 서당 아이들에게는 무서웠을 훈장님 회초리로도 쓰였다. 야외전투 훈련을 하는 군인들은 싸릿가지로 밥을 지었다. 물기가 적고 불에 잘 타서 연기가 많이 나지 않기 때문이다. 콩과로 분류하는 작은키나무다.

나무껍질은 적갈색이고 숨구멍이 있다. 잎은 어긋나 돋고 3출엽이다. 작은 잎은 타원형이고, 잎 끝은 둥글다. 잎 가장자리는 밋밋하다. 연보라색 꽃은 여름에 모여 핀다. 꼬투리열매로 가을에 익는다. 납작한 타원형이고 열매에 털이 나타난다. 참싸리도 있다. 싸리에 비해 꽃차례가 잎보다 짧고 꽃받침조각이 길게 뾰족한 점이 다르다고 한다. 나는 아직까지 싸리와 참싸리를 구분하지 못한다. 자세히 관찰할 기회를 갖지 못했기 때문이다. 그래서 모두 싸리로 얼버무리고 만다.

호수공원 곳곳에서 싸리를 만날 수 있다. 일산의 공원들에도 싸리가 많이 심어져 있다. 특히 공원과 녹지 경계 지역에 싸리가 많다.

쉬땅나무는 꽃차례가 수수 이삭과 닮은 데서 이름이 왔다. 수수깡을 평안도 사투리로 '쉬땅'이라고 한단다. 뿌리부터 여러 줄기가 모여 자란다. 키가 2미터까지 자라는 장미과 쉬땅나무속 작은키나무다.

나무껍질은 회갈색이고 우툴두툴한 숨구멍이 나타난다. 잎은 어긋

→ 생활에 쓰임새가 많았던 싸리나무. 싸리빗
자루, 싸리문, 회초리 따위로 이용했다.

→ 쉬땅나무는 잎이 어긋나서 나며 홀수깃꼴겹
잎이다. 꽃은 여름에 가지 끝에서 작은 흰색
꽃이 모여 핀다.

나서 달리며 홀수깃꼴겹잎이다. 작은 잎은 23개까지 달리며 잎 끝은 꼬리처럼 길게 뾰족하다. 잎 가장자리에 뾰족한 톱니가 나타난다. 마가목 잎과 많이 닮았다. 꽃은 여름에 가지 끝에서 작은 흰색 꽃이 모여 핀다. 수많은 작은 꽃들이 원뿔 모양 꽃차례에 모여 곤충을 유혹한다. 열매는 골돌과(蓇葖果). 여러 개의 씨방으로 이루어졌으며 익으면 벌어지는 작약과 같은 열매다. 가을에 익는다.

호수공원 여러 곳에서 쉬땅나무를 만날 수 있다. 낙수교, 인공폭포 오른편 등 호숫가에 군락을 이룬다. 개쉬땅나무 이름표를 걸고 있다.

나는 초등학교 6년, 중·고등학교 6년, 대학교 4년을 학교라는 공간에서 공부했으면서도 나무 50종을 구분하지 못했다. 많은 시간을 쏟아 여러 공부를 했으면서도 우리 주변에서 흔히 볼 수 있는 나무를 느끼고 관찰할 기회를 갖지 못했다. 오로지 책상 위에서 문제를 풀고 머리로만 암기하는 공부를 했기 때문이다. 지금 아이들도 마찬가지다. 학교와 학원을 다람쥐 쳇바퀴 돌듯 한다. 공부에 지친 아이들이 '내 나무 아래에서' 잠시라도 쉴 수 있었으면 좋겠다. 공부에 내몰려 하늘 한 번 볼 수 없는 아이들에게 잠시라도 나무를, 자연을 느껴볼 기회를 주면 좋겠다.

알도 레오폴드는 "어쩌면 교육이란 덜 중요한 것을 알기 위해 소중한 다른 것을 포기해 가는 과정이 아닐까?"라고 말했다. "내가 아는 어떤 교양 있는 숙녀는 우수한 성적으로 대학까지 졸업했다고 하는데도, 계절의 변화를 알리며 자기 집 지붕 위를 1년에 두 번씩 지나가는 기러기 떼를 한 번도 본 적도 들은 적도 없다고 말한 적이 있다"[17]는 예를 들면서.

=
17   알도 레오폴드, 이상원 옮김, 《모래땅의 사계》, 푸른숲.

제 4 장

———

늘푸른 나무들이 더욱 반가운 겨울

다른 물체에 기대어 자라는 덩굴나무

: 담쟁이덩굴, 노박덩굴

미로처럼 얽힌 미국 뉴욕 워싱턴 광장 서쪽의 한 작은 동네. 이곳 벽돌집 3층 꼭대기에 화실 겸 살림집을 마련해 살고 있는 아가씨 화가 수와 존시. 뉴욕에 폐렴이 번지면서 존시가 폐렴에 걸리고 만다. 의사가 수에게 전한 말, "살아날 가망성은 열에 하나."

열둘, 열하나, 다시 열…… 창밖을 보며 벽돌집 빈 벽에 붙은 담쟁이덩굴에 남은 잎새를 세는 존시. "마지막 잎새가 떨어지면 나도 가는 거야."

같은 집 1층에 사는 예순 넘은 실패한 화가 버먼. 40년 동안 그림을 그렸지만 말로만 걸작을 남기겠노라고 떠벌리는 주정뱅이 화가다. 수는 죽음에 대한 존시의 생각을 버먼 노인에게 전한다.

밤새 차가운 진눈깨비와 함께 비가 내리고 강한 바람이 휘몰아쳤다. 이튿날 아침, 커튼을 올려달라고 부탁하는 존시. 벽에는 담쟁이덩굴 잎새 하나가 여전히 달려 있다. 다시 밤이 되고 북풍이 세차게 불어온 뒤 날이 밝았다. 커튼을 올려달라고 명령하듯 말하는 존시. "수프 좀 갖다줘. 그리고 우유에 포도주를 조금 타서 갖다줘……."

오후에 의사가 존시의 진찰을 마치고 하는 말, "그럼 자, 아래층에 있는 환자를 보러 가야지. 이름이 뭐 버먼이라던가……. 역시 폐렴이야. 늙고 허약한데다 급성이야."

결국 버먼 노인은 이틀 만에 죽고 만다. 수와 존시가 나누는 말.

"벽에 붙어 있는 담쟁이 잎새, 바람이 부는데 왜 조금도 움직이지 않는지 이상하지 않아?"[1]

담쟁이덩굴은 포도과 잎떨어지는 덩굴성 나무다. 담장이나 벽 등 다른 물체에 붙어 자라서 이름이 담쟁이다.

나무껍질은 회갈색이고 공기뿌리가 발달한다. 어린 줄기는 적갈색이고 흡착판이 나와 다른 물체에 달라붙는다. 잎은 어긋나게 달린다. 긴 가지의 잎은 갈라지지 않는데 짧은 가지의 잎은 세 갈래로 갈라진다. 잎이 3개씩 모여 나는 3출엽도 눈에 띈다. 잎 끝은 뾰족하고 가장자리에 둔한 톱니가 있다. 잎자루는 매우 길다. 열매는 장과. 장과는 열매 껍질이 다육질이며 즙이 많고 껍질이 저절로 벌어지지 않는 열

1 오 헨리, 김욱동 옮김, 《오 헨리 단편선》, 〈마지막 잎새〉, 도서출판 비채, 요약.

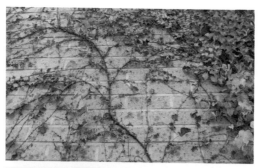

→ 공기뿌리가 발달해서 담을 기어오르는 담쟁이덩굴. 잎이 3개씩 모여 나는 3출엽도 눈에 띈다.

→ 미국담쟁이덩굴은 손 모양 겹잎이다. 잎은 어긋나게 달리고 작은 잎은 5개다.

→ 노박덩굴 열매는 공 모양이고 가을에 노란색으로 익는다. 노란 열매 껍질이 세 갈래로 갈라지며 붉은색 씨가 드러난다.

매다. 10월쯤 검은색으로 익는다. 건물이나 벽, 나무줄기를 타고 오르는 담쟁이덩굴을 호수공원이나 일산의 여러 곳에서 볼 수 있다. 주엽초등학교 건물 앞을 덮은 담쟁이덩굴과 능소화는 우리 눈을 시원하게 해준다.

〈마지막 잎새〉에서 존시를 살린 담쟁이덩굴은 물론 미국담쟁이덩굴일 것이다. 나무껍질은 짙은 갈색이고 공기뿌리가 나와 다른 물체에 달라붙는다. 미국담쟁이덩굴은 손 모양 겹잎이다. 잎은 어긋나게 달리고 작은 잎은 5개다. 거꿀달걀형이며 끝은 뾰족하다. 잎 윗부분에 굵은 톱니가 불규칙하게 발달한다. 잎자루는 길고 작은 잎 잎자루는 짧다. 열매는 장과이고 10월에 검은색으로 익는다.

글·그림책《들꽃 아이》에서 김 선생 책상 뒤에 걸린 노박덩굴. 호수공원을 걷다가 노란 콩알만 한 열매가 맺힌 덩굴나무를 봤다. 무척이나 반가웠다. 호수공원 아랫말산 아래쪽 물레방아가 있는 곳에서 학괴정 사이 호숫가 산책로 옆에 노박덩굴이 무더기로 자란다. 찔레, 쥐똥나무, 화살나무, 좀작살나무와 함께. 가을에 빨간 찔레 열매, 까만 쥐똥나무 열매, 붉은 화살나무 열매, 보라색 좀작살나무 열매를 함께 비교하며 관찰하기 좋다.

노박덩굴은 노박덩굴과 잎떨어지는 덩굴성 나무다. 10미터 정도까지 자란다고 한다. 다른 나무나 바위 등을 감고 자란다. 나무껍질은 회색이며 얕게 갈라진다. 잎은 어긋나서 나며 잎 끝이 갑자기 뾰족해지고 가장자리에 둔한 톱니가 있다. 열매는 구형이고 가을에 노란색으로 익는다. 노란 열매 껍질이 세 갈래로 갈라지는데 붉은색 종자가 눈에 잘 띈다.

도종환 시인이 쓴 〈담쟁이〉란 시가 있다. 절망이 넘치는 세상에서, 여럿이 함께 힘을 모아 어려움을 넘어서자는 의미로 읽힌다. '담쟁이'라는 상징을 통해.

"저것은 벽/ 어쩔 수 없는 벽이라고 우리가 느낄 때/ 그때/ 담쟁이는 말없이 그 벽을 오른다/ 물 한 방울 없고 씨앗 한 톨 살아남을 수 없는/ 저것은 절망의 벽이라고 말할 때/ 담쟁이는 서두르지 않고 앞으로 나아간다/ 한 뼘이라도 꼭 여럿이 함께 손을 잡고 올라간다/ (…) 담쟁이 잎 하나는 담쟁이 잎 수천 개를 이끌고/ 결국 그 벽을 넘는다."

생울타리로 이용하는 나무
: 회양목, 쥐똥나무 그리고 사철나무

걷고 있는데 어미 황조롱이와 헤어진 새끼 황조롱이가 작은키나무 밑에 숨었다. 낯선 풍경에 어찌할지 몰라 두려움에 떨고 있다. 맑고 큰 눈이 안쓰럽다. 새끼 황조롱이는 어쩌다 길을 잃었을까.

이태수 화가가 쓰고 그린 《늦어도 괜찮아 막내 황조롱이야》가 있다.

2001년 봄 군포시 산본신도시 아파트 18층 화분 받침대 위에 나뭇가지로 둥지를 튼 황조롱이를 관찰하고 펜으로 그린 그림책이다. 매서운 황조롱이의 이미지를 펜화로 표현하면서도 이 화가의 다른 그림처럼 아주 따스한 느낌을 주는 글·그림책이다.

부화가 늦은 막내 황조롱이는 언니들에게 먹이를 빼앗기면서 성장이 부실해진다. 다른 형제들에 비해 늦된 막내 황조롱이. 이른 여름 새끼 황조롱이 세 마리는 모두 둥지를 떠나 날아가고, 막내 황조롱이만 남는다. 막내 황조롱이가 날 때까지 포기하지 않고 기다리며 보살피는 황조롱이 부부가 막내를 격려하는 말. "너도 언니들처럼 날 수 있어. 조금 늦어도 괜찮아."

새끼 황조롱이가 두려움에 떨며 숨어 있는 곳은 회양목과 공작단풍나무 사이의 공간이다. 회양목은 정원 조경수나 울타리 등으로 쓰이는 나무다. 옛날에는 고급 재료인 나무 활자나 조각재로도 쓰였다. 황색 잎이 버드나무[楊]를 닮아 '황양목(黃楊木)', 거기서 이름이 유래했다고 한다. 나무 재질이 치밀하고 단단해서 도장 재료로도 썼다. 키는 보통 2~3미터 정도 자란다고 한다. 회양목과로 분류하며 늘푸른 작은 키나무다.

나무껍질은 회백색 또는 회갈색이고 오래될수록 모양이 다른 작은 조각으로 갈라진다. 잎은 마주나며 긴 타원형이고, 두껍고 가죽질이며 잎자루가 짧다. 3~4월에 잎겨드랑이에 황록색 꽃이 모여 핀다고 하는데, 정확한 시기는 잘 모르겠다. 열매는 가을에 갈색으로 익는다. 도깨

→ 회양목과 공작단풍나무 사이에 숨어 있는 황조롱이 새끼.

→ 쥐똥 같은 열매를 매단다고 해서 이름을 얻은 쥐똥나무 열매. 북한에서는 '검정알나무'라고 한다는데, 어감이 훨씬 좋다.

비 뿔 모양의 돌기가 세 갈래 튀어나온다. 모양을 내기 위해 가지를 잘라내도 나무가 잘 자란다. 호수공원 곳곳에서 눈에 띄는데 보도와 화단의 모퉁이 등을 구획하거나 울타리 또는 조경수로 심어져 있다.

가을에 공원이나 정원 울타리를 보면 쥐똥 같은 새까만 타원형 검은 열매를 맺고 있는 나무가 보인다. 드물지만 나무 가지에는 흰색 가루가 뭉쳐 있다. 쥐똥과 닮은 열매를 맺는다고 해서 이름 붙여진 쥐똥나무다. 물푸레나무과 잎떨어지는 작은키나무다.

나무껍질은 회갈색이다. 잔가지는 가시처럼 발달한다. 잎은 마주나고 가장자리는 밋밋하며 잎자루는 짧다. 5~6월 가지 끝에 흰색 꽃이 모여 핀다. 향기가 좋다. 꽃잎 끝이 네 갈래로 갈라지나 깔때기 모양 통꽃이다. 가을에 쥐똥 모양 열매가 검은색으로 익는다. 회양목과 같이 화단 경계목이나 울타리로 이용한다. 쥐똥나무에 붙은 하얗게 뭉쳐 있는 가루는 백랍벌레가 붙인 것으로, 약재로 쓰인다는 '백랍(白蠟)'이라고 한다. 자세한 쓰임새는 모르겠다.

호수공원 여러 곳에서 눈에 띈다. 호수공원의 외곽 울타리로 많이 심어져 있다. 쥐똥나무는 다듬지 않으면 키가 훌쩍 자란다. 그래서 다듬어진 울타리 나무로만 보던 사람들은 다른 나무로 착각하기 쉽다.

소나무나 잣나무는 바늘잎나무로 사철 푸른 잎을 자랑한다. 넓은잎나무는 대부분 잎이 떨어진다. 제주도나 남해안 해안가에서 자라는 동백나무나 녹나무, 가시나무 등만 빼고 말이다. 넓은잎나무 가운데

→ 넓은잎나무인데도 늘푸른잎을 자랑하는 사
철나무의 잎과 열매. 잎은 마주나고 가장자
리에는 작은 톱니가 있다.

호수공원에도 사계절 늘푸른 나무가 있다. 사철 푸른 나무여서 이름
도 사철나무라 불린다. '동청(冬靑)'이라 부르기도 한다. 늘푸른 넓은잎
작은키나무로, 3미터 정도까지 자란다.

나무껍질은 회흑색이고 어린 가지는 녹색이다. 가지가 아래부터 많
이 갈라진다. 잎은 마주나고 가장자리에 작은 톱니가 있다. 앞면은 광
택이 있는 두꺼운 가죽질이다. 식물도감을 살펴보니 꽃은 6~7월에 잎
겨드랑이에 달리고, 황록색 또는 황백색으로 핀다고 적혔다. 꽃이 작
아서 눈에 잘 띄지 않는데 말이다. 식물학자들은 루페(loupe)라는 돋보

기를 가지고 다녀 눈이 더 큰가 보다. 열매는 가을에 붉은색으로 익는다. 1센티미터가 안 되는 각진 구형이고 네 갈래로 갈라진다. 열매 껍질이 벌어질 때 붉은 씨가 사람들 시선을 사로잡는다. 붉은색이니 당연히 새들도 혹할 것이다.

노박덩굴과에 들며 조경수, 생울타리, 방풍림 등으로 이용한다. 선인장전시관 뒤 등 호수공원 여러 곳에 심어져 있다. 호수공원 종합안내소 뒤 청소년문화센터 앞에 제법 굵게 자란 사철나무 한 그루 자라고 있다.

달마다 계절마다 호수공원의 풍경은 달라진다. 같은 종 나무라도 조금 빨리 꽃 피는 것도 있고, 늦게 꽃 피는 나무도 있다. 한 나무에서도 일찍 피는 꽃이 있고 아주 늦게 피는 꽃도 있다. 아직 봄이 이른 때 꽃을 피운 개나리꽃은 꽃샘추위에 비명횡사한다. 호수공원 달맞이섬 양지바른 곳에서 자라는 개나리는 12월 초순에 노란 꽃을 무더기로 피우기도 한다. 늦가을에 피는 병꽃나무 꽃, 쉬땅나무 꽃 등은 열매를 제대로 맺어 자손을 번식할 수 있을까. '철없는' 나무에 대한 쓸데없는 걱정이다.

이엽송, 삼엽송, 문인송, 금강송, 춘양목?

: 소나무, 백송

한국인들이 가장 좋아하는 나무는 소나무다. 한국갤럽조사연구소가 2014년 10월 2일부터 29일까지 4주간 인터뷰해 조사한 결과다. 이에 따르면 소나무는 46퍼센트로 다른 나무에 비해 선호도가 압도적으로 높게 나타났다. 소나무 다음으로는 은행나무(8퍼센트), 벚나무(7퍼센트), 단풍나무(6퍼센트), 느티나무(4퍼센트), 동백나무(1.9퍼센트), 편백나무(1.8퍼센트), 대나무(1.7퍼센트), 버드나무와 감나무(각각 1.3퍼센트)가 10위 안에 들었다. 한국인이면 누구나 친근하게 생각하고 우리 생활과 밀접한 관련이 있는 나무가 바로 소나무다.

소나무가 없었다면 임진왜란 때 이순신 장군이 왜군을 물리치기 어려웠을 것이다. 강하고 무거운 소나무로 배를 만든 조선 수군은 가볍고 약한 삼나무로 배를 만든 일본 수군을 무찌를 수 있었다. 배끼리 부딪치는 접근전에서 약한 쪽은 당연히 왜군의 배일 테니. 소나무 목재는 집과 궁궐을 짓는 데 쓰였고, 솔잎은 송편을 찔 때 함께 얹어 찐다. 갈색 낙엽은 부뚜막 불쏘시개로 이용했다. 흉년과 전쟁으로 먹을 게 없던 백성들은 소나무 껍질을 벗겨서 끓여 먹었다. 소나무 꽃가루인 송화로 다식을 만들었고, 솔잎차를 마셨다. 솔향기가 나는 송이버섯은 생으로 기름장에 찍어 먹어도 맛있고, 고기와 볶아 먹어도 좋은 값비싼 먹을거리다. 송이버섯 나는 곳은 시집간 딸에게도 가르쳐주지 않는다는 얘기까지 있다. 아기가 태어나면 솔가지를 매단 금줄을 치

고, 죽으면 소나무로 짠 관을 썼다. 태어나 살며 죽을 때까지 소나무
와 함께한 셈이다.

　소나무는 소나무과 늘푸른 바늘잎 큰키나무다. 키는 35미터까지
자란다고 한다. 나무 이름은 으뜸을 뜻하는 '수리'가 '술'이 되었다가
'솔'로 변했다고 한다. 또는 바늘을 뜻하는 '솔'이 '나무'와 결합해서
이름이 되었다고도 한다. 육지에서 자라서 육송(陸松), 나무껍질이 붉
어 적송(赤松)이라고도 부른다. 적송은 일본식 이름이다. 나무껍질은
적갈색이며 나이가 들수록 세로로 깊게 거북등처럼 갈라진다. 잎은
바늘잎이고 두 개씩 모여 달린다. 길이는 8센티미터쯤 된다. 솔잎 끝
이 뾰족하지만 손바닥을 찔러봐도 따갑지 않다. 잎의 질이 부드럽기
때문이다. 봄에 새 가지에 꽃이삭이 달린다. 열매는 구과(毬果), 구과
는 솔방울이나 잣송이처럼 비늘조각이 여러 갈래로 겹치는 둥글거나
원뿔 모양으로 생긴 방울열매를 말한다. 열매는 녹색이었다가 다음해
9~10월에 갈색으로 익는다. 열매가 익으면 조각이 벌어진다. 4~5센티
미터의 달걀처럼 생긴 원뿔 모양이고, 아래를 향해 달린다. 벌어진 속
에서 얇은 날개처럼 생긴 씨가 나와 퍼져 나간다.
　호수공원 곳곳에 키가 낮고 줄기가 휜 문인송(文人松), 곧고 굵게 자
란 낙락장송(落落長松) 등이 자라고 있다. 전통정원 연못 중앙에는 키
작고 줄기가 휜 소나무 한 그루가 자란다. 민속그네에서 전망광장 사
이 녹지에는 하늘 높이 곧게 자란 소나무들이 군락을 이루고 있다.

→ 우리나라 사람들이 가장 좋아하는 소나
무. 잎은 바늘잎이고 두 개씩 모여 난다.
육지에서 자라서 육송(陸松)이라고도 부
른다.

춘양목은 경북 봉화 춘양에서 온 이름이다. 굵고 곧게 자란 금강소나무를 춘양역에서 실어 다른 곳에 보냈기 때문에 춘양목이란 이름이 붙었다. 금강산을 비롯해 경상북도 울진 등에서 자라는 소나무를 금강송이라 한다. 나무질이 굳세고 하늘 높이 자라는 강송(剛松)이다.

반송(盤松)은 작은 밥상인 소반처럼 생겼다고 해서 붙은 이름이다. 키가 작고 가지가 아래에서부터 옆으로 여러 갈래 퍼져 자라는 소나무다. 잎은 소나무처럼 두 개씩 모여 난다. 정원수, 풍치수로 사랑받고 있다. 호수공원 곳곳에서 반송을 만날 수 있다. 민속그네 옆에는 군락을 이룬 반송이 자란다.

곰솔이 있다. 소나무처럼 잎은 두 개씩 묶여 난다. 줄기가 검다고 해서 검솔이었다가 곰솔로 변한 것으로 보고 있다. 바닷가에서 잘 자라 해송(海松), 나무껍질이 검다고 해서 흑송(黑松)이라고도 한다. 소나무 껍질은 붉은데 곰솔의 나무껍질은 검다. 솔잎은 소나무보다 길고 억세다. 여러 개의 잎을 모아 손바닥을 찔러보면 따가울 정도로 아프다. 호수공원 위로 지나는 호수교 아래에서 메타세쿼이아 산책길이 시작되는 지점에 있는 화장실 옆에서 자라고 있다. 몸통은 검지 않지만 잎이 억세서 나는 이 나무를 곰솔로 추정한다. 물론 100퍼센트 곰솔이란 확신은 없다. 눈 밝은 독자가 한번 밝혀주길 바란다.

백송(白松)은 이름 그대로 흰색 소나무라는 뜻에서 이름이 왔다. 키가 15미터까지 자라는 소나무과 늘푸른 바늘잎 큰키나무다. 중국이 원산지다. 전국에서 정원수나 공원수로 심는다. 고양시의 나무다.

나무껍질은 처음에는 회청색이지만 오래될수록 비늘조각처럼 벗겨져 떨어지면서 점점 회백색을 많이 띠며, 마치 얼룩이 진 것처럼 보인다. 잎은 3개씩 모여 달린다. 그래서 삼엽송(三葉松)이다. 잎의 질은 비교적 뻣뻣하다. 잎 뒷면에는 숨구멍 줄이 있다. 길이는 5~10센티미터. 잎 끝은 뾰족하다. 자라는 속도가 더디고 번식력이 약한 편이다.

경기도 고양시 송포의 백송은 천연기념물 제60호이며 수령이 400~600년이다. 조선 세종 16년(1434년)에 김종서 장군이 개척한 육진에서 복무하던 최수원 장군이 고향에 오는 길에 가져다 심은 것이라고 한다. 나무껍질의 색이 흰빛보다는 푸른빛이 강한 편이다.

호수공원 여러 곳에서 백송을 만날 수 있지만, 고양꽃전시관과 종합안내소 사이 화단에 특히 제법 굵게 자란 백송이 자라고 있다. 호수공원 곳곳에 백송이 심어져 있다. 흰빛 제대로 드러내는 백송은 폭포공원 육교 들입에 한 그루 자라고 있다.

리기다소나무도 잎이 3개씩 묶여 달리는 삼엽송이다. 북한에서는 세잎소나무라고 한다. 몸통 줄기에까지 잎이 달리는 특이한 나무다. 사람들은 리기다소나무를 가치 없고 볼품없는 나무라고 여긴다. 하지만 산이 헐벗었을 때 심었던 아까시나무와 함께 나름대로 큰 역할을 해낸 나무다. 호수공원에서는 볼 수 없고, 정발산에서 쉽게 만날 수 있다.

방크스소나무는 가지가 뒤틀리며 뻗고, 열매가 익어도 저절로 벌어지지 않는 독특한 소나무다. 호수공원 화장실문화전시관에서 달맞이

→ 상처럼 생긴 반송(盤松). 가지가 아래에서부
  터 여러 갈래로 퍼져 자라는 소나무다. 소나
  무처럼 이엽송(二葉松)이다.

→ 흰색 소나무인 백송(白松). 고양시 시의 나무
  다. 나무껍질이 회청색으로 얼룩덜룩해 보
  인다. 잎이 3개씩 모여 난다

→ 리기다소나무. 잎이 3개씩 모여 달리는 삼
  엽송이어서 북한에서는 세잎소나무라고 부
  른다.

→ 나무 가지가 뒤틀리며 뻗는 방크스소나무.
  열매가 저절로 벌어지지 않는다.

섬 방향으로 가다보면 선인장전시관이 있다. 두 전시관 사이 잔디밭에 안개나무와 함께 자라고 있다. 이 나무를 처음 만났을 때 나는 소나무는 소나무인데 도대체 뭘까 궁금했다. 한참이나 알현했더니 정체를 밝혔다.

한국은 일본보다 근대화가 수십 년 늦었다. 그래서 식물학 등 근대 과학이 일본보다 한참 늦게 시작되었다. 그래서 우리나라에 자생하는 소나무가 서양에는 재패니스 레드 파인(Japanese Red Pine)으로 먼저 알려졌다. 말 그대로 번역하면 일본 적송이다. 우리나라에서 자라고 우리 삶과 밀접하고 친근한 소나무가 졸지에 일본의 붉은 소나무가 되고 말았다. 2015년, 국립수목원은 우리나라 자생식물 가운데 일본이 들어간 나무 이름을 새롭게 정리하면서 소나무의 영어 이름을 코리안 레드 파인(Korean Red Pine)으로 바로 잡는다고 발표했다. '학명'은 국제적인 약속이어서 바꿀 수 없지만 영문 '일반명'은 나라마다 붙일 수 있다. 늦었지만 그나마 다행스런 일이다.

잎이 5개씩 모여 나는 오엽송
: 잣나무, 섬잣나무, 스트로브잣나무

사람들이 붐비는 장날, 꾀 많은 한 사람이 잣을 보고 공짜로 먹을 궁리를 하는 거야. 잣은 먹고 싶은데 돈이 없으니 어떻게 하겠어. 온갖 궁리를 하던 꾀보가 기막힌 방법을 생각해 냈지. 잣을 파는 장사치에게 다가간 꾀보는 자기 옷을 가리키며 이렇게 묻지. "이게 뭣이오?" 장사치는 이렇게 대답하지 않았겠어. "옷이오." 장사치가 "오시오" 했으니 당연히 갔겠지. 꾀보는 잣을 보고 다시 묻지. "이게 뭣이오?" 장사치가 "잣이오"라고 하겠지. "자시오"라 했으니 실컷 먹었겠지. 이제는 돈을 내지 않고 가야 하는데, 지나가는 사람의 갓을 가리키며 "저게 뭣이오?"라고 묻지. 장사치가 갓을 모를 리가 있겠어. 그래서 바로 "갓이오"라고 했겠지. 꾀보는 그 말을 듣자마자 얼른 갔어. 잣을 실컷 먹은 사람이 돈도 내지 않고 가자 장사치가 따졌겠지. "돈 안 내고 그냥 가면 어떡하오?" 꾀보는 얼굴색 하나 바꾸지 않고 이렇게 대꾸했지. "당신이 오라고 해서 오고, 먹으라 해서 먹고, 가라 해서 가는데 뭔 이유 있슈?"[2]

고소한 잣. 잣을 보면 누구나 입맛을 다실 게 분명하다. 그래서 전해지는 말장난 같은 이야기다. 어떤 이는 방랑시인 김삿갓의 이야기라고도 하고 아이들 말 놀이였다고도 한다.

추사 김정희(1786~1856)의 〈세한도(歲寒圖)〉가 있다. 대한민국 국보 180호다. 추사가 1844년 제주도 귀양 중에 그린 문인화다. "겨울이 온 뒤에야 소나무와 잣나무가 늦게 시드는 것을 안다(歲寒然後知松柏之後凋)"고 적혀 있다. 이 글에 적힌 백(柏)을 측백나무로 착각하는 사람들

=
2 편해문 글, 박향미 그림, 《가자 가자 감나무》, 창비, 재구성.

6
1

겨
울

도 있다.

　잣나무는 키가 30미터까지 자라는 큰키나무다. 소나무과 늘푸른 바늘잎나무로 분류한다. 잣 열매가 달리는 나무라는 뜻에서 이름이 왔다. 잎이 5개씩 모여 달려서 오엽송(五葉松), 나무 속이 붉어서 홍송(紅松)이라고도 한다.

　나무껍질은 회백색 또는 회갈색이며 오래될수록 세로로 불규칙하게 갈라진다. 새 가지는 적갈색을 띤다. 잎 길이는 6~12센티미터라고 한다. 끝은 뾰족하나 억세지 않은 편이다. 뒷면은 흰색 숨구멍이 발달한다. 열매는 방울열매로 10센티미터 정도 크기다. 솔방울 조각이 완전히 벌어지지 않아 씨가 잘 떨어지지 않는다. 씨는 1센티미터 정도된다. 씨의 딱딱한 껍데기를 제거하면 속에서 기름기 많은 백색 살이 나온다.

　호수공원 여러 곳에 잣나무가 군락을 이루며 자란다. 잣나무는 특이하게 우듬지 쪽에서만 열매가 열리기 때문에 열매를 관찰하기가 쉽지 않다. 한울광장에서 미관광장 넘어가는 육교 계단에서 보면 잣나무 열매를 가까이에서 관찰할 수 있다.

　섬잣나무가 있다. 호수공원에서는 볼 수 없었고 낙민공원, 강촌공원, 강선공원 등에서 관찰할 수 있다. 가지 뻗음이 멋있고 외모가 아름다워 학교 등에도 많이 심는다. 소나무과 늘푸른 바늘잎 큰키나무다. 우리나라 식물 가운데 '섬'이 붙으면 대개 울릉도산이다. 섬잣나무도 울릉도에서 자라는 잣나무라고 해서 붙은 이름이다. 조경용으로

→ 우듬지에 열린 잣나무 열매. 잎이 5개씩 모
여 달려서 오엽송이다. 나무가 붉어 홍송(紅
松)이다.

→ 미국오엽송인 스트로브잣나무 열매. 나무가
곧게 빨리 자라는 속성수다.

심어 기르는 섬잣나무 품종은 잎과 열매가 다르다고 하는데, 나는 잘 모르겠다.

나무껍질은 회색이며 오래될수록 세로로 불규칙하게 벗겨진다. 잣나무와 마찬가지로 바늘잎이 5개씩 모여 달린다. 잎 끝은 뾰족하고 뒷면에는 흰 숨구멍줄이 있다. 열매는 방울열매(구과)이고 다음해 10월에 녹색에서 갈색으로 익는다. 5~10센티미터 크기의 원뿔 모양이고 아래를 향해 달린다. 솔방울 조각이 벌어져서 씨가 곧잘 떨어진다고 한다. 씨는 거꿀달걀형이고 1센티미터 안팎이며 짧은 날개가 있다.

북미가 원산지인 스트로브잣나무가 있다. 미국오엽송이라고도 한다. 나무가 빨리 자라는 속성수다. 나무 외형이 원뿔 모양으로 아름다워 공원이나 아파트 단지 등에서 관상수로 많이 심는다. 호수공원 여러 곳에 군락을 이루며 자라고 있다. 키가 30미터까지 자라는 소나무과 큰키나무다.

나무껍질은 잿빛이고 오래될수록 세로로 불규칙하게 갈라진다. 잎은 바늘잎이고 5개씩 모여 달린다. 잎 끝은 뾰족하지만 질은 부드러운 편이다. 열매는 방울열매이고 다음해 가을에 녹색에서 갈색으로 익는다. 20센티미터까지 자라는 열매도 있다고 한다. 긴 원통형이고 대개 한쪽 방향으로 굽으며 아래를 향해 달린다. 잣나무와 비교하면 잎이 가늘고 부드럽다. 열매는 가늘고 한쪽으로만 굽는다.

잣이 상품화되기 위해서는 여러 어려운 과정을 거쳐야 한다. 잣송

→ 섬잣나무. 가지가 멋들어지게 뻗고 나무 외
모가 아름다워 학교, 공원 등에 많이 심는다.

이 채취부터, 잣 씨앗 까기, 그리고 상품화하기. 교육방송 프로그램 가운데 〈극한 직업〉이 있다. 이 프로그램에서 잣송이를 따는 일꾼들을 다룬 적이 있다. 잣송이 채취꾼은 나무에 올라 긴 장대에 달린 낫으로 잣송이를 떨어뜨린다. 잣송이가 우듬지 부분에서 열리기 때문에 채취꾼은 나무 위까지 올라가야만 한다. 잣 수확을 위해 나무에 오르는 전문가들도 일 년에 몇 명씩 나무에서 떨어져 다친다고 한다. 그만큼 힘들고 위험한 직업인 것이다.

경기도 가평군은 국내 잣 생산량의 70퍼센트를 차지한다고 한다. 잣송이 채취가 힘들고 일하려는 사람이 줄어들자 한때 원숭이를 훈련시켜 잣송이를 채취하려는 시도를 하기도 했다. 하지만 털이 많은 원숭이가 진득진득 달라붙는 송진을 싫어할 것은 불문가지(不問可知). 결국 이 계획은 실패로 돌아가고 말았다.

크리스마스트리

: 구상나무, 주목

일본인 식물학자 나카이 다케노신(中井猛之進, 1882~1952)이 있다. 일제강점기 때인 1910년대 조선총독부 소속으로 한반도 식물을 샅샅이 조사하고 채집했다. 돈과 병력 지원까지 받아 백두산에서 한라산까지 훑고 다녔다. 나카이(Nakai)가 채집해서 일본에 가져간 4000여 종이 넘는 식물에는 한반도 자생식물 대부분이 포함되었다.

학명을 적는 국제적인 약속은 속명-종명-명명자 순인데, 수수꽃다리, 미선나무, 개나리 등에 모두 나카이가 들어간다. 한반도 특산종인 금강초롱꽃은 'Hanabusaya Asiatica Nakai'로 적는다. 조선 총독 하나부사를 이름에 올리고 한국이 아닌 아시아 식물로 명기하고 있다.

나카이가 놓친 나무가 있다. 한국 특산식물인 구상나무다. 지리산, 한라산 등 해발 1000미터 산지에서 자라는 나무다. 미국인 식물학자 윌슨이 1917년 제주도에서 구상나무를 발견해 분비나무와 다른 점을 발견하고 신종으로 올렸다. 나카이는 구상나무를 먼저 발견했지만 분비나무와 같은 종으로 생각했던 모양이다. 그래서 자신의 이름을 구상나무에 올릴 수 없었다. 이후 구상나무는 해외로 퍼졌고, 크리스마스트리로 개량되었다. 영어 이름은 '코리언 퍼(Korean fir)'다.

구상나무는 소나무과 늘푸른 바늘잎 큰키나무다. 키가 18미터까지 자란다고 한다. 잎이 성게(쿠살, 성게의 제주 방언)를 닮은 나무라는 뜻에서 이름이 왔다. 나무껍질은 회색이고 비교적 매끈하다. 오래될수록 거칠다. 전나무에 비해 잎이 짧고 끝이 오목하게 파인다. 구상나무가 우리나라에서 가장 많이 자라는 곳은 한라산이다. 하지만 지구 온난화 때문인지 고사목이 갈수록 늘어간다고 한다. 잎은 촘촘하게 매달린다. 잎 뒷면에 흰색 숨구멍이 발달한다. 열매는 방울열매(구과)이고 가을에 갈색으로 익는다. 원통형이고 위를 향해 달린다. 일반인들은 열매를 관찰하기 쉽지 않다. 나무 우듬지 쪽에서 열매가 달리기 때문이다.

→ 구상나무. 지리산, 한라산 등 해발 1000미
  터 산지에서 자라는 나무다. 한라산에 가장
  많은 개체가 자라고 있다.

→ 주목. "살아 천 년, 죽어 천 년"이란 말과 같
  이 재질이 단단하다. 크리스마스트리로 많
  이 쓰인다.

"살아 천 년, 죽어 천 년"이란 말이 있듯이 주목은 그만큼 재질이 단
단하고 잘 썩지 않는 나무라고 한다. 조선시대에는 왕실 가구와 임금
님 관을 만들기도 했다. 껍질과 목재 색깔이 붉어서 '붉을 주(朱)' 자를
붙였다. 백두대간을 중심으로 해발 700미터 이상 산지에서 자란다. 주
목과 늘푸른 큰키나무다. 키는 20미터까지 자란다.

나무껍질은 오래될수록 세로로 얇게 벗겨진다. 잎은 바늘잎이고 나선 모양으로 달린다. 길이는 2센티미터 정도. 잎 끝은 뾰족하다. 잎이 부드러운 편이어서 찔려도 아프지는 않다. 잎 앞면은 진녹색이고 뒷면은 백색 숨구멍이 두 줄로 나타난다. 열매는 8, 9월에 붉은색으로 익는다. 열매는 구형이고 붉은 겉껍질이 감싸고 있다. 컵 모양이고 육질의 겉껍질 속에 씨가 들었다. 열매는 먹을 수 있는데 겉껍질은 단맛이 난다.

일제강점기 36년만 놓고 보더라도 한국은 일본에 40여 년 가까이 뒤졌다고 볼 수 있다. "미국 알기를 우습게 아는 나라는 북한, 일본 알기를 우습게 아는 나라는 한국"이라는 우스갯소리도 있지만, 객관적인 수치로 확인할 수 있는 일본은 우리의 상상을 넘어서는 강대국이다. "일본에서 한국학을 연구하는 일본 학자가 한국에서 한국학을 연구하는 한국 학자보다 많다"는 말도 있지만, 한국 과학은 일본에 의해 도입된 까닭에 그만큼 일본에 뒤졌다고 할 수 있다. 경제 · 문화 · 과학 · 학문 · 예술 등에서 한국과 일본은 객관적으로 비교 대상이 될 수 없다. 그만큼 강하고 부유하며 기초가 튼튼한 나라다. 이렇게 표현하면 친일파로 몰리겠다. 그만하자.

보석 같은 원색 열매

: 낙상홍, 피라칸다, 작살나무

호수공원에 겨울이 왔다. 나무들이 옷을 벗었다. 늘푸른 소나무 등 바늘잎나무들만이 제 푸른빛을 자랑하고 있다. 하늘 높이 자란 메타세쿼이아는 무성했던 나뭇잎들을 갈색으로 떨어뜨리고 늘씬한 몸매를 드러냈다. 벚나무와 참나무과 나무들은 이미 잎들이 졌다. 나무 밑에는 넓은잎 낙엽들이 두툼하게 쌓였다. 추위에 약한 배롱나무와 감나무는 짚으로 만든 옷을 입었다. 얼굴만 한 잎을 자랑하는 양버즘나무는 잎이 거의 지고 가지 끝에 동그란 열매만 매달고 있다. 칠엽수는 이미 커다란 손 모양 잎이 졌고, 은행나무는 가을에 자랑하던 노오란 부채꼴 잎을 모두 버렸다. 느티나무는 아직 조금은 잎이 남았지만 곧 발가벗을 것이다. 산수유는 제 잎을 모두 버리고 빨간 열매를 셀 수 없이 매달고 있다. 파란 하늘과 대비되는 빨간색이다. 노박덩굴과 화살나무는 열매 껍질이 벗겨져 빨간 씨앗을 자랑한다. 호숫가에 심어진 철쭉은 붉으죽죽한 단풍잎을 오랫동안 간직하고 있다. 호수에 비친 철쭉 단풍 반영이 아름답다. 낙상홍은 잎 하나 없이 빨간 열매만 무성하게 열려 새들을 유혹한다. 피라칸다는 빠알간 열매를 수백 수천 개 매달고 원색을 자랑한다. 좀작살나무는 잎을 모두 떨구고 보랏빛 열매를 드러냈다.

낙상홍(落霜紅)이 있다. 이름 그대로 붉게 익은 열매가 서리가 내린 뒤까지 매달린다고 해서 이름이 왔다. 키는 보통 2미터까지 자란다고 한다. 겨울까지 매달린 셀 수 없이 많은 붉은 열매가 아름다워 공원과 정원의 관상수로 많이 심는다. 감탕나무과 잎떨어지는 작은키나무로 분류한다.

나무껍질은 회갈색이다. 잎은 어긋나게 달리고 긴 타원형이다. 잎 끝은 뾰족하고 가장자리에 날카로운 톱니가 있다. 꽃은 6월쯤 연분홍색으로 모여 핀다. 열매는 작은 구슬 모양이다. 가을에 붉게 익는다. 미국낙상홍은 흰색 꽃이 피는데 낙상홍은 연분홍색 꽃이 핀다. 잎도 작고 잎 가장자리 톱니도 작다.

호수교 아래에서 민속그네 방향으로 걷다 보면 산책길 삼거리 바로 전, 왼쪽 참나무과 군락 앞에 낙상홍이 무리지어 심어져 있다. 자연학습원 습지공원 옆에도 많이 자라고 있다.

피라칸다는 가지 가득 달리는 흰색 꽃과 붉은색 열매가 아름다워 조경수로 많이 심는다. 키는 보통 1~2미터로 자란다. 중국이 원산지며, 피라칸다(Pyracantha)라는 속명에서 이름이 왔다. 장미과 늘푸른 작은키나무다.

나무껍질은 회갈색이고 숨구멍이 나타난다. 가지가 많이 갈라진다. 가지에는 날카로운 가시가 발달한다. 잔가지가 변한 것이다. 울타리 용으로 많이 심는다. 늘푸른나무이나 중부지방에서는 잎을 떨어뜨린 채로 겨울을 난다. 잎은 어긋나게 나며 두껍다. 좁은 타원형이다. 잎 가장자리는 밋밋하다. 꽃은 5~6월에 흰색 또는 황백색으로 핀다. 열

→ 낙상홍(落霜紅). 이름 그대로 붉은 열매가 서리가 내린 뒤까지 매달려 있다고 해서 이름이 왔다.

→ 흰색 꽃과 붉은 열매가 아름다워 조경수로 많이 심는 피라칸다. 붉은 열매는 10~12월에 붉게 익는다.

→ 좀작살나무. 가지가 자라는 모습이 작살을 닮았고, 작살나무에 비해 열매가 작다고 해서 이름이 유래했다. 열매는 가을에 보라색으로 익는다.

매는 구형이고, 10월부터 12월까지 붉게 익는다.

　호수공원에서는 만날 수 없었다. 주엽공원으로 넘어가는 육교 아래 피라칸다가 예쁘게 자라고 있다.

　작살나무는 관상용 또는 생울타리로 이용한다. 키는 보통 2~3미터까지 자란다. 가지가 갈라지는 모습이 고기 잡는 작살을 닮았다고 해서 이름이 왔다. 마편초과 잎떨어지는 작은키나무다.

　나무껍질은 회갈색이다. 잎은 마주나고 잎 끝이 점점 뾰족해진다. 잎 가장자리에 날카로운 톱니가 나타난다. 여름에 연보라색 꽃이 핀다. 열매는 둥글고 가을에 보라색으로 익는다.

　좀작살나무는 작살나무와 닮았다. 작살나무에 비해 꽃과 잎, 열매가 작다는 뜻에서 온 이름이다. 나무마다 자람 상태가 달라 꽃과 잎, 열매로 구분하기는 쉽지 않다. 좀작살나무 어린 가지를 만지면 네모진 느낌이 나타난다.

　호수공원에서 자라는 작살나무는 대부분 좀작살나무다. 이름표도 좀작살나무로 붙었다. 호수공원 곳곳에서 만날 수 있다.

　청설모들이 참나무과 군락 아래에서 먹이를 찾아 바쁘게 돌아다니고 있다. 가까이 다가가면 나무 위로 뽀르르 도망간다. 참새들은 작은키나무 아래에서 떼로 모여 먹이를 찾고 있다. 내가 가까이 다가가도 도망가지 않는다. 사람들이 해치지 않을 거라는 믿음이 생겼나 보다. 살얼음이 끼기 시작하는 호수 위에는 오리들이 무리지어 앉아 있다.

가까이 다가가면 슬금슬금 멀어진다. 직박구리들이 낙상홍 가지에 앉아 빨간 열매를 포식한다. 까치들이 깍깍 대며 직박구리 머리를 쪼아 댄다. 혼비백산 달아나는 직박구리. 발가벗은 큰키나무 위에 지어진 까치집들이 제 몸을 드러냈다. 소나무 우듬지에는 지난 여름내 울던 뻐꾸기 둥지가 걸렸다. 소나무 고사목에는 딱따구리 구멍이 두 개 뚫려 있다. 언제인가 저곳에도 생명이 깃들었을 것이다. 호수공원 겨울 풍경이다.

가장 좋아하는 나무는?

: 느릅나무, 참느릅나무, 팽나무

사람들은 처음에 온달을 바보로 여겼다. 고구려 평강왕도 울기 잘하는 평강공주에게 바보 온달에게 시집을 보내겠다고 말한다. 평강공주가 16세가 되자 왕은 귀족 집안 자제와 결혼시키려고 한다. 평강공주는 왕이 한 말은 무겁게 지켜져야 한다며 보석 팔찌 수십 개를 가지고 바보 온달을 찾아 나선다. 이윽고 온달의 집에 이르러 그의 늙은 어머니를 만난다. 인사하고 온달의 안부를 물으니 눈먼 어머니가 이렇게 말했다.

"……내 아들은 배고픔을 참지 못해 산에 느릅나무 껍질을 벗기러 간 지가 오래인데도 아직 돌아오지 않고 있습니다."

공주가 집을 나와 걸어서 산 아래에 이르렀을 때 온달이 느릅나무껍질을 메고 오는 것을 보았다. 공주가 그에게 자기 생각을 말했다. 온달은 발끈해 말하기를 "이곳은 어린 여자가 다니기에는 적절하지 않으니 반드시 사람이 아니라 여우나 귀신이리라. 나에게 가까이 오지 말라" 하고, 마침내 돌아보지도 않고 가버렸다.[3]

《삼국사기》에 나오는 '온달과 평강공주' 전설 도입부다. '천민 바보'와 '왕실 공주'라는 대비되는 신분 차이를 극복하고 혼인한 이야기. 지아비를 도와 성공시키는 부인의 이야기니 훌륭한 전설감이다. 평강공주와 결혼해 왕의 사위가 된 온달은 신라와의 접경지역인 단양에서 죽는다. 신라군이 공격해 오자 온달 장군은 용감하게 맞서 싸웠다. 그러나 날아오는 화살을 피하지 못하고 결국 전사하고 만다. 장사를 치르고자 했으나 관이 움직이지 않았다. 평강공주가 와서 관을 어루만지며 위로하자 마침내 관이 움직여 장례를 치를 수 있었다. 충북 단양군 영춘면에 있는 온달산성이 바로 그곳이다.

이야기에서처럼 느릅나무는 아주 오랜 옛날부터 식용과 약용으로 이용해 왔던 것으로 보인다. 느릅나무 어린 새잎으로 떡을 해 먹었고, 껍질은 간에 좋다고 지금도 끓여서 물을 먹는다. 나무껍질 속을 물에 담그면 힘없이 흐늘흐늘해져서 '느름나무'였다가 느릅나무로 이름이 변했다고 한다. 느릅나무는 키가 30미터, 지름 1미터까지 자라는 큰키

=
3 김부식, 이강래 옮김, 《삼국사기 II》, 〈삼국사기 권 제45〉, 한길사, 요약 및 재구성.

→ 오래될수록 나무껍질이 세로로 불규칙하게
갈라지는 느릅나무. 잎 가장자리에 겹톱니
가 나타난다.

→ 참느릅나무. 느릅나무에 비해 잎이 아주 작
다. 잎 가장자리에 톱니가 있고 잎 밑부분은
심한 비대칭을 이룬다.

나무다.

　나무껍질은 회갈색이고 오래될수록 세로로 불규칙하게 갈라진다. 잎은 어긋나게 나며 긴 타원형이다. 잎 가장자리에 겹톱니가 있고 끝은 갑자기 길게 뾰족해진다. 잎의 질이 거칠다. 잎 아랫부분은 심하게 비대칭을 이룬다. 이른바 짝궁둥이다. 꽃은 4월쯤 모여 피는데, 작아서 사람들이 관찰하기는 쉽지 않다. 열매는 날개열매이고 5월부터 성숙한다. 씨는 날개 중앙 또는 약간 윗부분에 있다. 호수공원 게이트볼장에서 아랫말산 사자상 사이 산책길 옆에 심어져 있다.

　참느릅나무는 느릅나무 가운데 '참'을 붙였으니 그만큼 중요한 나무였나 보다. 예로부터 먹을 수 있거나 나무 쓰임새가 많으면 '참'을 붙였으니까. 참느릅나무는 15미터까지 자라는 큰키나무다.

　나무껍질은 회갈색이고 모양이 다른 작은 조각으로 벗겨진다. 심하면 양버즘나무처럼 얼룩무늬가 생기는 경우도 있다. 잎은 어긋나서 달리며 타원형이다. 느릅나무에 비해 잎이 아주 작다. 잎 가장자리에 톱니가 있고 밑부분은 심하게 비대칭을 이룬다. 잎 질은 가죽질이다. 꽃은 가을에 3~6개씩 모여 핀다. 열매는 날개열매이며 10~11월에 성숙한다. 가지에 달린 수많은 열매들이 떨어져 날린다. 열매는 넓은 타원형이고 가장자리에 날개가 있다. 씨는 날개 중앙에 있다. 느릅나무와 비교하면, 참느릅나무는 잎이 좁고 가죽질이며 꽃은 가을에 핀다. 열매자루가 확실하게 있고 열매에 털이 있다.

　전통공원 서어나무 옆에서 자란다. 일산경찰서부터 밤가시초가 가는 길, 그밖에 일산 시내 여러 곳에 가로수로 심어져 있다. 전통공원 담장 밖에 느릅나무라고 이름패를 걸고 있는 나무가 있다. 내가 보기에는 참느릅나무 같다.

느릅나무과로 분류하는 나무는 여러 종이 있다. 비술나무, 느릅나무, 왕느릅나무, 난티나무, 참느릅나무, 느티나무 등이다. 팽나무, 왕팽나무, 검팽나무, 풍게나무도 느릅나무과로 분류한다. 또 푸조나무, 시무나무도 느릅나무과다.

팽나무는 동그란 팽 열매를 총알 삼아 쏘면 '팽' 하고 날아간다고 해서 이름이 붙여졌다고 한다. 20미터까지 키가 자라는 큰키나무다. 팽나무속으로 분류한다. 전국에서 자라며 제주도와 남부지방 해안가에 고목들이 많다.

나무껍질은 회갈색이고 매끈한 편이다. 잎은 어긋나게 달리고 달걀 모양 긴 타원형이다. 잎 끝은 뾰족하고 가장자리 윗부분에 톱니가 나타난다. 4~5월쯤 황록색 꽃이 함께 핀다. 열매는 씨열매며 10월에 붉은색이 강한 노란색으로 익는다. 지름은 5~8밀리미터이고 구형이다. 익은 열매는 단맛이 난다.

전통정원에 팽나무가 몸집을 키우며 자라고 있다. 텃밭정원에서 장미원 방향으로 걷다 보면 중간쯤 녹지에 계수나무와 함께 팽나무가 몇 그루 심어져 있다.

전남 담양은 메타세쿼이아 가로수로 유명하다. 하지만 나는 메타세

→ 팽나무 열매. 열매는 10월쯤 붉은 색이 강
   한 노란색으로 익는다. 제주도와 남부지방
   해안가에 고목이 많다.

퀘이아 가로수보다 관방제에 심긴 나이가 200년이 넘었다는 팽나무
와 푸조나무가 더 기억에 남는다. 왜냐하면 나는 이곳 관방제에서 팽
나무와 함께 자랐기 때문이다. 동무들과 팽나무를 기어오르고 팽 열
매를 따 먹으며 그렇게 훌쩍 자라났다.

  어릴 때 경험은 강력한가 보다. 초등학교 입학하기 전 나는 팽 열매
를 따서 대나무 팽총을 만들어 동무들과 놀았다. 담양 관방제에 자라
는 팽나무는 한 아름이 넘었다. 어릴 때 기억으로는 팽나무 열매는 검

게 익었다. 열매는 녹색이었다가 노랗게 변했고, 다시 붉게 변했다가 까맣게 익었다. 까맣게 익은 것만 따먹어야 한다. 그렇지 않으면 떫다. 나무를 잘 몰랐으면서도 팽나무에 대해 나는 그렇게 기억했다. 지금은 그 기억이 잘못된 지식이라는 걸 안다. 내가 알았던 팽나무는 푸조나무였다. 비록 푸조나무와 팽나무가 뒤섞인 기억이지만 나는 아직도 팽나무를 기억하며 좋아하는 나무로 삼고 있다. 어릴 때 추억도 추억이지만, 내가 처음 관찰했던 나무여서 더 그렇다.

"내 나무 아래에서"

: 전나무, 독일가문비

초등학교 입학 전이었을 게다. 외할머니께 들은 홍길동 이야기 때문이었는지 다른 이야기 때문이었는지는 잘 기억나지 않는다. 나무를 뛰어 넘는 훈련을 하겠다는 엉뚱한 생각을 했다. 나무가 조금씩 자라면 내 높이뛰기 실력도 홍길동만큼 좋아질 것이라는 아이다운 생각과 행동이었다. 집 옆에 어린 나무가 한 그루 있었다. 내 나무로 삼기로 했다. 나무 종이 뭐였는지도 기억나지 않는다. 대나무였다면 일찌감치 훈련을 포기했을 것이다. 한 달 이상 뛰어넘었으니 대나무는 아니었을 것이다. 나무가 빨리 자라지 않아 훈련은 별 진척이 없었다.

초등학교 3학년 때였다. 전남 완도 금일도에 살 때 학교에서 높이뛰기를 배웠다. 교육대학을 갓 졸업한 잘생긴 젊은 남선생님이었다. 대나무 가로대까지 세운 근사한 높이뛰기대는 멋있어 보였다. 선생님 설명을 듣고 앞으로 뛰어넘기를 했다. 쉽게 생각했다. 나는 눈을 감는 바람에 가로대 위로 뛰지 못하고 모래사장에 고꾸라지고 말았다. 얼마나 창피했는지 모른다. 육상대회에서 높이뛰기를 볼 때마다 그 때가 떠올라 얼굴이 뜨거워진다. 나와 높이뛰기 훈련을 함께한 나무. 그 뒤로 내 나무는 없었다.

전나무는 송진과 같은 끈끈한 진인 '젖'이 나오는 나무라고 해서 '젖나무'라 불렀다. 젖나무가 '젓나무'로, 전나무로 이름이 변했다고 한다. 젓나무로 써야 한다고 주장하는 학자들도 있다. 나무 외모가 아름다워 공원수, 가로수로 많이 심는다. 펄프용 목재, 선박용 목재, 조각용 목재 등 쓰임새가 다양하다. 소나무과로 분류한다. 키가 40미터까지 자라는 큰키나무다.

나무껍질은 잿빛 또는 짙은 갈색이고 거칠게 느껴진다. 잎은 촘촘하게 매달리고 끝은 뾰족하다. 잎 뒷면에 흰색 숨구멍줄이 보인다. 꽃은 4~5월에 핀다는데, 아직까지 세심하게 관찰할 기회가 없었다. 열매는 원통형 방울열매이고 위를 향해 곧추선다. 10월 상순에 연갈색으로 익는다. 흰색 기름 성분이 나온다. 솔방울 비늘 조각 속에 날개 달린 씨가 들었다. 전나무와 구상나무를 비교하면, 구상나무는 잎 끝이 두 개로 갈라지는데 전나무는 잎 끝이 갈라지지 않고 뾰족하다.

호수공원 곳곳에서 전나무가 자란다. 키가 늘씬하게 자란 나무도 있고 아직 덜 자란 나무들도 눈에 띈다. 낙수교에서 애수교 사이 녹지

→ 전나무는 외모가 아름다워 공원수, 가로수
로 많이 심는다. 목재 쓰임새가 다양한 나무
로 키가 40미터까지 자란다.

→ 독일가문비는 독일이 원산지고 가문비나무
를 닮았다고 해서 이름이 왔다. 유럽에서는
크리스마스트리로 이용한다.

에 구상나무와 함께 서 있는 전나무는 호수를 배경으로 멋진 외모를
자랑한다. 일산 지역 다른 공원들에서도 전나무를 쉽게 만날 수 있다.

독일가문비나무는 독일이 원산지고 가문비나무를 닮은 데서 이름
이 왔다. 아래로 처지며 휘어지는 가지와 전체적인 나무 외모가 아름
답다. 그래서 공원 등에 관상수로 많이 심는다. 유럽에서는 크리스마
스트리로 이용한다. 키가 50미터까지 자라는 소나무과 늘푸른 큰키나
무다.

나무껍질은 적갈색이고 거친 편이다. 오래될수록 비늘처럼 불규칙
하게 갈라진다. 큰 가지는 사방으로 넓게 벋는다. 어린 가지는 아래로
처진다. 잎은 바늘 모양이고, 짙은 녹색을 띤다. 잎 횡단면은 거의 사
각형 모양이다. 잎 끝은 뾰족하다. 열매는 방울열매이며 10월에 갈색
으로 아래를 향한다. 10~15센티미터 길이다.

호수교 아래에서 선인장전시관 방향 들입에 독일가문비나무가 군
락을 이뤄 심어져 있다. 호수교 위에서 보는 나무와 호수공원 풍광이
멋들어진다. 그밖에도 호수공원 여러 곳에 군락을 이룬다.

흰 눈 쌓인 나무, 가로수 위 작은 새, 숨바꼭질 두 아이의 나무, 할
아버지와 후손들의 나무, 국기를 꼭대기에 건 축제 나무, 자전거 타다
쉬는 연인들의 나무, 새가 둥지 튼 곧 잘릴 예정인 키 큰 나무, 양떼들
에게 햇빛을 피하게 해주는 들판의 나무, 삐죽 나온 가지가 있는 정
원의 나무, 나무 위 오두막집 지은 개구쟁이 모험가인 아이들의 나무,
그리고 산타할아버지 선물을 기다리는 크리스마스 나무.[4]

=
4 에릭 바튀, 최정수 옮김, 《내 나무 아래에서》, 문학동네어린이.

호수공원에서는 '시민기념식수' 제도를 운영하고 있다. 출생, 결혼, 회갑, 입주 등을 기념하려는 시민들을 위해 도입한 제도다. 걷다 보면 "호수 사랑. ○○에게 아름다운 사랑을 꿈꾸는 나무" "결혼 기념. 이 ○○, 최△△" 등이 적힌 나무를 만날 수 있다.

나무 크기와 비용 등을 상의한 뒤 공원에서 장소를 제공하면, 시민들이 직접 기념식수를 할 수 있다고 한다. 문의는 공원관리과로 하면 된다. 호수공원에 내 나무 또는 가족 나무 한 그루 가꾸고 싶지 않은가. 나무에게 가끔 다가가 자람 상태도 살펴보고, 사계절 변화하는 나무 모습을 관찰해도 행복할 것이다. 내 나무 그늘 아래 누워 있는 여유로운 모습을 상상만 해도 즐겁다. 나도 호수공원에 내 나무, 우리가족 나무 한 그루 갖고 싶다.

까치밥 열매

: 감나무, 고욤나무

고등학교 지리시간에 배운 생태지도에 대한 상식을 모두 바꿔야 한다. 내가 배울 때만 해도 대나무는 추위에 약해서 동해 해안선을 따라 강릉쯤까지만 자랐다. 서해안에서는 태안쯤까지가 북한계선이었고, 내륙에서는 남부지역으로 한참 내려가는 생태지도가 그려졌다. 지금 호수공원 대나무는 동해(凍害)를 막기 위해 비닐하우스에 들어갔지만, 일산에서도 대나무는 잘 자란다. 모두 지구 온난화로 인해 한반도 기온이 올라가면서 생긴 일이다.

감나무, 사과나무, 복숭아나무, 포도나무 등도 재배지가 계속 북쪽
으로 올라오고 있다. 감나무가 일산 주택가에서 맨몸으로 추운 겨울
을 거뜬히 버텨낸다. 고양시보다 더 북쪽인 파주시에는 감나무 과수
원까지 생겼다. 대구, 영주, 봉화가 주산지였던 사과나무는 강원도 양
구, 경기도 파주·포천·연천 등에서 재배되고 있다. 강원도 영월에
서는 포도가, 원주에서는 복숭아가 재배된다. 보성과 하동이 주산지
였던 녹차는 강원도 고성에서도 자란다.

똥구멍 찢어지게 가난하던 시절, 땡감을 먹고 변비에 걸렸다. 기름
바른 꼬챙이로 딱딱한 똥 파내야 했다. 땡감, 홍시, 연시, 반시, 단감,
대봉감, 곶감…… 소금물에 우려 떫은맛을 없앤 것을 침시라고 한다.
물렁하지 않고 단단하면서 단맛이 나는 것은 단감이다. 생감의 껍질
을 벗겨 꼬챙이에 꿰지 않고 낱개로 말려 납작납작하게 만든 것은 준
시라고 한다. 껍질을 벗겨 꼬챙이에 꿰어 햇볕에 말린 것은 곶감이다.
감을 딸 때 다 따지 않고 까치가 쪼아 먹으라고 나무마다 한두 개씩
남겨놓은 것은 '까치밥'이라고 한다.

곶감이 무서워 도망간 호랑이 이야기는 유명하다. 곶감을 만드는
감(甘)을 열매로 맺는다고 해서 감나무라는 이름이 왔을 것으로 추정
한다. 한자는 시(柿·枾)다. 빨갛게 잘 익은 감은 홍시. 중국이 원산지
다. 예전에는 주로 남부지방에서 심었으나 요즘은 중부지방에서도 유

→ 감나무. 예전에는 주로 남부지방에서 자랐
으나 요즘은 중부지방에서도 잘 자란다.

→ 감나무에 비해 열매와 꽃이 작은 고욤나무.
열매는 1∼2센티미터 구형이다. 주로 접목
으로 이용한다.

실수로 심어 기른다. 공원 등에 관상수로도 많이 심는다. 키가 15미터까지 자라는 큰키나무다. 감나무과 감나무속으로 분류한다.

잎은 찻잎처럼 덖어서 감잎차로 이용한다. 열매는 식용한다. 덜 익은 감을 찧어 감물을 내고 무명 옷감을 물들인다. 제주도에서 유명한 갈옷이다. 또 가구재, 건축재로도 쓰인다. 꽃과 열매가 아름다워 정원수로 심고 기른다. 여러모로 쓸모가 많은 나무다.

나무껍질은 흑갈색이고 얇고 불규칙하게 그물 모양으로 조각조각 갈라진다. 잎은 어긋나게 나며 넓은 타원형이다. 잎 끝은 뾰족하고 가장자리는 밋밋하다. 잎은 두껍고 표면은 짙은 녹색이다. 꽃은 5~6월에 가지 끝에서 연노랑색으로 핀다. 꽃받침은 네 갈래로 갈라지고, 꽃잎 끝이 네 갈래로 갈라져 뒤로 젖혀진다. 어렸을 때 감꽃을 먹기도 했고 목걸이를 만들어 놀기도 했다. 열매는 물(살)열매이고 가을에 빨갛게 익는다. 감나무는 열매를 많이 맺어서 그런지 수명이 짧다.

호수공원 사자상에서 아랫말산을 오르면 음나무, 회화나무가 서 있는 갈림길이 나온다. 이곳에서 왼쪽에 감나무가 군락을 이루어 자란다. 늦가을 잎 떨어진 나무에 사람들 손 타지 않은 감이 빨갛게 익어 가는 모습이 예쁘다. 일산 아파트 단지, 공원, 학교 등에서 쉽게 만날 수 있다.

고욤나무는 키가 15미터 정도까지 자라는 큰키나무다. 감나무 쓰임새와 같이 가구재나 건축재 따위로 이용했다. 감나무과 감나무속으로 분류한다.

나무껍질은 회갈색이고 불규칙하게 갈라진다. 어린가지는 녹갈색이다. 잎은 어긋나게 나며 타원형이다. 잎 끝은 뾰족하고 가장자리는 밋밋하다. 6월에 연노랑색 꽃이 핀다. 꽃받침은 네 갈래로 갈라진다. 감나무에 비해 꽃과 열매가 매우 작다. 감나무를 접붙이는 접목으로 이용한다. 열매는 물열매이고 10월쯤 황적색으로 익는다. 지름이 1~2센티미터 정도 되는 구형이다.

호수공원에서는 고욤나무를 만날 수 없었다. 일산경찰서 정문에서 후곡마을 방향으로 50미터 가면 보도 옆에 고욤나무가 몇 그루 자라고 있다.

외국인들이 생각하는 한국에서 가장 아름다운 풍광은 무엇일까? 푸른 하늘, 맑은 강, 뚜렷한 사계절……. 모두 옛날 일이 되고 말았다. 푸른 하늘은 황사로 인해 별로 볼 게 없고, 맑은 강은 사라진 지 오래다. 4대강 사업으로 강이 망가지면서 '녹조라떼'라는 신조어까지 등장했다. 뚜렷한 사계절은 지구 온난화로 인해 여름과 겨울로 양분되고 있다.

"매년 이맘때가 되면 내가 보아온 한국 시골 생활의 추억 중에 항상 기억되는 아름다운 풍경이 있다. 그것은 잎이 다 떨어진 감나무에 무겁고 피곤하게 달려 있는 감이다. 한국엔 여러 과일이 많이 있지만 그중에서 가장 한국적이고 오랫동안 한국인의 사랑을 받아온 것이 감이다. (…) 초가지붕 위로 빨갛게 매달린 감 사이로 느껴지는 찬 겨울의

감각을 잊을 수 없다."⁵

기독교 선교사로 한국에 온 미국인 에드워드 포이트라스가 1972년에 쓴 글이다. 한국 이름은 박대인이다. 포이트라스가 느꼈던 것처럼 많은 외국인에게 한국적인 아름다움은 아마도 늦가을 빨갛게 익은 감일 것이다. 파란 하늘과 대비되는 원색의 붉은 감, 그리고 한두 개 남겨진 까치밥은 인상적인 장면일 것이다.

일산 정발산동에는 경기도 민속자료 제8호인 밤가시초가가 있다. 조선 후기 서민이 살던 농촌 주택이다. 기둥, 대들보, 문지방, 서까래뿐만 아니라 가구 따위까지 밤나무 목재로 만들었다. 밤가시초가가 있던 곳은 옛날부터 밤나무가 많이 자라던 곳이다. 그래서 율동(栗洞)이다. 일산신도시가 들어설 때 초가집을 남겨놓아 시민들에게 선조들의 문화를 보여주고 있다. 밤가시초가에는 느티나무, 철쭉, 모과나무, 살구나무, 복숭아나무, 대추나무, 밤나무, 화살나무, 매화나무, 참느릅나무, 쪽동백나무, 칡, 아까시나무, 뽕나무, 소나무, 음나무, 개나리, 담쟁이덩굴, 구기자 등이 자란다. 초가 옆에 자라는 음나무는 사나운 가시를 드러내며 집을 지키듯 서 있다. 감나무에 열린 빨간 감은 파란 가을 하늘을 배경으로 원색 빛깔을 자랑한다.

5 박대인,《한국의 가을》,〈감과 겨울과 한국인〉, 범우사.

우리나라 천연기념물 제1호는?

: 측백나무, 향나무, 노간주나무

우리나라 국보 제1호는 숭례문이다. 우리나라 보물 제1호는 흥인지문이다. 그렇다면 우리나라 천연기념물 제1호는 무엇일까? 대구시 도동 측백나무 숲이다. 1962년에 천연기념물로 지정됐다. 그동안 사람들은 문화재 안내판을 외면해 왔다. 오히려 읽을수록 이해하기 어렵기 때문이다. 한자말투성이의 문장은 꼬이기 일쑤였다. 심할 때는 아래 적힌 영어를 해석하는 게 더 쉬웠다. 이해하기 쉬운 우리말로 적은 안내판이 반가웠다. 도동 측백나무 숲 안내판에는 이렇게 적혀 있다.

"이곳은 조선 초기의 대학자 서거정(1420~1488) 선생이 말한 대구의 경치가 좋은 열 곳 중 제6경에 해당하는 북벽향림(北壁香林)이다. 옛날에는 절벽 앞 개울물이 깊고 푸르렀으며 숲도 훨씬 울창하여 시인들과 풍류객이 자주 찾았다고 한다. 대구에서 영천, 경주로 가는 길목이어서 길손들의 쉼터가 되기도 했다. (…) 현재 1200여 그루의 측백나무가 굴참나무, 느티나무, 굴피나무, 물푸레나무 등과 같이 섞여 자란다. 이중 일부는 나이가 수백 년에 이르나 대체로 키 4~5미터, 줄기지름 10센티미터 전후에 불과하다. 흙 한 점 제대로 없는 바위틈에서 긴 세월을 간신히 지키고 있는 이 측백나무 숲은 지키고 가꾸어야 할 우리의 귀중한 식물 문화재이다."

이밖에도 측백나무, 향나무 천연기념물은 많다. 모두 열 개가 훌쩍 넘는다. 경북 울릉군 향나무 자생지는 두 군데인데, 천연기념물 48호

→ 측백나무는 잎이 옆으로 나온다고 해서
측백(側柏)나무다. 향이 좋고 늘푸른나무
여서 예부터 생울타리로 많이 심었다.

와 49호다. 충북 단양군과 경북 영양군의 측백나무 숲은 각각 62호와
114호다. 경북 울진군 향나무, 서울시 창덕궁 향나무, 서울시 선농단
향나무, 서울시 삼청동 측백나무…… 등이 있다.

측백나무는 우리나라에서 자생하는 나무다. 잎이 옆으로 나온다고
해서 '측백(側柏)'이란 이름이 왔다고 한다. 향이 좋고 늘푸른 나무여
서 옛부터 선조들이 조경수나 생울타리로 많이 심었다. 키는 25미터,
나무 지름은 1미터까지 자란다고 한다. 측백나무과 늘푸른 큰키나무

로 분류한다.

나무껍질은 회갈색이고 세로로 죽죽 갈라진다. 어린가지는 녹색이었다가 점차 적갈색으로 변한다. 잎은 비늘 모양이고 겹쳐지며 뾰족하다. 열매는 방울열매이고 가을에 갈색으로 익는다. 열매에는 뿔처럼 돌기가 나타난다.

서양측백나무는 측백나무를 닮았고 서양에서 왔다고 붙은 이름이다. 북미가 원산지이고, 키는 20미터까지 자란다고 한다. 원뿔 모양으로 자라는 나무 외모로 인해 공원과 아파트 단지에서 조경수로 많이 심는다. 측백나무과 늘푸른 큰키나무다.

나무껍질은 적갈색이고 세로로 갈라진다. 짧은 가지는 수평으로 발달한다. 잎은 비늘 모양으로 겹쳐지며 끝은 갑자기 뾰족해진다. 앞면은 진녹색인데 뒷면은 황록색을 띠기 때문에 구별하기 쉽다.

향나무는 나무 조각을 제사 때 쓰는 향으로 썼던 데서 이름이 왔다. 향목(香木)이라고도 한다. 바늘잎과 비늘잎 두 가지 잎이 함께 나타나는 점이 특징이다. 옛날부터 정원수, 향료, 가구재 등에 쓰였다. 키는 20미터까지 자란다고 한다. 측백나무과 늘푸른 큰키나무로 분류한다.

나무껍질은 회갈색이고 세로로 얇게 벗겨진다. 1년생 가지는 녹색이고, 점차 짙은 갈색으로 변한다. 잎은 돌려나거나 마주난다. 어린 가지에는 대개 바늘잎이 나타나고, 7~8년이 넘은 가지에는 비늘잎이 달린다고 한다. 나는 처음에 바늘잎이 보여서 향나무를 구분하지 못했

→ 향나무는 제사 때 향불로 썼던 데서 이름
  이 왔다. 바늘잎과 비늘잎 두 가지 잎이 함
  께 나타나는 것이 특징이다.

→ 대나무 빗자루처럼 자라는 노간주나무. 잎
  은 바늘잎이고 3개씩 돌려난다. 옛날에는
  소코뚜레로 이용했다.

다. 책을 읽고 나서 두 가지 잎 형태가 특징인 나무라는 사실을 알았
다. 열매는 방울열매로 녹색을 띠다가 점차 갈색으로 변하고 다음해
가을에 검보라색으로 익는다.

흔히 공원이나 학교, 아파트 단지 등에 조경수로 심는 향나무가 있다.
나무 외모가 독특하고 아름답다. 일본인 카이즈카 박사가 개량한 품종
이어서 카이즈카향나무다. 비늘잎이 대부분이고 가지가 구불거리며 자

란다. 가지가 나사처럼 꼬인다고 해서 '나사백(螺絲柏)'이라고도 한다.

노간주나무는 소코뚜레로 쓰던 나무다. 가지가 그만큼 부드럽고 물에 잘 썩지도 않는다. 두송(杜松)이라고도 한다. 전국에 걸쳐 건조한 산이나 암석지대에서도 잘 자란다. 바늘잎 늘푸른 중간키 나무다. 잘 자라면 10미터까지 자란다.

나무껍질은 적갈색이고 세로로 얇게 갈라져 길게 벗겨진다. 오래된 가지는 아래로 처지고 전체적인 나무 모습은 대나무 빗자루처럼 생긴 원뿔 모양이다. 잎은 바늘잎이고 3개씩 돌려난다. 잎의 횡단면은 V자 모양이다. 잎 끝은 뾰족하고 딱딱하다. 손바닥을 찌르면 따끔하다.

일산의 공원들과 학교, 아파트 단지에서 향나무와 측백나무, 노간주나무를 쉽게 만날 수 있다. 특히 카이즈카향나무는 수없이 심어져 있어 눈에 잘 띈다. 호수공원에서 향나무는 선인장전시관 옆, 작은동물원에서 전통정원으로 가는 길 녹지에 많이 자란다. 측백나무는 농구장 옆과 전망광장 뒤에 있는 출입구 쪽에 시설물을 가리는 경계수로 심어져 있다. 서양측백나무로 추정된다. 노간주나무는 자연학습원 중간쯤에서 관찰할 수 있다.

지금은 나무 연필을 잘 쓰지 않는다. 샤프펜슬이나 볼펜 따위가 대세를 이룬다. 내가 초등학교에 입학할 때만 해도 연필이 귀했다. 좋은 향기가 나는 일제 향나무 연필을 갖는다는 건 대단한 일이었다. 친구가 가져온 외제 연필을 보면 친구들끼리 돌려가며 향나무 냄새를 맡았다. 당시 우리나라 연필은 질이 나빴다. 깎으면 죽죽 쪼개지기도 하고, 연필심도 그다지 좋지 않았다. 침 발라가며 글씨를 써야 했다. 입 주변을 새카맣게 만들면서. 향내가 강한 외제 연필은 칼로도 부드럽게 깎였고, 연필심도 잘 미끄러졌다. 그렇게 우리는 자랐다.

비록 일본 나무이지만
: 계수나무, 금송, 일본잎갈나무

"푸른 하늘 은하수 하얀 쪽배엔/ 계수나무 한 나무 토끼 한 마리/ 돛대도 아니 달고 삿대도 없이/ 가기도 잘도 간다 서쪽 나라로."

윤극영 선생이 작사, 작곡해 1924년에 발표한 우리나라 창작 동요의 효시가 된다는 〈반달〉이다. 나는 어려서부터 이 노래를 줄곧 불러 왔으면서도 계수나무를 한 번도 보지 못했다. 그냥 그런 나무가 있나 보다 생각만 했을 뿐이다.

가을이었다. 광릉국립수목원에 들렀는데 캐러멜 냄새가 강하게 풍겼다. 굉장히 강력한 단내였다. 도대체 어디서 나는 냄새일까. 한참이나 이곳저곳을 두리번거렸다. 계수나무였다. 1910년경 우리나라에 최초로 들여온 계수나무가 군락을 이루고 있었다. 호수공원을 걷다가 똑같은 경험을 했다. 산책로 옆에 계수나무가 자라고 있었다.

→ 가을에 노란 단풍이 아름다운 계수나무. 계수나무 옆을 지나면 캐러멜 향기와 같은 달콤한 향이 난다.

계수나무는 키가 30미터까지 자라는 계수나무과 계수나무속 큰키나무다. 일본이 원산지인 나무로, 일본 이름 계수(桂樹)에서 유래된 이름이라고 한다. 일제강점기 때 들여온 나무로 알려졌다. 한약재 '계피', 달나라 계수나무와는 관련이 없는 나무다. 따라서 동요 〈반달〉에

→ 세계 3대 정원수 가운데 하나인 금송. 잎 뒷면이 금색을 띠고 소나무를 닮았다고 해서 이름이 왔다.

나오는 계수나무와도 다른 나무다. 가을에 노란 단풍이 들며 잎에서 캐러멜 향기와 같은 달콤한 향이 난다. 나무가 곧게 자라고 노란 단풍이 아름다워 조경수나 공원수로 많이 심는다.

나무껍질은 회갈색이고 세로로 거칠게 갈라진다. 어린가지는 갈색

이고 숨구멍이 나타난다. 잎은 마주나며 넓은 달걀 모양이다. 잎 가장
자리에는 물결 모양 톱니가 있다. 잎 밑부분은 심장 모양이다. 가을에
노란 단풍이 아름답다. 꽃은 늦은 봄에 잎겨드랑이에서 연한 붉은색
으로 핀다. 잎보다 먼저 꽃이 핀다. 암꽃과 수꽃 모두 꽃잎과 꽃받침
이 없다. 1과 1속 1종만 있는 원시적인 독특한 나무로 알려지고 있다.
열매는 씨방이 여러 개고 익으면 벌어지는 골돌과(蓇葖果)다. 가을에
짙은 갈색으로 익는다.

　호수공원에서 계수나무를 여러 그루 만날 수 있다. 작은동물원에서
텃밭정원으로 가면 조금 못 미쳐 계수나무 두 그루가 자란다. 텃밭정
원에서 장미원 방향으로 걷다 보면 녹지에 계수나무가 군락을 이루고
있다.

　금송은 키가 30미터까지 자라는 낙우송과 늘푸른 큰키나무다. 나무
외형이 아름답고 가지 뻗음이 멋있어 공원수, 정원수로 심는다. 중국
이름이 금송(金松)이다. 영어 이름은 '재패니스 엄브렐러 파인(Japanese
Umbrella Pine)', 직역하면 일본우산소나무다. 하지만 소나무와 다른 나
무다. 소나무와 닮은 우산 모양의 나무라는 뜻으로 해석하면 좋겠다.
잎 뒷면이 금색을 띠고 소나무와 닮은 데서 이름이 왔다. 일본이 원산
지로 일본에서만 자라는 일본인이 자랑으로 내세우는 나무다. 세계 3
대 정원수 가운데 하나라고 한다.

　나무껍질은 적갈색 또는 흑갈색이고 세로로 거칠게 갈라지고 벗겨
진다. 나무 외모는 원뿔 모양으로 곧게 자란다. 잎은 바늘 모양이고

→ 일본이 원산지인 일본잎갈나무. 1960년
대 나무 자람이 빨라 조림용으로 많이
심었다.

두 개가 합쳐져서 두껍다. 잎 표면은 진녹색이고 광택이 난다. 열매는
방울열매이고, 위를 향해 곧추선다. 솔방울 조각은 위쪽이 뒤로 젖혀
진다. 그 안쪽에 날개가 있는 씨가 들었다.

이름에 송(松)자가 들어가지만 소나무와는 다른 나무다. 소나무에
비해 잎이 두 개가 붙어서 두껍고, 잎이 돌려서 나는 점이 다르다. 호
수공원에서는 금송을 만날 수 없다. 백마초등학교 정문 옆에 금송이
한 그루 심어져 있다. 총동문회에서 기념식수한 나무이다.

일본잎갈나무는 일본이 원산지고 잎갈나무를 닮아서 일본잎갈나무라는 이름이 붙었다. 낙엽송(落葉松)이라고도 부른다. 키가 35미터, 지름이 1미터까지 자라는 소나무과 잎떨어지는 큰키나무다. 일본잎갈나무는 1960년대 이후 많이 심은 나무다. 나무 자람이 빨라 산불 피해 지역 등에 조림용으로 많이 심었다고 한다. 지금은 잘 심지 않는다. 건축재, 펄프재 따위로 이용한다. 예전에는 전봇대 나무로 불렸다. 지금은 전봇대를 철근콘크리트로 만들지만 예전에는 일본잎갈나무 목재로 만들었다.

보통 소나무과 바늘잎 나무들은 늘푸른 나무다. 소나무과 나무인데도 낙엽이 지는 나무가 잎갈나무다. 잎갈나무는 '잎을 가는' 나무, 즉 낙엽이 지는 나무라고 해서 이름이 왔다. 북한, 중국, 러시아 동부에서 자란다. 광릉국립수목원에도 잎갈나무가 군락을 이뤄 심어져 있다.

나무껍질은 암갈색이고 세로로 갈라져 조각처럼 떨어진다. 잎은 바늘잎이고 긴 가지에서는 한 개씩 나지만 짧은 가지에서는 20~30개씩 돌려난다. 잎 끝은 뾰족하다. 리기다소나무처럼 나무 줄기에서도 잎이 바로 자라난다. 꽃은 봄에 잎과 함께 핀다. 열매는 방울열매이고 가을에 갈색으로 익는다. 하늘을 향해 매달린다. 솔방울 조각은 끝이 뒤로 젖혀진다. 그 속에 날개가 달린 갈색 씨가 들었다.

호수공원에 맨발마당이 있다. 이곳 아랫말산 아랫자락에 일본잎갈나무가 몇 그루 자란다. 상수리나무, 떡갈나무와 함께 자라는 일본잎갈나무 우듬지에는 빈 까치집 하나 걸려 있다. 잎이 지기 전에는 안

보였는데 잎이 모두 떨어지며 드러났다.

일본, 중국, 한국 등 원산지가 어디냐에 따라 그 나무를 좋아하고 미워할 필요는 없다. 나무 쓰임새나 특성, 그리고 아름다움이 원산지에 따라 달라지는 건 아니기 때문이다. 금송도 그런 나무 가운데 하나다. 아이들이 새로운 나무 종 하나를 배울 기회를 얻는다면 좋은 일이 아닌가. 그러나 나무 외형이 아무리 아름다워도 식재지가 어디냐는 다른 문제다.

그래서 충남 아산 현충사에 심어진 금송 세 그루, 안동 도산서원에 심어진 금송은 큰 문제였다. 모두 박정희 전 대통령이 기념식수한 나무라고 한다. 일본 천황을 상징하는 나무를 현충사 본전 앞에, 도산서원에 심었으니 상징성에서 큰 문제가 된 것이다. 도산서원 금송은 옮겨 심어졌다. 그러나 현충사 금송은 그대로 두는 것으로 결정됐다. 박상진 교수는 금송의 상징성을 고려할 때 있을 자리가 아닌 것 같다고 말한다.

대나무는 풀일까, 나무일까?
: 왕대, 조릿대

어렸을 때부터 많이 듣고 읽은 이야기 가운데 〈임금님 귀는 당나귀 귀〉가 있다. 우리나라에도 똑같은 이야기가 《삼국유사》에 전해온다.

비밀을 못 참고 숲 속에서 외친 사람만 다를 뿐이다. 신라 제48대 임금 경문왕과 관련된 설화다.

경문왕이 왕위에 오르자 갑자기 귀가 당나귀 귀처럼 커졌다. 주변 모든 사람들은 그런 사실을 몰랐다. 하지만 임금님 옷과 관을 만드는 한 사람만 이 사실을 알았다. 그러나 비밀을 지키지 않으면 위험하기에 평생 말할 수 없었다. 알면 말하고 싶은 게 사람 마음이라 죽을 때가 되어 사람이 없는 대나무 숲에 들어가 외쳤다. "임금님 귀는 당나귀 귀!" 그때부터 바람이 불 때마다 대나무 숲에서는 같은 소리가 들렸다. 화가 난 경문왕이 신하들을 시켜 대나무를 모두 베어버렸다. 대나무 벤 곳에 산수유를 심었다. 이제는 바람이 불 때마다 "임금님 귀는 길다네"라는 소리가 들렸다.[6]

고산 윤선도의 〈오우가(五友歌)〉는 물, 돌, 소나무, 대나무, 달을 다섯 벗으로 의인화해 쓴 시조다. 윤선도는 대나무를 이렇게 표현한다.
"나무도 아닌 것이 풀도 아닌 것이/ 곧게 자라기는 누가 그리 시켰으며/ 또 속은 어찌 비었느냐/ 저렇고 사철 푸르니 그를 좋아하노라."

옛 선조들이 아꼈던 식물인 대나무는 나무일까, 풀일까? 나무라고 보는 학자도 있고 풀이라고 단정 짓는 학자도 있다. 대체로 대나무를 풀

=
6 일연, 이상인 옮김, 《청소년을 위한 삼국유사》, 평단, 요약 재구성.

로 분류하는 것 같다. 그래서일까? 식물도감은 대나무를 다루지 않는다. 하지만 과학적 분류를 떠나 내게는 대나무가 '나무'로 다가온다.

매화, 난초, 국화, 대나무는 흔히 4군자(四君子)로 불린다. 네 식물이 가진 장점을 군자의 인품에 비유해 붙인 이름이다. 대나무는 절개와 충성심을 상징한다고 봤다. 추운 겨울에도 푸른 잎을 지니고 있으며 꺾일망정 구부러지지 않는 성질 때문이다.

대나무는 전 세계에 걸쳐 자라고, 500종이 넘는다고 한다. 나무 속이 비어 있어 나이테가 없다. 땅 속으로 뿌리줄기를 뻗어 번식하고, 죽순이 나와 자란다. 수십 년, 수백 년 만에 한 번 꽃을 피우면 죽는다고 한다. 그만큼 전문가들도 대나무꽃을 보기 어렵다.

"대나무는 죽(竹)을 중국 남부지방에서는 '택(tek)'이라고 하는데, 우리나라에 들어오면서 ㄱ이 탈락하고 변하여 '대'로 부르게 되었다……."[7]

우리나라에 자라는 대나무는 키가 높이 자라는 왕대, 화살 따위를 만드는 이대(시누대), 산죽이라 불리는 조릿대로 크게 나뉜다. 벼과 늘푸른 나무다. 호수공원에서는 왕대와 조릿대를 만날 수 있다. 전통정원 들입에 왕대와 조릿대가 군락을 이루고 있다.

왕대는 중국이 원산지인 나무다. 정원수로 많이 심었다. 키는 20미터까지 자란다고 한다. 대나무는 옛날부터 생활용품을 만들 때 많이

=
7 박상진, 《문화와 역사로 만나는 우리 나무의 세계 1》, 김영사.

→ 대나무는 전 세계에 500종이 넘는 나무가 자
　라고 있다. 나무 속이 비었고 나이테가 없다.

→ '조리'를 만드는 재료로 쓰였던 조릿대. 숲
　속에서 만날 수 있는 작은키나무로 2미터까
　지 자란다고 한다.

이용했다. 죽부인, 키, 발, 복조리, 등 긁개, 부채, 젓가락, 베개, 대자리……. 화살과 활, 창 따위 전쟁 무기를 만들기도 했다. 그만큼 강하고 가벼웠기 때문일 것이다. 퉁소, 피리, 대금 등 악기를 만드는 재료로도 이용했고, 붓글씨 쓰는 붓대를 만들기도 했다. 물고기 잡는 낚싯대로도 이용했다. 봄에 나는 죽순은 고급 먹을거리였다. 대나무를 이용한 대통밥도 유명하다.

나무껍질은 녹색이었다가 오래될수록 황갈색으로 변한다. 가지는 몸통에서 2~3개씩 나온다. 잎은 피침형이고 잎 끝이 뾰족하다. 죽순이 나오면 수십 일 만에 키와 몸통이 자란다. 그 뒤에는 단단해지면서 더 이상 키와 굵기가 자라지 않는다.

조릿대는 '조리'를 만드는 재료였다고 해서 이름이 왔다. 옛날 쌀 등 곡물을 씻을 때 돌 따위 이물질을 걸러내는 기구가 바로 조리다. 전국에 걸쳐 숲 속에서 만나는 작은키 식물이다. 키는 1~2미터까지 자라고, 몸통은 왕대에 비해 가늘다. 잎 끝은 뾰족하고 잎 가장자리에 날카로운 톱니가 있다.

전라남도 담양은 죽제품으로 유명하다. 전국 대나무 생산량 가운데 25퍼센트를 차지한다고 한다. 지금은 담양에 대나무박물관도 있다. 초등학교 입학하기 전, 팽나무와 푸조나무로 널리 알려진 관방제 옆 담양천에서 놀았다. 어릴 때는 감방천이라 불렀다(아마도 관방천이었겠지). 대나무 낚싯대 하나 장만한 뒤 옷핀이나 가는 철사로 낚싯바늘을 만들어 관방천에 놀러갔다. 팽나무 숲에서 파리를 잡거나, 아니면 물속 돌을 뒤집어 모래알갱이로 위장한 날도래를 잡아 낚시를 했다. 백발백중. 대나무 낚싯대를 던지면 피라미와 갈겨니는 쉽게 잡혔다. 모래무지와 메기, 빠가사리(동자개) 따위도 가끔 잡혔다. 잡은 물고기를 매운탕집에 넘기고 아이스께끼를 사 먹었다. 마치 이중섭 화백의 그림 속에 나오는 바닷가에서 노는 아이들처럼, 새까맣게 탄 내 모습이 기억 속에 아련하다.

빨강 열매가 아름다운 나무

: 남천, 매자나무

자동차, 기차, 비행기 등 탈 것은 빠르기 경쟁을 한다. 먼 거리의 목적지에 좀 더 빨리 도착하기 위해 속도전을 치르는 것이다. 첨단 자본주의 세상에서는 속도가 시간을 절약하는 지름길처럼 여겨진다. 하지만 탈 것은 목적지에만 관심이 있지 수많은 중간 지점을 간단히 생략하고 만다. 그래서 탈 것은 목적 지향적이라고 할 수 있다. 승용차를 타고 가면서 느껴보면 안다. 길 밖 풍경은 사라지고 뚜렷한 인상은 남지 않는다.

반면 느리게 걷기는 과정 지향적이다. 시간은 아무래도 상관이 없다. 천천히 걸으며 이곳저곳 기웃댈 수 있다. 탈 것이 놓치는 아기자기한 재미를 우리에게 선사한다. 아름다운 꽃이나 나무가 보이면 구경도 하고, 노인들이 노거수 그늘 아래 한담하는 모습도 관찰하며 얘기에 끼어들 수도 있다. 길이 있다면 어느 길로 나아갈 것인가 스스로 정하면 된다. 이브 파칼레는 이미 말했다.

"인간의 이동에 있어서 자연스런 걷기는, 감각이 깨어나게 하는 데 딱 알맞은 속도를 가지고 있습니다. 자동차 속에서 우리는 제대로 보지도, 맛보지도, 느끼지도, 듣지도 못합니다. 반면에 걸으면, 우리가 걷는 한 걸음 한 걸음은 새로운 관점을 보여줍니다."[8]

남천(南天)은 빨간 열매와 붉은 단풍이 아름다운 나무다. '남쪽 하늘'이란 이름이 재미있다. 중국이 원산지인 나무로 중국명 남천촉(南天燭)에서 유래한 이름이다. 키가 3미터까지 자라는 작은키나무다. 매자나무과로 분류한다. "남쪽 하늘을 밝히는 나무"란 이름처럼 빨간 열매와 붉게 물드는 단풍이 아름답다. 공원이나 정원 등에 관상용으로 많이 심는다.

나무껍질은 갈색이고 세로로 얕게 홈이 나타난다. 밑에서 줄기가 많이 갈라지고 겨울철에는 줄기가 붉게 변한다. 잎은 어긋나게 달리고 홀수깃꼴겹잎이며 마디가 있다. 작은 잎은 타원형이고 가죽질이며 광택이 있다. 잎 끝은 뾰족하고 가장자리는 밋밋하다. 잎자루가 거의 없다. 겨울부터 다음해 봄까지 단풍이 든 것처럼 붉은색을 띤다. 꽃은 5월쯤 흰색 꽃이 원뿔 모양 꽃차례에 다닥다닥 모여 핀다. 꽃받침 조각은 3개이고 꽃잎은 6개다. 열매는 공 모양이고 가을에 붉게 익는다.

8 이브 파칼레, 하태환 옮김, 《걷는 행복》, 궁리.

→ 빨간 열매와 붉은 단풍이 아름다운 남천. 공
  원이나 정원 등에 관상용으로 많이 심는다.

→ 일본매자나무. 매자나무는 줄기에 가시가
  발달하는 나무다. 붉은 열매와 단풍이 아름
  답다.

겨울까지 붉은 열매가 달려 있다. 겨울철 새들에게는 귀중한 먹이가
된다.

　호수공원 신한류홍보관 앞 화단, 전통정원 등에 심어져 있다. 또 텃
밭정원 건너편 녹지에 군락을 이루고 있다. 대개 남부지방에서만 월
동이 가능했는데, 지금은 호수공원에서도 잘 자란다. 일산 주택가에
도 많이 심어져 있어 쉽게 만날 수 있다.

　매자나무는 우리나라 특산식물로 알려지고 있다. 키가 2미터까지
자라는 작은키나무다. 매자나무과로 분류한다. 옛날에는 노란 물을
들이는 데 썼다고 한다. 그래서 황염목(黃染木)이라고도 부른다. 숲 가
장자리나 하천 주변에서 잘 자란다.

　나무껍질은 회색 또는 회갈색이고 오래될수록 세로로 불규칙하게
갈라진다. 어린 가지는 적갈색이다. 밑에서부터 줄기가 많이 갈라진
다. 가지에 가시가 발달한다. 잎은 두텁고 어긋나게 나며 타원형이다.
잎 끝은 뾰족하고 가장자리에 불규칙한 톱니가 있다. 노란 색 꽃은
5~6월에 가지 끝에서 모여 핀다. 열매는 공 모양이고 가을에 붉게 익
는다.

　일산의 여러 공원에서 녹지와 보도 경계수로 많이 자라고 있다. 호
수공원 장미원 쪽에서 달맞이섬 건너는 다리 들입에 군락을 이뤄 심
어져 있다. 열매가 타원형인 것으로 보아 일본매자나무로 보인다.

　오락기 위의 구슬들처럼 부산한 애들을 앞에 두고 초등학교 선생님

들이 묻는다.

"그러니까 유치원에서는 가만히 서 있는 걸 가르치지 않았나요?"

새로 입학한 중 1 아이들이 문맹이라고 판단한 중학교 선생이 비난을 퍼붓는다.

"대체 초등학교에서는 뭘 하는 거죠?"

자신을 표현할 줄 모르는 어휘 결핍의 고 1 학생들을 보고 고등학교 선생이 한탄한다.

"중학교 때까지 애들이 도대체 뭘 배운 겁니까?"

첫 과제를 면밀히 검토한 대학교수가 놀라며 묻는다.

"이 애들이 진짜로 고등학교를 나오긴 한 건가요?"

젊은 신입사원을 마주한 기업체 간부가 목청을 높인다.

"설명해 봐요. 대학에서는 대체 뭘 하는 겁니까?"[9]

우리에게 익숙한 장면이다. 교육부는 시·도 교육청을 탓하고, 시·도 교육청은 각급 학교를 탓하고, 회사는 대학 교육을 탓하고, 대학은 부실한 고등학교 교육을 탓하고, 고등학교는 중학 교육을 탓하고, 중학교는 기초 학력이 부족한 초등 교육을 탓한다. 초등학교는 유치원 교육을 비난한다. 하지만 내가 보기에 전인 교육과 정서 교육이 그나마 이루어지는 곳은 유치원과 초등 교육 현장이다. 중학교 이후는 말 그대로 입시지옥에 편입되고 만다. 생태 교육과 환경 교육 등

---

9 다니엘 페낙, 윤정임 옮김, 《학교의 슬픔》, 문학동네.

아이들의 생태 감수성을 키우는 교육은 어떤가. 유치원, 초등학교, 중학교, 고등학교, 대학교 순일 것이다.

"지는 건 잠깐이더군"

: 동백나무, 탱자나무

지방자치단체들마다 축제를 연다. 사계절 개최하는 축제로 온 나라가 북적거린다. 자기 고장을 알리고 수익 모델을 찾기 위한 고민에서 나온 행사들일 것이다. 대개 물고기를 잡거나 채취하는 등 직접적인 체험 활동이 사람들의 관심을 끄는 것 같다. 아마도 원시인 유전자가 아직도 남아 있는 탓일 게다.

강원도 화천 산천어축제, 전남 함평 나비축제는 널리 알려진 성공한 축제들이다. 하지만 대부분의 축제는 준비 부족과 홍보 부족, 그리고 내용 부족으로 외면받고 있다.

전남 구례 산동면 산수유축제는 봄날 노란 꽃그늘 속에서 잔치가 치러진다. 사람들 많이 몰린다. 전남 광양 다압면 매화축제는 전국적으로 유명하다. 1930년대 시작한 청매실농원이 지금은 매실 상품뿐만 아니라 축제로 이름을 알리고 있다. 경남 창원시 진해, 서울 여의도 등에서 열리는 벚꽃축제도 봄 축제로 꽤 명성을 얻었다.

충남 서천군 마량리에서는 주꾸미와 동백꽃을 결합한 동백꽃 · 주꾸미축제를 개최한다. 동백꽃이 한창 필 무렵 주꾸미도 제철이기 때문이다. 서천 마량리 동백나무숲은 500년이 넘은 동백나무 80여 그루가 해안가 언덕에 군락을 이루고 있다. 천연기념물 제169호다.

강진 백련사 동백나무숲이 있다. 정약용 선생이 유배 생활을 하던 다산초당에서 산 오솔길을 따라 가면 백련사가 나온다. 이곳에 1500여 그루의 동백나무가 자라고 있다. 천연기념물 제151호다. 다산초당에서 백련사로 넘어가는 길이 호젓하고 좋아서 답사객이 많이 찾는다. 유홍준 교수가 쓴 《나의 문화유산답사기》에도 자세하게 그려져 있다.

"꽃이/ 피는 건 힘들어도/ 지는 건 잠깐이더군/ 골고루 쳐다 볼 틈 없이/ 님 한번 생각할 틈 없이/ 아주 잠깐이더군."

선운사 주차장 앞에 있는 한 음식점 밖 대형 냉장고 벽에는 시 〈선운사에서〉가 그림과 함께 벽화처럼 적혀 있다. 최영미 시인이 시에서 읊은 꽃은 아마도 동백꽃일 것이다. 왜냐하면 동백꽃은 벚꽃이나 다른 꽃들처럼 잎이 낱개로 흩날리지 않고 통째로 툭 떨어지기 때문이다. 고창 선운사에는 천연기념물 제184호 동백나무숲이 있다. 500년이 넘은 동백나무 3000여 그루가 자라고 있다. 4월 초 동백꽃 필 때 사람들이 꽃구경을 위해 몰려온다.

동백나무는 키가 7미터까지 자라는 나무다. 차나무과로 분류한다. 산다화(山茶花)라고도 한다. 산당화로 잘못 알고 있는 사람도 있다. 산당화는 명자나무를 가리킨다. 씨를 모아 기름을 짜서 식용유, 머릿기름, 등잔불로 이용했다. 넓은잎나무인데도 잣나무나 측백나무처럼 푸른 잎이 지지 않는 나무라는 뜻에서 동백(冬栢)이라고 했다. 거기서 나무 이름이 왔다. 우리나라 제주도 및 남해안 바닷가 등에서 잘 자란다.

나무껍질은 회갈색이고 매끈매끈하다. 잎은 어긋나게 나며 긴 타원형이다. 잎 끝은 뾰족하고 가장자리에 톱니가 잘게 나타난다. 잎은 가죽질이다. 꽃은 대개 붉게 핀다. 겨울에 가지 끝에서 한 개가 핀다. 꽃잎은 5~7개이고 두툼하다. 동박새가 머리를 넣어 가루받이를 한다. 열매는 튀는열매이고 가을에 붉게 익는다. 공 모양이고 꽃사과처럼 생겼다. 성숙한 열매는 세 갈래로 갈라지고 짙은 갈색 씨앗이 터져 나온다.

호수공원에서는 눈에 띄지 않는다. 낙민초등학교 화단에서 동백나무 한 그루 만날 수 있다. 또 저동초등학교 길 건너편 보도 녹지대에서도 동백나무를 볼 수 있다.

이상권 작가가 쓴 동화에 〈주황색 뿔을 가진 괴물〉이 있다. 주인공 시우는 친구들과 생울타리 탱자나무집 가까이서 고무공 주먹 야구를 하며 논다. 공이 탱자나무집으로 넘어가자 시우는 공을 찾으러 간다. 사나운 셰퍼드 잡종개가 무서워 탱자나무 생울타리 아래 뚫린 개구멍을 통해 들어간 시우는 우연히 벌거지를 발견한다. 주황색 뿔을 가진 작지만 무시무시한 괴물. 몸에 비해 머리가 크고, 등에는 여러 겹의 마디가 있었다. 이마에 있는 까만 눈, 눈과 눈 사이에는 노란 줄이 이

→ 인천공항 터미널 안에서 자라는 애기동백나
무. 동백나무는 키가 7미터까지 자라는 나
무로 산다화(山茶花)라고도 한다.

→ 날카로운 가시가 특징인 탱자나무. 잎은 어
긋나서 나며 3개씩 모여 나는 3출엽이다. 흰
색 꽃은 4~5월에 가지 끝에서 핀다.

어져 있었다. 초록색 괴물이었다. 탱자낭구 벌거지! 시우 눈에 괴물처럼 보였던 건 아름다운 호랑나비 애벌레였다.[10]

탱자나무는 키가 3미터까지 자라는 운향과 작은키나무다. 중국이 원산지다. 옛날에는 경기도 남쪽에서 생울타리로 많이 심었다.

나무껍질은 녹색을 띠는 갈색이고 매끈하다. 세로로 얕게 갈라지기도 한다. 날카로운 가시가 발달한다. 잎은 어긋나서 달리며 세 개씩 모여 나는 3출엽이다. 작은 잎은 두껍고 거꿀달걀형이다. 잎 끝은 둔하고 가장자리에 둔한 톱니가 있다. 흰색 꽃이 4~5월에 가지 끝에서 1~2개 핀다. 가을에 공 모양 열매는 노랗게 익는다. 향기가 강하다.

강화도 사기리 탱자나무는 천연기념물 제79호이며, 나이가 400년쯤 되었다고 알려졌다. 강화도에 탱자나무가 많은 까닭은 외적을 방어하기 위해 의도적으로 심었기 때문이다. 호수공원에서도 탱자나무를 만날 수 있다. 텃밭정원에서 달맞이섬 방향으로 10여 미터 걷다 보면 주차장 방면 녹지대에 계수나무, 팽나무가 군락을 이루고 있다. 이곳 팽나무 아래 탱자나무가 자란다.

해마다 4월이면 고양국제꽃박람회가 열린다. 호수공원 안에 있는 고양꽃전시관, 고양신한류홍보관, 주제광장, 한울광장 등에서 다양한 프로그램이 진행된다. 꽃 전시뿐만 아니라 각종 체험 활동까지. 지자

=
10 이상권, 《멧돼지가 기른 감나무》, 〈주황색 뿔을 가진 괴물〉, 사계절.

315

겨울

체들이 개최하는 축제 가운데 성공한 축제로 알려졌다. 국내뿐 아니라 해외에서까지 호평하는 박람회다. 1997년부터 시작한 고양국제꽃박람회는 1회부터 5회까지는 3년마다 열렸고, 2012년 제6회 박람회부터 해마다 열리고 있다. 제10회 박람회는 2016년 4월 29일부터 5월 15까지 17일 동안 열릴 예정이다.

찾아보기 (나무 이름)